How Are You

流年似水

麦克阿瑟 著

四川文艺出版社

图书在版编目（CIP）数据

流年似水/麦克阿瑟（郑青）著. —成都：四川文艺
出版社，2012.10（2021.10重印）
ISBN 978-7-5411-3584-2

Ⅰ. ①流… Ⅱ. ①麦… Ⅲ. ①长篇小说－中国－当代
Ⅳ. ①I247.5

中国版本图书馆CIP数据核字（2012）第237801号

LIU NIAN SI SHUI

流年似水

麦克阿瑟（郑青） 著

责任编辑 王 冉 李淑云
责任校对 王 冉
封面设计 张 妮
版式设计 张 妮

出版发行 四川文艺出版社（成都市槐树街2号）
网 址 www.scwys.com
电 话 028-86259287（发行部） 028-86259303（编辑部）
传 真 028-86259306

邮购地址 成都市槐树街2号四川文艺出版社邮购部 610031
排 版 四川胜翔数码印务设计有限公司
印 刷 三河市嵩川印刷有限公司
成品尺寸 148 mm×210 mm 开 本 32开
印 张 8.625 字 数 210千
版 次 2012年12月第一版 印 次 2021年10月第二次印刷
书 号 ISBN 978-7-5411-3584-2
定 价 48.00元

—╆ 目 录 ╆—

1992
[农历猴年]·················002

1993
[农历鸡年]·················018

1995
[农历猪年]·················048

1997
[农历牛年]·················061

1999
[农历兔年]·················091

2001
[农历蛇年]·················110

2003
[农历羊年]·················134

2004
[农历猴年]·················154

2005
[农历鸡年]·················161

2007
[农历猪年]·················184

2008
[农历鼠年]··················199

2010
[农历虎年]··················223

2011
[农历兔年]··················250

2012
[农历龙年]··················268

流年
似水

人类对自然界最大的发明，可能就是把时间量化了。秒针走一圈，是一分钟，分针走一圈，是一个小时。时针走两圈，就是一天。

一晃，我在美国的"年针"已经走过20圈了。

20年前，哪一天我记不得了，大约在1993年的年初吧，我与太太，准确地说是前妻，一同搭机前往美国。

现在能让我想起来的是，我在美国的好哥们杨棉，就是在那班飞机上认识的。

还有，后来发生的一件事，也与那班飞机有关。据我太太——前妻讲，我那天在飞机上极度亢奋，20来个小时的旅程，我一直两眼放光，看完窗外，看机舱。咳，谁让咱是第一次坐飞机呢？我还仔细清点了该架飞机上共有180个座位。

后来，有人否认我的说法，他说那种型号飞机的座位至少是200个。

我不屑一顾地反驳道："眼见为实！我是一个座位挨着一个座位数的。难道我数数都不会吗？"

现在我已经清楚了，眼见的不一定为实。那架飞机上的座位确实应该是200多个。我当时坐在经济舱。飞机前面的头等舱、商务舱被一层布帘挡着，我漏数了。

为什么这件发生在20年前的小事令我记忆犹新呢？因为，后来我发现自己人生中，"漏数"与失算的事太多、太多了……

1992
[农历猴年]

中国人向来把"猴年马月"视为一个不同寻常的日子。对于我来说，1992年这个猴年，命中注定要有大事发生。

猴年春节刚过，我所工作的单位——大海市冶金局组织部张榜公布，干部科的刘菡被任命为局办公室机要科副主任（副科级）；技术处梁房修被任命为该处一科副科长，并主持工作。

奇耻大辱啊！刘菡、梁房修与我是前年一同被分配进局里工作的大学生。而且，我和刘菡还都是财大毕业的。只不过我是会计系，刘菡是统计系。梁房修是从省城金阳市一所冶金学院分配来的。

我在局里工作这三年，在财务处审计科审核员的岗位上，也算是安分守己，认认真真地完成了本职工作。从个人生活角度，娶妻生女，也都是顺理成章的事。无论是比长，还是比宽，我绝不比他们俩差啊！同年来的三个人，提拔了两个，就剩我一个人原地不动，这不是存心埋汰人吗？

我涨红脸，一把推开组织部王部长的办公室的门。也许是因为太激动了吧，心中憋着的一万句话，突然卡在了喉咙里。索性，我旁若无人地，一屁股坐在沙发上。

王干部——全局上下都习惯称王部长为"王干部"，是位50多岁的老政工干部。当他看到我气呼呼地进来后，满脸是笑地缓缓从椅子上站立起来，还给我倒了一杯水，放在我面前的茶几上。然后，他绕过茶几，紧挨着我坐了下来。

"年轻人，别激动。"王干部轻拍了一下我的后背说。

"什么别激动呀?! 你们也太啥了吧?"

"别讲话。听我的，别讲话。"王干部一脸严肃地接着说，"你可以保持沉默。但你现在所说的每一句话都将成为呈堂证供……"

他妈的，这个时候，他还有心情跟我开玩笑！

王干部看出了我的不解，意味深长地说："我这不是开玩笑。这是我作为一名老大哥要跟你讲的心里话。今天我们谈话就到此为止了。20多年后，你到了我这个年龄，肯定就理解我的意思了……好啦，站起来，回去吧！权当什么事都没发生过。你走吧！送客。"

呸！"权当什么事都没发生过"？谁能做到?

我倒是真希望什么事都没发生过。好，就算我能够正确理解组织上的决定，问题是，我怎么跟我老婆解释呢?

瞒是瞒不过的。我们家就住在我们局的单身职工的宿舍楼里。这个楼里住的人彼此都很熟悉。若有人在楼道里打个嗝，全楼的人都会知道他是吃什么撑的。

我从王干部的办公室出来后，没有回财务处，而是径直回到了家。满眼是泪地躺在床上。

我妻子乐怡是名大学老师。本来现在是寒假期间，她应该在家休息。但她整个假期都在一所社会办的英语补习班上教课。她每天教8个小时的课，连轴转，挺累的。

迷迷糊糊中，乐怡把我从床上拽了起来。

她似乎还很高兴地对我说："快起来！我从咱们楼下的回民饭馆点了全是你爱吃的菜。鱼香肉丝、宫保鸡丁、烧卖，还有两瓶啤酒。快点吃，别凉了。"

　　我责备道："刚过完年，肚子里还有油水呢。你花这个钱干啥？"

　　乐怡把一双方便筷子递给我，喜滋滋地说："今天夜校给我发讲课费啦。对了，我还给你买了一条黄红梅烟。剩下的钱，我给咱闺女攒着。"

　　因为我们住的是单身宿舍，每家就一个房间。厨房、厕所都是公共的，条件很差，所以，我们的女儿马怡乐从生下来就一直在外地的姥姥家住。马怡乐是去年大年三十晚上生的，已经一周岁了。

　　我强咽下了一口啤酒，犹犹豫豫地对乐怡讲："哥们，今天，我，那什么……"

　　乐怡打断我："别讲了。我刚才在回民饭馆点菜时，听他们说了。"

　　我追问道："他们？他们是谁？"

　　乐怡回答道："还能有谁？梁房修请他们技术处一帮人在回民饭馆吃饭呢。"

　　"这个王八蛋！小人得志！"我愤愤地骂道。

　　"我看你不应该生气，"乐怡盯着我说，"我觉得这事未必是件坏事。"

　　我对乐怡这样讲话感到很气愤："你傻呀？难道这还是好事吗？"

　　"我看该是你下决心的时候了。"

　　"下什么决心？"

　　"出国呀。在这儿混，有啥出息？再说，我的托福考试成绩还有半年就要过期作废了。这次春节回家听我妈说，我在美国的表姐打电话还特意问我出国的事办不办了。前两年咱们兴师动众地求人家作担保办出国，忙乎了一通，现在却销声匿迹了。我都有点不好意思了。"

"嘿！你是猪八戒啊，倒打一耙！后来没接着办出国的事，不是因为你怀孕了吗？"

"怀孕咋的了？我当时不是说，要是你想出国的话，我就把孩子做掉，你忘了？咱家的大主意啥时候不都是你说了算嘛！要是当时一口气办下来了，我们现在在美国都待上两年了。何必在这个脏了吧唧的筒子楼里过着没有指望的日子？"

乐怡有一点肯定没说错，那就是在我们家，我说了算。

乐怡是我大学同届的财经外语系的同学。我上大二时，在教学楼的走廊里，主动迎面站到一个女生的面前。我上前一步说："同学，跟我来一下。"那个女同学就跟随着我，来到学校的小操场上。我又说："咱们交个朋友吧！"那个女生点了点头。我又说："咱们到海边溜达溜达。"她又点了点头。

后来，我说："咱们毕业都留在大海市吧。"她点头。后来，我说："明天咱们去登记吧。"她点头。后来，我说："大海市咱们没亲属，就不办婚礼了吧。"她点头。后来，孩子出生了，我说："我姓马，你叫乐怡，咱女儿的名字就叫马怡乐吧。"她还是点头。

那个女生就是乐怡。从那时起，乐怡跟我溜达到现在。

反正在我们家里，除了孩子的性别不是我决定的外，其他任何大事小情都是我下旨，她照办，无一例外。

这个晚上，我失眠了。我需要认真琢磨，然后决定：是否出国？

我出国的念头，几年前在大学时曾有过，但只是一闪而过。因为，我身边所有人都认为我是不该出国的。

我父亲曾经以一句"知子莫如父"作为开场白，帮我分析了出国的利弊。首先，我的英语不好，而且，是无法弥补的不好。从我们老马家上下几辈都改不掉的乡音这一点看，就可证明老父言之有理。在国外，没有语言能力的人，与弱智者有何差别？其次，我是学会计的，一到美国就是一个没有专业、专长的不学无术之人了。好不容易经十年寒窗才熬到手的大学文凭，在中国是通行证，在美国就是废纸一张。出国劳民伤财，图啥呢？最后，老爸以一句"当爹的不会给自己的孩子毒药吃的"的话，作为结束语。

其实，我知道老爸还有一条没好意思说出口的"理由"。我是马家的光荣，是我爸妈在乡亲们面前炫耀的资本。

我们家住在大海市的一个镇上。父母都是镇政府的公务员，但谁都知道，镇政府的公务员与城市里各大局委办的公务员是两个概念。按我父亲的比喻就是，拉大车的马和奥运会上的赛马，不可同日而语。

我是我们十里八村唯一的一名财大的毕业生。比我早上学的几名知识分子，他们都是幼儿师范、卫生学校等的中专生。特别是，我毕业分到大海市冶金局工作后，我爸妈更是觉得脸上有光。头两年，我父亲逢人便讲，我在负责钢铁生产的衙门上班。在左邻右舍的眼中，我俨然成了"钢铁大王"。

对于我家里人反对我出国的理由，我基本是不认可的。

我的语言听读能力确实差，英语是我高考各科成绩中最差的。而且，英语也是我在大学最不愿学的课，但我不赞同英语不好就不能出国的说法。

想一想，国外的唐人街上，有多少对英语一窍不通的华人在那里生活？第一代海外侨民，哪个英语好呢？他们不也都是在国外扎下根了吗？我的英语再不好，也比那些一句英语都不会讲的老华侨们强吧？

我是学会计专业的，到美国是没法从事这个领域工作的。这一点，我在大学上《西方会计学》课时就知道了。美国的会计制度与中国现行的会计准则有很大的不同。中国的会计制度基本是沿袭了苏联的会计制度，是适用计划经济体制的会计模式。再有，在美国从事会计工作，也是需要有"执照"的。考执照？英语这关我就过不了。

但是，同样，我对此没什么可顾虑的。因为，我本身就不愿干会计工作。在中国我都不愿意干，到美国我就更不想做会计了。

我到美国做什么呢？那还用费心思琢磨吗？去美国这个世界上头号的资本主义国家，谁不想争当驰骋国际商界的大资本家呢！……

另外我想，我父亲总是以我在大机关工作为荣，一旦我出国了，挣到大钱了，他老人家脸上不更有光吗？

像乐怡这类学外语的人，本身就对腐朽的资本主义社会顶礼膜拜。在大学时她就蠢蠢欲动。只是鉴于我们之间的感情分量，她才"舍鱼而取熊掌者也"。这几年，眼看着同学、熟人竞相出国，加上在学校工作又不顺心，她出国的念头与日俱增。所以，别说我今天榜上无名，她劝我出国；就是我榜上有名，她也会鼓动我出国的。

乐怡为了能办理出国留学，可谓卯足了劲儿。她点灯熬油准备托福考试的阶段不说，在进考场考托福的那天，正是她怀孕两三个月的时候。当天，她担心妊娠反应会影响其他考生，就主动跟监考老师要求，把自己的考试座位调换到教室门口的位置。这样，一旦她想呕吐，就跑出考场，不至于影响其他考生答题。

那位监考老师很同情、理解她的要求，同意她调换了座位。令人意外的是，整个考试期间，乐怡没有一丝不良反应，全神贯注地完成了考试，而且取得了接近满分的成绩。

按乐怡后来的话讲，谢天谢地更要谢马怡乐。如果没有女儿的支持，她是不可能得那么高的分数的。

乐怡生命的指针，好像一直在指引着她走上出国这条路。

自从出国的想法死灰复燃后，我就有了新的人生目标。仕途上名落孙山之痛，渐渐被我忘却了。白天，我已经明目张胆地在办公室里学习《许国璋英语》了。

世上没有不透风的墙，更何况我那么嚣张地在众目睽睽之下学英文呢。没过几日，有人传话给我："组织部王干部有请"！

进了王干部的办公室，我就不打自招地为自己辩解道："怎么啦？我工作之余，抓紧时间学学外语有错了？你也知道，我们财务工作不是时时刻刻都有活干的。难道非得要求我没事的时候，打打电话、看看报纸、唠唠闲嗑，才算不违反工作纪律吗？"

王干部莫名其妙地白了我一眼说："谁说你违反工作纪律了？"

我也莫名其妙地问他："那你为啥事叫我来？"

"没事我就不能把你请到我办公室里来吗？"王干部又拿出一副标准人事干部的腔调对我讲道："你要是真有劳动纪律方面的问题，那也用不着我管。那是你们处长的职责。今天叫你来，我是想跟你说点私底下的话。你看好吗？"

我真不知道王干部葫芦里卖的是什么药？但我还是点了点头。

王干部从我们俩第一次见面的那天说起。

那是3年前的3月份，在我们毕业那年的现场招聘会上，王干部代表大海市冶金局到我们学校现场招聘，于是我们有了第一次见面的机会。

现场招聘，准确地说，那是预先录用。一旦用人单位与毕业生双方相互看好了，就签订协议。等到我们正式毕业后，就直接到他们单位报到就行了。

我早与乐怡商量好了，我们一定要争取一同留在大海市。我们都很喜欢中国这个漂亮的海滨城市。因此，我们两个人，无论是谁，能尽早留在大海市工作的话，就尽量先留下来。

那天的现场招聘会是在我们学校图书馆自习室里举办的。因为我与乐怡不是相同的专业，所以，只能各找各的用人单位了。

我草草地巡视了一圈，发现招会计专业的用工单位挺多。但让我看上眼的不多。其中，大海市冶金局是比较有吸引力的。我先挤到王干部端坐的桌子前，认真地填好招聘表格后，庄重地递到王干部手中。王干部瞄了一眼，自言自语道："哦，会计专业的。"然后就把我的简历放到桌子上，对我点了点头，示意我面试就算结束了。

本来，按我前一天晚上的谋划，递上我的简历后，我应该口若悬河地展示一下自己各个方面的才华，以便给招聘者留下深刻印象。可谁曾想，王干部压根就没给我这个机会，但我并没有太着急。因为我前一天晚上准备的第二套行动方案派上了用场。

王干部这次找我谈话，就是奔着我当初的第二套行动方案来的。

在那次现场招聘会上，乐怡没有找到一个合适的单位。等毕业时，她被留校，在她们财经外语系做了英语教员。

我准备出国的消息越传越远，以至于我们班被分配到北京财政部的张东都听说了。而且，在7月份，他借到大海市出差的机会，特意找我聚一聚。其实，他最近一段也在忙乎出国的事。他见我，是想群策群力，共商"出国大计"。

张东和我不仅是同一个班的，而且我们还是同一个寝室的。我们寝室一共哥8个，按年龄排，我年岁最大，被尊称"老大"。张东排行倒数第二，尊称"老七"。因为其身高和体宽的尺寸差不多，人送外号"张胖子"。

人们见张胖子第一眼时，谁都会认为此兄是一个呆头呆脑，憨态可掬，人见人爱的大胖小子。可时间一长，只要你稍加留意，你就会发现，这小子绝对有道眼。

别的不说，就说这小子毕业时能不声不响地进财政部工作，你能说他是个一般人吗？更与众不同的是，能进国家各大部委的学生，大都在分配之前，就让全天下的人知道了他是靠什么人帮助自己进京的。可人家张胖子，到今天，我们班的同学都不知这小子的后台是谁。

当感觉这小子是个挺阴的主儿后，我就不太愿意与他交往了。毕业后，来往的次数就更少了。我都不知道这哥们是怎么知道我单位电话号码的。

为了不尴尬，我把我们系留在大海市的另三位男同学王晓、余挑一和席汉满一起叫来了。我们系留在大海市的几位女同学，张胖子示意我就别骚扰了。从这点看，这小子不近女色的优点还一直保持着。

因为是我做东，我就把饭局定在了我们楼下的回民饭馆。档次是低了些，但大家都是大学同学，也就无所谓了。

乐怡跟他们都很熟，她也下楼到饭馆坐了一小会儿。

我突然发现，我们毕业没几年，哥几个全都学会说话了。什么嫂子长、嫂子短的，把乐怡恭维得迷迷糊糊。其中，还是张胖子最会讲话。那哥仨的赞语主要集中在嫂子漂亮、年轻、气质好的层面上。而张胖子却反复说，乐怡是位百依百顺的妻子。这句赞语，也令我很受用。

乐怡陪着寒暄了一会儿，就回家了。我们几个老爷们正式开始进入酒局了。

寒暄从打篮球话题开始。只要有我在场，我们系的同学都会不自觉地谈谈篮球方面的事。因为，我是我们学校首屈一指的篮球明星。在中学时，我在我们县的少年体校训练过一段时间。所以，在这些头脑发达四肢简单的大学生眼中，我简直就是球星了。上学那会儿，张胖子几次想以给我打早饭为条件，让我教教他带球过人的动作，但我一次都没答应他，因为他太没有运动天赋了，手比脚还笨，收他做徒弟，会辱没我一世英名的。

扯完闲篇后，言归正传。张胖子问我为啥要出国。不等我回答，那哥仨像出过国似的，把美国描绘成了天堂。

人想去天堂，还需要理由吗？

稍静一静之后，我问张胖子："你在电话中跟我讲，你现在正在办出国手续呢，是吧？难道你还不愿出国吗？"

张胖子"唉"了一声，一杯啤酒仰脖而下。放下杯子，满脸愁容地对我说："老大，还有你们哥儿个。我这次来大海市，就是想征求一下你们意见的。我是该出国呢，还是不该？"

席汉满与王晓几乎异口同声地说："胖子，你是不是喝高了？这个问题还用问吗？"

张胖子委屈地说："我这是公派，和老大因私外出不是一回事！"

那哥仨一通爆笑。王晓说："老大自己花钱都挣命似的想出去，你花公款出国还犹豫个啥？

我暗示了一下王晓打住，说："咱们先听听。让老七把话说完。"

张胖子一句话，一口酒，把他的事叨咕了一遍。听完后，我们才明白，实际让他闹心的是：他目前该不该出去。

国际货币基金组织给中国财政部一个到美国哈佛大学读货币与财政专业的硕士学位的名额。这个名额被分给张东所在的司。分管人事的司领导已经找张东谈过话了，这个名额指定给他了。张东上个月也就开始办理护照了。

此消息不胫而走。张东他们司有一位我们学校毕业的大师哥。这位师哥闻知大怒。多次找领导闹，一心想把这个名额从张东手中抢走。

张胖子现在面临的选择是，要么不理那位师哥的无理取闹，接着办签证，准备出国留学；要么仗义一把，主动把这个名额让给那位大师哥，做个老好人。

怎么做选择都很纠结，骑虎难下！

我问张东："老七，你知不知道，为什么你们司长把这个名额给了你，而没给咱们的师哥呢？"

张东回答："咱们那个师哥桀骜不驯，挺不服管的。他平时与领导们的关系就不好。"

我接着问张东："你们司长多大岁数？那位师哥多大？"

张东回答："我们司一位司长，好几位副司长。主管我们这块业务的副司长，今年40多岁；咱们师哥是今年30多岁。"

我渐渐揣摩到了张东的心思。拿起酒杯，与张东碰了一下。我们俩一饮而尽。我对他说："老七，我明白了。实际你小子已经有答案了。这趟来大海市找我们，只是想坚定一下你的想法。"

王晓不解地问："他有啥答案了？"

我说："老七，首先说，你已经很明确地选择——放弃这个留学名额了。是吧？"

张东明知故问道："我为什么要主动放弃呢？"

我干净利索地回答："目的是放长线钓大鱼。"

张东向我这边凑了凑，用手摇晃我的胳膊说："老大啊，这就是我不远千里来向你讨教的原因啊！"

9月份的一天，我正在办公室看书时，乐怡给我来了个电话。电话中非常急促地让我回家，说她有急事找我。

我第一反应是孩子病了。否则，没有什么事情会让她这样大动干戈地非叫我回家不可。在一般女人的心中，孩子是第一位的。老公嘛，可能是第二位的。

我们职工宿舍楼就在我们局办公楼的后院。我三步并作两步走，刚推开家门。乐怡满脸是笑地给了我一个拥抱。

我莫名其妙问她："是不是孩子病了？"

乐怡不高兴地说："乌鸦嘴，瞎说！孩子在我妈那儿被照顾得好好的，怎么会病呢？今天叫你回来，是告诉你一件好事：美国的大学给我发录取通知书啦！"

伴着《生命进行曲》，乐怡把来自美国首都华盛顿乔治城大学的信件在空中晃了几下。此时乐怡发光的眼神让我感到，这和她看到马怡乐第一眼时的眼神是一样的。

中午，我和乐怡非常高兴，都想庆祝一下，所以，我们就没在家做饭，而是来到楼下的回民小饭馆点了两个菜，我还要了两瓶啤酒。

真是不是冤家不碰头。当我和乐怡刚想碰杯喝第一口酒的时候，梁房修独自一人走了进来。而且，我与他一下子就四目相对了。

梁房修故意装成十年没吃过饭似的，径直走到我和乐怡的座位旁，一边搓着双手，一边自言自语地说："命好没办法——兜里没钱了，中午还会有人在这大饭店里请我！"话还没说完，就自己拉了个凳子坐了下来。

梁房修是内蒙古人，挺豪爽的一个蒙古汉子。他对自己的评语是："优点是能喝酒，缺点是咋喝都不醉。"

以他的酒量喝我两个来回没问题。我们刚进局里工作时，没少在一起喝酒。只要有梁房修在的酒局，我肯定必醉无疑。而且其他人也都会像洒水车一样回家。所以，梁房修在我们单位的男同志眼里，是个挺豪爽的人，但在我们局家属的口中，这小子就是一个十恶不赦的酒鬼。

我和梁房修还算是挺对脾气的。平时关系还强于其他同事，但自从上次晋级风波后，我们俩之间好像有了一堵看不见的墙，相互见面的次数少了。即使不期而遇，最多也就是点头而过。

还没等我给梁房修要个杯子，这哥们就顺手拿起乐怡桌边上的啤酒瓶，一仰脖儿，半瓶酒就落肚了。

梁房修一边往嘴里划拉菜，一边问："你们两口子今天是啥日子，大白天的就开始喝上了？"

乐怡抢着地回答道："没啥事。就是老马今天嘴馋了，我在家没做饭，出来给他改善改善。呵呵。"

梁房修故意学乐怡的"呵呵"声，转过头对我说："马骏，你不至于像嫂子一样，也把我当个横竖不知的傻瓜蛋看吧？"

我坦然地说："谁把你当傻子了。你小子粘上毛，比猴还精！今天是个大喜的日子。我就要离开咱们局这个阎王殿了，来，碰一个。"

本来我想说，乐怡今天收到美国高校录取通知书了。可不知为啥，话都到嘴边了，说出来的却是自己要离开冶金局了。

此话一出口，我的心激灵一下。哎哟，我真的要走了吗？

梁房修没有响应我的提议，连酒杯都没端起来，疑惑地问：

"离开咱们局？你往哪儿走？"

我用眼睛的余光，明明感受到乐怡不让我把实情讲出去的示意，但我这回毫不犹豫地脱口而出："出国，去美国！"

梁房修非常平静地说："早就听他们议论过你想出国的事。没想到你真的要出国了。你怎么没事想出国了呢？"

我怎么都没想到，梁房修听到我要出国的消息后，反应竟如此平淡。是他把出国看作是一个很平淡的事呢？还是他对我所有的事都感觉到平淡呢？

一阵难堪的沉寂后，梁房修问我："马骏，不是因为上次你没晋级就闹情绪吧？退一步讲，闹情绪也不能选择一走了之啊！嫂子你说呢？"

乐怡可能是仗着酒劲，说了一句令我很难堪的话："你们是一同进局里的。你现在已经是副科长了，他还是个小科员儿。他能不走吗？"

我很生气地瞪了一眼乐怡，几乎是怒吼道："闭嘴。你懂个屁呀！"

"好，我什么都不懂，就你懂！你懂去吧，我回家了。"乐怡说完，竟然起身走了。

时至今日，我都没搞明白，乐怡接到录取通知书是个高兴的事，可是，那天中午吃的那顿饭，我们竟然不欢而散了。是梁房修半道插一杠子，破坏了应有的喜庆气氛？还是老天在给我一些什么暗示呢？

我和乐怡办理出国手续进展得还算顺利。财经大学要求乐怡必须先办理辞职手续，否则不给出具相关的证明文件。乐怡一咬牙，就办理了辞职。

我是以陪读身份，向单位请了一年的长假，也就是变相的停薪留职。

　　等我把出国消息正式公布于众后，各方反应不一。

　　我家，主要是我爸的态度了，是气愤与无奈。乐怡家到没啥态度，只是表示，他们会尽心尽力照顾好马怡乐。乐怡与他们系的领导和教师关系一直很疏远，所以，人家都有什么样的态度，她不知道，她也不关心。

　　乐怡本人的态度倒是有些变化。签证拿到手之前，是期盼，是激动，是喜悦。拿到美国签证后，是犹豫，是担心，是恋恋不舍。

　　她是接到春季班开学的录取通知书的。我们最开始商定，买12月份的机票，早到一个月，让她尽早熟悉美国环境，把口语再练练。我呢，尽早打点儿工，尽快挣点儿美元——老美管它叫"刀"。

　　后来，乐怡以在中国过最后一个元旦为理由，把出国时间一拖再拖。最后，竟然订了比华盛顿乔治城大学要求报到的时间还晚两天的机票。这还是在我一顿怒骂的情况下，她才咬牙购买的。

　　其实，我在内心挺理解她的。哪个女人愿意与自己一岁大的孩子分隔千山万水呢？

　　但是，我们不这么办又能怎么办呢？我们俩对美国也是两眼一抹黑，如果把马怡乐带在身边的话，那可能让我们全家人更遭罪。

　　反应最热烈的是我单位那边。我像一个要出征的战士一样，大家分处、分科为我摆宴送行。使我每天都沉浸在"风萧萧兮易水寒，壮士一去兮不复还"的悲壮气息中。当然，什么"苟富贵勿相忘"和"百尺竿头更进一步"的叮咛与祝福声，也是此起彼伏。

　　咳，哥们弟兄的话语，酒局还没结束时，我就基本都忘了。每天晚上上床前，最多能记起来的是，今天喝的是白酒还是啤酒。

　　在与单位领导和同志们频频举杯的那阵子，有一个人始终没有在这种场合出现。他就是我们局组织部部长王干部。毕竟人家是局领导，毕竟人家是长者，可能人家干脆就没把我放在眼里，更没有放在心上，所以，不参加我的欢送宴，情有可原。因此，我也就没敢擅自到王干部办公室去跟他告别。

"有缘千里来相会，无缘对面不相识。"我在内心这样宽慰自己，但不管怎么说，我是王干部一手招进局里的，临走前没跟王干部打个照面，我内心还是有些歉疚。

1993
[农历鸡年]

在美国乔治城大学要求的报到结束日期的第二天，我和乐怡拖着4个大箱子，每人身上各背一个大包，来到了大海市国际机场候机楼。

我和乐怡是第一次出国，也是第一次坐飞机。我们按照事先打听好的程序，办理好了各自的登机牌，把4个大箱子办理了托运。然后，通过了安检，到了登机口，准备登机了。

我忽然来了份闲情逸致，笑着问乐怡："嘿，你现在啥心情?"

乐怡满眼是泪答道："我想孩子啦。"

"女人! 头发长，见识短。"

我恨恨地对乐怡丢下一句话。扭头巡视一下同样在候机的各色人。

候机大厅广播中传来我们这趟班机开始登记的通知。全体乘客"轰"的一声，像海浪一样，一齐向登机口拥去。

我以篮球运动员特有的矫健步伐，挤到了队伍的前列。要不是因为我需要拉拽乐怡，我肯定会排在第一位。

正当我认为大功告成之际，麻烦出现了。

登机口的地勤人员说我随身行李超重超大，不允许登机！

我一下子怒火万丈，质问道："我行李超重超大？你们前面那几关检查人员干啥吃的，他们为什么不早告诉我呢？"

地勤小姐可能是见惯了我这样暴脾气的乘客，十分平静地回答："前面是前面的做法，我这是遵照航空公司的规定，照章办事。请你配合。"

乐怡拉拉我的衣襟说："你别啥事都发火。多没素质啊！"

我最烦乐怡这一点。一遇到事，她总是枪口对内。

"你不跟我保持一致骂机场的人，反倒说我没素质。你是装傻呀，还是真傻啊？！"当着众人的面，我对乐怡一点儿都没客气。

一个年岁稍大一些的空姐走过来，温文尔雅地对我说："先生，像您这么大体积的行李，是无法放进机舱里的行李箱里的。所以，务必请您配合一下。把暂时不需要带的物件留下来，请您的家人或其他送机者，帮您把留下的物品带回去。您看好吗？"

我压了压火气，说道："问题是我们俩自己从家来的，没人送机啊！"

正在我进退维谷之际，从我身后闪出个人来，对我说："朋友，我这个箱子基本是空的。要不，你们把一些东西先腾到我这里。等下飞机后，你再取走。你看好吗？"

"哎哟，哥们，太谢谢你了。"我连忙向身后的这位朋友鞠躬致谢。

"嗨，谢什么！大家都是为了赶路嘛。"

帮忙的人叫杨棉。当时他告诉我，他出国的缘由是探亲。他之所以没什么行李，还带这么大的一个箱子，原因是他家里只有这唯一的一个行李箱。

命运之神的恩典，就是在你需要帮助的时刻，神会安排人来帮你。

多少年之后，证实了杨棉就是受命运之神的安排，陪伴我度过在美国的艰辛日子的人。杨棉帮我和乐怡如愿登机后，另一个灾难性问题又发生了。

上了飞机，我们找到了自己的座位。我是靠窗的位置，乐怡在我左边，挨着她坐的是个男的，名字叫张镇塔。

张镇塔挺爱讲话，不时跟我说这说那。我不是很喜欢他，所以目光逐渐移到了窗外。张镇塔就开始与乐怡搭话。像查户口一般，问这问那。乐怡以她的高素质，一一作答。

突然，张镇塔像发神经似的对乐怡说："完了，完了。你们死定了。"

我很气愤地问："什么完了？你说谁完了？"

张镇塔连忙说："哥们，你别发火。我知道你脾气大。我是好心告诉你，你们遇到麻烦了。"

"啥麻烦啊？"

"刚才这位大姐告诉我，你们超过美国学校规定的报到期限了。是吧？我知道，老美办事可死规矩了。一是一，二是二。超过一分钟他们都不会受理的。你们的录取通知书作废了！"

我脑袋立刻"嗡"的一声。我对乐怡那个恨呀，真想一把把她撕碎了。

当初订机票时，我就建议她至少提前两天到美国报到。可是，订票时发现，如果晚去两天的机票价格比早去两天的价格每人便宜200块钱，两个人就是400块钱。对于我们每月不到100元钱工资收入的人来说，这个差价也算是大数额了。我们俩当时财迷心窍了。咳，现在说什么都晚了……

我，还有乐怡，一瞬间从天上跌到了地上。

那个爱讲话的张镇塔又讪讪地对我们说："没事！这有什么发愁的。你看我，我也是过了报到期的。"

乐怡用目光向他发出了疑问与咨询的请求。

张镇塔洋洋得意地说："录取我的学校在德克萨斯的奥斯汀。从接到录取通知的时候，我压根就没想去报到。所以，我才订这班飞机去美国。咱们到美国干啥？想别的都是假的，打工赚钱，把腰包塞得满满的，那才是真的。要学知识，还用去美国？听我的没错，这是条明路。"

张镇塔给我们指出一条"明路"：下了飞机，我们就主动成为非法移民。俗称"黑下来"。

听到姓张的给出这个建议，我发自内心地讨厌他。

我一语双关地对他说："还是你自己走这条'冥路'吧！"

我们是迎着初升的太阳，从中国起飞的。十几个小时后，我们又迎着初升的太阳，在美国首都华盛顿里根机场降落了。

乐怡的表姐、表姐夫和他们的女儿一同驱车到机场来接我们。

乐怡的表姐叫郑莉，姐夫叫王品一。两个人都是1980年代公派出国的。两个人都是学化学的，又都是博士学位。

表姐郑莉在马里兰州的一家很著名的生命科学研究院工作。姐夫王品一在一家大型制药公司工作。他们的女儿王美博，小名娇娇，在国内出生，三年前到美国的。现在在弗吉尼亚州一所小学读一年级。表姐他们家住在弗吉尼亚州阿林顿郡。

表姐郑莉是乐怡大舅家的大女儿，比乐怡大十多岁，两个人小时候交往很少，甚至说没什么交往。乐怡知道她有这个表姐的时候，这个表姐已经在大兴安岭地区插队当知青了。

粉碎"四人帮"后，这个表姐一下子成为他们这个家族的骄傲——77级大学生。那是国家恢复高考后的首届大学生。

姐夫王品一是中原人，年龄比表姐大一岁，入学比表姐晚一届。那个时候考生的年龄有些乱，但那个时候能上大学的人，至少有一点：每个人的毅力都非常好，而且都是肯学的主儿。

乐怡当初认识我没几天，就张嘴表姐，闭嘴表姐的。显然，郑莉就是乐怡儿时学习的榜样。

乐怡和我与王品一夫妻俩初次见面彼此多少有些拘谨。特别是我，平时还算是能说会道的，可一到这种场合，我就成瘪茄子了。好笑的是，后来表姐郑莉说，她一见到我就喜欢我，原因就是看到我和她见面时，一副拘谨不安的样子。

好在当时有娇娇在场，小孩成为我们初次见面的主角。娇娇与乐怡一见如故。她们两个不生分。娇娇小的时候是在乐怡大舅家长大的。每年春节，乐怡都会去她大舅家拜年。因此，每年乐怡都会见到小娇娇。只是这两三年娇娇来美国了，她们才没见过面。

我虽说是第一次见到他们一家三口人，但有一种一见如故的感觉。至少，我在内心是感激人家的。没有表姐的担保，乐怡是难以被美国大学录取的。乐怡来不了美国，我肯定也就来不了。

乐怡搂着娇娇的头，说："娇娇，等一下。小姨送给你个礼物。"

当乐怡回身要翻自己的行李包时，我们俩突然傻眼了——我们的很多东西，包括给娇娇准备好的玩具都在杨棉的行李箱里呢。

咦？这小子哪去了？难道趁我们在接机口讲话时，这小子溜了？

我在心里想，八成我们遇到骗子了。

华盛顿里根机场实际不在美国首都华盛顿特区，它坐落在弗吉尼亚州阿林顿郡南部，阿林顿郡与华盛顿特区只是一河之隔。我们大多数中国人应该对此地有印象。在很多描写战争的美国电影大片中，出现的美国国家军人烈士公墓就在阿林顿。我有时戏称此地为美国的"八宝山"。

表姐郑莉家在阿林顿的北部，距里根机场5英里多。房子是典型的美国中产阶级生活的3层洋楼。如果按中国人的习惯算法，加上地下室一层，应该算是4层的独栋别墅。

美国家庭的地下室使用功能，往往是一个小型健身房。表姐一家三口，没有一个喜欢运动的。所以，他们家的地下室放了台电脑。

一楼是餐厅和客厅。二楼是大人活动的空间。三楼是孩子使用的空间。

整个楼的建筑面积大约有四五百平方米。属于他们的院子可就更大了，至少得有上千平方米。院子里的参天大树就有一百多株。

那天杨棉是跟我们一起来到表姐家的。

杨棉不是个骗子。我和乐怡还没有等飞机停稳就拼命往前挤，所以出来得早。杨棉座位本来就靠后，加上他托运的行李出来得慢，因此，他也就比我们出来晚一些。我们错怪人家了。

误会消除后，我们把行李放到车上，就准备去表姐家了。

杨棉突然对王品一说："姐夫，你能不能把我捎到市内？"

王品一爽快地回答："没问题。快上车吧。"

车离开机场，王品一问杨棉："小杨，你准备到市内哪个地方？"

杨棉面有难色地说："我这次来美是访友的。他在里士满住。因为他遇到点意外的事情，所以今天他没能来机场接我。我需要自己去他那里。今天恐怕来不及了，我想先找个小宾馆住下，明天我再搭车去里士满。姐夫，你在路经有小宾馆地方，让我下来就行了。"

王品一是非常乐于助人的。他了解完情况后，爽快地对杨棉说："那还住什么小宾馆呀？今天就在我家休息一夜吧。"

杨棉马上摆手道："不方便，不方便。我不能再给你们添麻烦了。"

王品一笑着说："大家都是从中国来的。我们先到的，应该帮助你们后来的。你就甭客气了。再说，你和马骏不还是朋友嘛。只要你不嫌弃我们家居住条件就行啦。哈哈！"

原来王品一误会了我和杨棉的关系。他以为我们俩早就认识了呢。

乐怡悄悄地捅了我一下，表现出不满的神情。我想，反正人家杨棉在飞机上也帮助过我们，没有杨棉的帮忙，我们能不能来美国还不一定呢。受人滴水之恩，应当涌泉相报。所以，我装作没搞懂乐怡的意思，把脸转过去看路边的风景。

第二天一早，除我以外，其余的人兵分两路。一路是王品一开车送娇娇上学，顺便送杨棉去当地的灰狗长途车站；另一路是郑莉驾车送乐怡到乔治城大学报到。

我一个人独守空房。

透过窗户看着表姐家的大院子，我内心一刻不停地在想：乐怡如果让学校拒签了，我们俩啥时候买票回中国呢？

像在飞机上张镇塔所说的"黑下来"的做法，我也认真思考了一番。我觉得不到万不得已的情况下，我们绝对不该走这条路。如果在美国过的是人不人、鬼不鬼的日子，那为什么还一定要留在美国呢？在中国，好歹我也是名国家干部啊！

在表姐家转悠了一天，我也没找到他们家的灶台。连烧开水的壶我都没发现——我后来才知道，他们家压根就没有这些东西。

到了中午，我觉得有点饿了，就掰了几块面包，就着自来水咽下去了。

下午，娇娇放学先回到家了。小姑娘围着我问了几百个问题。你家有没有小孩？是小妹妹还是小弟弟？她都有什么玩具？那些玩具都是谁买的？……

正当我感觉无法招架的时刻，电话铃响了。娇娇连蹦带跳地去接电话。

娇娇拿着电话讲了好几分钟，我一句都没听懂。她是在用英语讲电话，令我敬佩不已。

过了一会儿，娇娇手拿着电话，扭过头来，用中文对我说："叔叔，我爸爸问你今晚想吃什么菜？"

哦，弄了半天我才明白，这是王品一打来的电话。

我连忙对娇娇说："随便。"

娇娇这回也用汉语对着电话讲："爸，叔叔说想吃'随便'！"

我都听到了听筒中传来王品一哈哈的大笑声。

又过了一会儿，乐怡和郑莉姐俩有说有笑地进屋了。而且，她们俩是在用英语对话。

乐怡一进来，我双腿不停地在抖，我真不知道乐怡带回来的是什么消息，是好，还是坏。乐怡好像没看到我一样，径直走到娇娇的面前，并用英语讲起话来。我还是一句都听不懂。

我实在等不及了，就张嘴问乐怡："嘿，今天的事咋样啊？"

乐怡连头都没转过来，反问道："你指啥事？"

我强压着怒火，说："还能有啥事？报到的事呗！"

乐怡不咸不淡地回答道："报完到了。我今天还跟班上了几堂课。表姐今天班都没上，陪了我一整天。"

表姐郑莉笑着说："其实也是我自己乐意陪你。活到现在，我最愿意干的活就是坐在教室听课了。好，你们休息一会，我去准备一下晚饭。"

娇娇马上用英语叽里咕噜跟她妈讲了一阵子话。我猜得出来，是告诉她妈，她爸来电话了，今晚由她爸爸负责做饭。至于"随便"那道菜，她跟没跟她妈妈讲，我就不知道了。

乐怡对我不理不睬的态度令我很恼火，但得知她已经顺利报到了，我心中的气立刻烟消云散了。

谁说美国人办事教条，不通情达理？这不挺讲人情味的吗？

我听完后，越发恨张镇塔这个小子了。他的一句话，吓得我一天一夜都没合眼！

王品一回来，我们就开饭了。饭不是自己做的，是王品一在下班回家的路上，到一家中餐馆订的餐。

人逢喜事精神爽。虽说这家中餐馆的饭菜味道，不如我闭着眼睛做得好，但乐怡能够顺利就学，就说明我们来美国的第一步宣告成功！我和王品一不约而同地提议，今晚我们哥俩好好喝两杯。

酒是我从国内带来的上等瓶装白酒。王品一还是有些酒量的，我们俩没太费劲就把一瓶白酒给喝见底了。

晚上，我洗漱完毕，趴在床上，推推已经躺下的乐怡："嘿，今晚咱们高兴高兴？"乐怡快速翻过身去，甩给了我一句话："去去去！人家明天还得早起赶去学校上课呢。"房间里的灯关了。我内心感到一片漆黑。

中国人常讲，万事开头难。难就难在需要办的事太多，又摸不着门。

我和乐怡初到美国，有很多很多的事情需要去办理。诸如，个人的社安号、银行卡、保险、临时打工卡等等一堆事。

要是在中国还好办，至少我们两个人可以分头办一些事情。可这是在美国呀，出门就需讲英语。遗憾的是，我们国家的学校，从中学到大学，老师都不注重教口语。所以，别说我不敢出门，我看乐怡这个学外语专业的人，出门在外与人讲话时，也倍感吃力。

好在有表姐和姐夫的帮忙指导，我们大约在一个月内就完成了其他留学生需要三四个月才能完成的各项琐事。

剩下的就是只能凭我们个人本事去完成的事：考驾照。

中国人把驾车当作一门职业技能。在美国驾车，那完全是人的一种必备的生活技能。没有车，就等于没有腿；没有腿，你怎么在美国混？

我和乐怡在国内时，只会骑自行车，汽车的方向盘碰都没碰过。但是，我们俩都认为，我学车考驾照，肯定会快一些；乐怡笨手笨脚的，通过驾照考试肯定会慢一些。

但事实与推测正好截然相反。乐怡一次性通过考试，我第五次才勉强过关。

路考那天，王品一驾车把我和乐怡送到考点。一位老黑考官先点了我的名，所以，我就先上路考试了。

我和乐怡是用半个月的时间突击学车。除了交规熟烂于心外，真正练车的时间，加起来也不过十个小时。而且，为了省钱，我们都没去正规的驾校，都是王品一利用休息时间陪我们练车的。

开始还算好，老黑考官在一旁连续说："不错！不错！不错！"

在接近一个十字路口时，我已经真切地看到了立在路口的"Stop"标志。

当我正要轻踩刹车时，我听到老黑嘴里发出"Start!"的指令。Start翻译成中文的意思是开始、前进的意思。我傻乎乎地给车加了脚油，快速地通过了十字路口。

老黑给我做了个鬼脸，说句："对不起！"就毫不留情地给我Down掉了。

我涨红着脸回到了休息室。

乐怡一看到我进来，就急切地问我："是Pass，还是Fail？"

我难过地摇摇头。乐怡还没来得及问我为啥Fail了，她已经被那个老黑领出休息室了。

据后来乐怡回忆，当她知道我Fail之后，大脑一片空白。她心想，连我都没Pass，她肯定也Pass不了了。

她上车后紧张地问老黑："我该做什么？"老黑告诉她："先系好安全带"。乐怡照做了。

然后她又问："接下来我该做啥？"老黑告诉她："检查、调整左右倒车镜、后视镜和座位。"乐怡照做了。

然后她又问："接下来我该做啥？"老黑告诉她："转动钥匙发动汽车"。乐怡照做了。

乐怡就这样，在老黑的指令下，亦步亦趋地把车环绕车场一周。

回到起点，关灯熄火。老黑对她一咧嘴："恭喜你！你通过了。"

十天后，乐怡的驾照就被寄到了表姐家。当时我无地自容，看到我难堪的样子，王品一出来给我打圆场："在美国，女人就是会受到特殊照顾的。"

后来，我在接二连三地Fail后，就更确认王品一讲的话是实情。

我历经5次路考才拿到驾照。这给我带来的，不仅是耽误我晚开了几天车，而且，从此往后，在我与乐怡发生的口角中，我有了被她称为"没知识、没本事、没文凭"的铁证。

在美国生活还不到一个月，在乐怡的口中，我已经成为"三没"

产品了。

接下来的日子，我将还会演变成什么样的产品呢？——我在内心问自己。

乐怡上学的华盛顿乔治城大学，紧靠首都华盛顿特区与弗吉尼亚州的界河波托马克河，离表姐家不算太远。早上表姐开车捎上她去学习，不到10分钟就到了。下午放学，乐怡只好自己走回来，大概需要40—45分钟。

那条界河波托马克河是美国中东部最重要的河流。美国人于18世纪在这一段的河面上架设一座铁桥，为纪念建桥人，把该桥命名为"K桥"。K桥全长500米左右，桥上双向4车道。两边各有一排人行道。

多年以后，乐怡说，她在美国心境最美丽的时刻，就是她每天放学后，独自一人，走在K桥上，怀里搂着几本书，迎着夕阳余晖，享受着阵阵微风，身体如同桥下的河水，自由地缓缓流淌……

乐怡也说过，她这辈了选择去乔治城大学读书，是唯一的永远的无怨无悔的选择。

其实，乐怡当时接到三所美国大学的录取函，除乔治城大学外，还有一所国际基督教大学和美国南方一所没什么名气的大学。

前者毫无疑问是学习神学。我们是生在新社会，长在红旗下的一代，对神学敬而远之。后者是学大众传媒专业。我是赞同她到这个学校的。可她嫌这个学校在南方——当时在乐怡的脑海中，美国的南方都是荒山野岭。我也不知道她怎么会有这种印象的。

乐怡在乔治城大学学的是国际政治关系学。之所以决定上乔治城大学，因为该校位于美国首都华盛顿特区，此地肯定是山美、水美、人更美，是天堂中的天堂。另外，两年后，乐怡作为国际政治关系学专业的硕士毕业生，保不齐会成为一名女外交官，甚至当上联合国秘书长呢！

乐怡的前途，想一想，都会令人睡不着觉的。

一个多月过去了。华盛顿地区的大地已经有了冬去春来的迹象了。

以前我只知道日本有樱花，其实，每年这个时期，华盛顿的樱花绝不比日本的樱花逊色。表姐家的大院内，就星罗棋布地种着十几棵樱花树。

说老实话，我真的不太喜欢樱花。樱花的花瓣是白中带粉，给人一种忧伤离别的感觉。也许，这是现实情境使我产生的感觉吧。

我和乐怡从表姐家搬出来住了。

我们在表姐家没住几天，乐怡就向表姐表达了我们希望自己找房子搬出去住的想法。因为来美国之前，我和乐怡就商定好了这事就这样办。

表姐一万个不答应。她说，家里有房子住，何必再浪费钱到别处租房子住呢？甚至表姐还开玩笑说，如果你们钱多，就给我付房费。等我们真要给她付房费时，她又虎着脸说我们太小瞧她了。一句话，就是希望我们俩免费在他们家常住下去。

如果说表姐的善意是一家人亲情所致的话，表姐夫王品一做人做事，那可就更让我们心服口服了。他平日里，不但一点牢骚、反感没有，而且，什么事都替我们俩想在前头。

以前我总是认为学习好的人，都像榆木疙瘩，明哲保身，难以交往。王品一的这种表现，征服我，也征服了乐怡。按乐怡的话说就是：嫁人就应该嫁给姐夫这样的人。

但是，不管怎么说，我俩去意已定。并且，乐怡已经开始看报纸上的房源广告，寻找合适的房子了。

最后，王品一无奈地对我们说："我有一个教友，他们前不久全家搬到西雅图去了，但他们在这里的房子还没卖掉。他临走前委托我照看这个房子，直到帮他把这个房子卖掉。这样吧，我先跟我这个教友打个招呼，如果他同意的话，你们就先搬到他那个空房子里免费住。平时帮助清扫一下，遇到open house时，你们帮助接待一下。你们愿意吗？"

　　没等王品一说完，我就迫不及待地说："那敢情好了。"

　　王品一打电话跟他的那个教友一说，人家不仅同意了，还说，在我们帮助照看这个房子的期间，他会按月给我们一定经济报酬的。

　　当然，这个报酬我们绝不会要的。白住人家的房子，还管人家要钱，这还有天理吗？

　　我和乐怡本身行李也不多，用我们新买的二手车，一次就搬完了。

　　这个房子离表姐家也不远，就隔4个街区。从乐怡上学的距离的角度看，基本一样，等于没搬。

　　虽说这个房子不是我们买的，甚至租金都不用付，但我们感觉这就是我们的房子，这就是我们的家。

　　在我们搬到新家的第一个周末的晚上，我和乐怡刚刚吃过晚饭，餐桌上碗筷还没来得及收拾，就听门铃响了。我和乐怡一同开门纳客。

　　娇娇还没等门全都敞开，就从门缝中钻了进来，直扑到乐怡的怀里。我与王品一也紧紧拥抱了一下。

　　表姐郑莉嗔怪道："嘿嘿，你们也太过分了啊！就把我一个人晾在一边，太欺负人了啊！"

　　乐怡忙说："大姐快请进。"

王品一对我神秘一笑，说："别忙，还有一位贵客在门外呢。"

贵客？我心里十分迷惑，我在美国还有贵客了？

我跨出门外，放眼一看，果然还有一人在外面站着。这个人就是杨棉。

乐怡领着表姐一家人在客厅坐着唠嗑。我把杨棉引到餐厅，坐在餐桌旁。

杨棉说他还没吃饭呢，我就把剩菜热了热给他吃。我本想给他重新做点饭菜，可遗憾的是，今天是周末，冰箱里确实是一无所有了。

杨棉一边大口吃饭，一边诉说他自己这一个多月的经历。

他是刚刚找到我表姐家的。今天上午他乘灰狗从里士满来到华盛顿特区。下车后，坐出租车找到表姐家。

这些天，他一直待在里士满。

然后，他头不抬眼不睁，一边吃东西，一边问我："我今晚想在你这儿住一夜，行吗？"

我随口回答道："没问题。几夜都行。"

杨棉还是嚼着东西问我："你就不担心我是个坏人？你不害怕？"

我笑着说："哥们，我现在最不怕的就是坏人。我一个纯粹的无产者，你是能劫财呢，还是能劫色呢？"

杨棉还是低着头问我："你就不想知道我的经历？"

我爽快地答道："那倒是想了解。"

杨棉这回抬起头盯着我说："你问吧。我保证实话实说。"

我嘻皮笑脸地随便一问："杨棉，这是你的真名吗？"

杨棉回答道："不是。"

我大吃一惊："啊？"

一个人用假名在外头混，他可能是一个什么样的人呢？我的心一下子提到嗓子眼了。

杨棉问我："你害怕了吧？"

我下意识点了点头。

杨棉问我："你现在后悔答应我今晚在你这里住了吧？"

我又下意识点了点头。

杨棉似乎微笑了一下，说："那好吧。我就不打搅你了。谢谢你这顿晚餐。我走了。"说完，他站起来，向门口走去。

我们一心想从表姐家搬出来，有两个说不出口的原因。

一是我和乐怡最近经常闹意见。两个人躲在自己的房间里，尽量压低声音相互争吵，那是夫妻争吵战中最痛苦的战斗形式。特别是，我们都担心万一哪天两个人同时控制不住了，在表姐一家人面前，真实地展现出我们的战斗情况，那会令我们所有的人都感到难堪的。所以，我们俩都希望快点搬走。

另一个说不出口的原因是，我们俩都急于想到外面打工。按乐怡同志分析，我只能在餐馆里刷盘子。除了怕郑莉和王品一两个大博士笑话外，我也担心把餐馆的气味带回来，让人家觉得恶心。但是，话说回来了，我们俩能不打工赚钱吗？我们自己生活需要钱；抚养孩子需要钱；孝敬父母需要钱；人情往来需要钱。至少，为尽快还上我们这次出国所欠下的外债，我们也需要打工赚钱啊！

特别是对于我，什么是来陪读的？呸！那是拣好听的说。说白了，我就是来打工的。美国的好山好水不属于我，属于我的是烟熏火燎的厨房。

在我们还没离开表姐家前，我就开始寻找工作了。

有一个早上，当上学的，还有上班的人都走了之后，我往自己的挎包中塞了几片面包，又放了一瓶水，就按照地图，向距离表姐家3英里的地铁站进发了。为什么要去那里呢？因为有一次，王品一开车途经那里时，我见到那里聚集了很多人。所以我马上问他，这是什么地方。王品一告诉我说这是地铁站，三教九流的都愿意在这里混。并告诉我，没事不要到这里，不安全。在美国发生的抢劫案，十有八九是在地铁站周围发生的。

我用了一个小时的时间，徒步走到了地铁站。因为很早，地铁站没有我那天见到的那么些人。我有些失望。有点起了个大早却赶了个晚集的感觉。

我希望这里人多。多一个人，就多一份信息，我也就多获得一份打工的可能。我现在最着急的是上岗——打工——赚钱！

美国的地铁车站，多数像中国的火车站。中国的火车站外面不远处，就是公交汽车站。同样，美国地铁站外面就是Bus车站。

我远远地看见，在Bus车站附近的一个老者正坐在凳子上晒太阳，我便走了过去。

通过我努力地听，反复地问，再加上猜，我知道这个老头是个越战老兵，而且是一个伤残军人。他单身一人，就住在这附近。他现在没有工作，准确地说，他不需要工作。如果非要给他安排个工作的话，那他每天就是睁开眼睛，尽力花美国国库中的银子。

不到十分钟，我就决定不跟他瞎扯了。一个自己都没工作的人，还能帮我介绍工作吗？

我有些沮丧地四处溜达，观察着上班族行色匆匆的样子。

我有些越来越饿的感觉，我这才意识到我早上没吃饭。我索性站在马路边，把准备中午充饥的面包片，就着水，大口地吃了起来。

"嗨，你是华人吧？"有人在用汉语跟我讲话。

"啊，是啊！你也是中国人？"我寻声看到跟我讲话的是一个40

多岁的人。

"不，我是台湾人。"

"台湾人不就是中国人吗？"

"大陆是大陆，台湾是台湾。"

我从兜里掏出香烟，抽出一支烟递给他，说："请尝尝大陆的烟。"

那个人接过烟，没直接叼上，而是低头查看了一下香烟的牌子。

"喔，红梅牌。没听说过。"

我用火柴点着火，说："请点上。尝尝。"

那个人一口气把我递过去的火吹灭了。说："对不起，我不吸烟。"

我心里骂道：耍我啊？你他妈的不吸烟还接我的烟，逗我玩吗？

那个人好像读懂了我面部表情的内容，说："别生气，年轻人。我没有恶意。我确实不吸烟，但我是卖烟的。所以，我对任何香烟都感兴趣。大陆的烟草市场情况，我不太了解。我现在想给你一份工作，不知你愿不愿意？"

我的妈呀，天上掉下个大馅饼。"啪"的一声，砸在我的脸上。我激动得都不知道是该说疼，还是该说谢谢了。

"什么工作？"

"莫急，莫急。我现在马上要乘地铁去机场，到日本出差。两周后回来。到时候，你跟我联系。这是我的名片。上面有我的电话。OK？"说完，他就转身向地铁口走去了。

我接过名片，也"OK"了一声。然后，把那张名片在手心里攥成个团，正要随手扔到地上，突然觉得那样太不文明了，所以，就悄悄地把手中那个小纸团放到了裤子兜里。

看着那个人的背影匆匆地消失在地铁口，我比刚才更气愤地骂道："该死的杂种！你当你大爷我是三岁小孩，说骗就骗啊？这是在美国，爷爷我不跟你置气。这要是在中国，我一定会揪着你的衣领子，让你立刻告诉我是什么工作？要是敢忽悠我，当即两个'冲天炮'，打得你满地找牙"！

这样看来，还是表姐夫提醒得对呀。地铁站这儿，鱼龙混杂，是非之地，不宜久留啊。

这一次，也是我来美后第一次出去找工作，就这样草草收场了。

那天我回到家里，白天发生的事，我跟谁都没说，打死我都不会跟乐怡讲的。学车考驾照，她已经1：0赢了我一局。我决不能在找工作方面再输给她。人活一口气，男人不能没尊严。

出国前，有一万个人煞有介事地告诫我，到了美国，一定要放下架子，老老实实地打工。他妈的，怎么就没人告诉我在美国怎样才能找到份工呢？我现在每日如坐针毡，嘴上的大泡此起彼伏。这种期盼工作的煎熬，肯定比打工辛苦的感觉还难过。

中国有句话，有困难，找组织。在美国，我的组织在哪儿？我还不知道。但我冷静一想，我与组织间的联络员是现成的。谁啊？王品一同志是也。而且，说来真巧，王品一确实身在一个庞大的组织里。

姐夫王品一，两年前已经受洗，成为耶稣的子民。与后来我所熟悉的广大基督徒们相比，王品一是非常虔诚的。

我给他下的评语是："做的比说的好！"这本身也是王品一人品的写照。

那时，我还在表姐家住的时候，一个周日上午，表姐带着乐怡和娇娇去Mall购物，王品一领着我第一次去了他们的组织——教会。

到教堂做礼拜前后两个小时。大家又是说，又是读，又是唱的。我也滥竽充数地跟着一通忙乎。

其实，这次不应算是我第一次进教堂。

上大学时，一个星期天，我和乐怡没事瞎溜达，路过大海市的基督教教堂。我心血来潮，拉着乐怡就迈进了教堂的大院门槛。

没想到，大海市的基督徒有那么多。多得让很多人只能站在室外做礼拜。我和乐怡进去的时候，礼拜已近结束。教会人员正在给大家发圣餐呢。我一听有吃的，就坚决没走。最后，白得了一块小饼干。吃了之后感觉味道和商店卖的饼干差不多。

出来之后，乐怡跟我说："我们英语课上学《圣经》时，老师说，没受洗的人是不能吃圣餐的，吃了不好。"

我马上急了，说："你倒是早说啊！你就好整这'马后炮'！"

"我要是早说了，你能听吗？"

"那我现在已经吃了，会有啥后果呢？"

"也没什么后果，就是下次去，你少吃一块就行了。"

"你有病吧？刚才你说我吃了圣餐不好，现在你又说吃了无所谓。你戏耍我啊！"

"对不起，我错了，我错了。请大人别生气了。"

如今我老在想这个问题，我命途多舛，是不是那次骗吃圣餐产生的后果呢？

王品一的这个美国教会，中国人、美国人都有。中国人就七八个。我能讲上话的，就一个人。其余的那几位，我实在难于沟通。或者是一句中文不讲的主儿，或者是年纪八九旬的老人家，坐在那里都颤颤巍巍的，说话颠三倒四的。我真怀疑这些老人家，连人话都听不利索，上帝的讲话，他们能整明白吗？

我能接触上的那位叫李子金。英文名字是杰克·李。这哥们跟我一样——陪读的。我们后来一聊，我才发现，我俩的人生轨迹有很多相似的：大学毕业、来美的时间，1岁大的女儿，国内公务员的身份，还有他老婆也在乔治城大学留学。

有一点不太一样的是，我到教会来是以寻朋友、找关系为目的。他来教会的目的是免费练英文听力的。

这小子的特点就是会省钱。都说我们中国人爱节约，李子金可谓中国人的"节约天王"。这一点他自己也承认。有次我们两个人喝酒，他酒后吐真言，他说他平时连自己的屁都不舍得放。理由是他的屁是沼气，积攒起来可以发电。那样的话，家里的电费就省了。

我问他："找工作了吗？"

他回答："没找。不想找。"

"为啥？"

"我算过，像我们这样外语不好的人，只能干些工资标准最低的工作，一个月下来顶多千八百的收入。但为了这份工，你还得买车，还得买保险，还得上税，还耽误给老婆做饭。我老婆在外边吃一餐饭，就是五六美元。都快赶上我打工一个小时的工钱了。你说，外出打工值吗？"

李子金的老婆徐慈颂一年四季的午饭，当然还包括早餐和晚餐，只吃李子金做的。徐慈颂对我说过，吃别人做的饭，她吃不饱。

我和小李子认识之后，最大的好处是能有一个陪我闲唠嗑的人了。因为两人有相同阅历，谈起来还是有共鸣的。

只是有一点美中不足。在白天，无论你有多么要紧的事打电话找他，他都不会接。他接打电话的时间是每天晚9点至早6点。这段时间在美国用手机打电话不花钱——免费。

背着杰克·李，我给他起了个外号：Free·lee（免费李）。

我在家闹心的时候，我就和小李子在电话中闲扯。从晚上9点可以一直讲到早上6点。反正我们俩都没工作。白天补觉呗。

我能找到第一份工作，说老实话，要感谢的人是杨棉。

杨棉那天手都摸到门把手了，一把让我拉了回来。不容他分说，我直接把他拽到了地下室。因为这家的房子要卖，所以地下室收拾得非常干净、整洁。

我们俩出入这个来回，乐怡和表姐他们一家人一点都没察觉到。

我和杨棉坐在同一个沙发上。许久无言。

听到表姐一家人要走的声音，我快速上楼，与他们告别，致谢。然后，我对乐怡说："我今晚要跟杨棉谈事。你先睡吧。"

其实，后面那句话没必要讲。我们现在房间多，从搬进来我就没和乐怡在同一个屋里睡过。

转身，我走到地下室，用一次性纸杯，给杨棉倒了一杯水，放在我们面前的茶几上。

等我坐下，杨棉好像已经下了决心似的，对着我，对着我们对面的墙，对着灯，开讲了："至于我是叫张三还是李四，已经意义不大了。为了方便，以后，还是管我叫杨棉吧！呵呵，如果咱们还有以后的话。我是一名逃犯，好像是应该叫逃犯。我是学计算机的，在银行工作。快两年了。半年前，我一时鬼迷心窍，把一家外贸企业的国际汇兑私自截留了5万美元。后来，我寝食难安，惶惶不可终日。我只好三十六计走为上策，花了1万美元买了本名为'杨棉'的假护照，并以商务考察的名义申请到了美国签证。这样，我们就在机场巧遇了。我当时箱子里东西不多的原因，就是我慌不择路造成的。前些天，我确实去了趟里士满。每天自己躲在汽车旅馆里，想到过回国自首，也想到过自杀。最后，我决定，先回到你这儿，请你帮忙，用你的名义在这附近帮我租个房子，一间就成。租期半年。我希望用半年时间办成两件事。一是我准备申请难民庇护，以期获得合法居留身份。二是抓紧时间学习，准备美国注册会计师资格考试。半年内，如果两者都实现了，我今后就可以在美国落脚谋生。否则，便得回国自首。"

杨棉陈述完了。我的内心反倒没什么可担心的事了。自己的路自己走，自己的梦自己圆。

我起身站起来，伸了个懒腰。对杨棉说："这个房子也不是我们花钱租的，在我们搬走之前，你也可以同样享受免费待遇，你就住这个地下室吧。我困了，上去睡觉了。对了，你的事对我家人谁都不要讲。你就告诉他们，你是从银行辞职的，准备在美国做注册会计师。"

我对杨棉的叮嘱，实际有些多余。自从我们到美国之后，乐怡对我以及跟我有关的人和事，她一概不关心、不过问、不打听。我戏称"三不政策"。

美国别墅的地下室，往往有自己的出入门。杨棉每日的行踪我概不过问。他除了有时到一楼厨房用下微波炉外，其余时候都不会上楼的。有时我请他上来讲讲话，他也固执地不上来，害得我只能往他的地下室跑。

杨棉把地下室已经演变成书城了，也不知道他老人家啥时候买了这么多书。我一本也看不懂。估计是应付注册会计师考试方面的书。

有一天晚上11点钟，我心里实在是太闹心了，就径直走到地下室，拉着杨棉，走出室外。

我递给他一根烟，他拒绝了，说他已经戒了。我说就算陪我了，整一根。

杨棉问我："啥事闹心？"

我答："找工作的事呗。咳，找不着。"

"你能跟我讲讲，都是怎么找的吗？"

我就把自己最近与找工作有关的经过描述了一下。他听后，很轻松地说："你这不是挺有收获的嘛！"

　　我诧异地问："一个没找到，怎么算有收获呢？"

　　"你刚才不是说，那个卖烟的人答应给你份工作吗？"

　　"哥们，你太单纯了。那小子与我无亲无故的，两句话没讲，就说给我安排工作，谁信呀？"

　　"咱俩也是非亲非故的，你不也让我免费住在这儿了吗？"

　　"这是两回事。咱们是同一架飞机来美国的，属于难兄难弟，是有无产阶级感情的。他是谁？咱能和他是同一道上的人吗？"

　　"老马，先别下断言。给他打个电话问问吧。也不费事。"

　　"也是。按你说的吧。哎哟，他的名片我放在哪儿了？"

　　我急速返回楼上，开始搜找那张名片。

　　动静大了，把乐怡吵醒了。

　　乐怡鼻子不是鼻子脸不是脸地质问我："你大半夜的不睡觉，在这儿折腾啥呢？"

　　"找张名片。"

　　"谁的？"

　　"一个老美的。"

　　"老美的？你现在跟谁学的，张嘴就撒谎！"

　　"你怎么就认定我撒谎呢？"

　　"你一天大门不出二门不迈的，还会有老美给你名片？做梦呢！"

　　乐怡不屑一顾地转身回自己的房间去了。

　　不知为啥，以往听到乐怡这种讥讽的话，我都会怒火万丈，大发雷霆，但这次我镇定自若，心中甚至有几分窃喜。我心想，你就自高自大，自以为是吧，等我找到名片，找到工作了，我再讥讽你也不迟。

终于在我的一条裤子的兜里，翻出了那个被揉成一团的名片。名片上名字叫"Ali Huang"。哦，卖烟的那个老小子姓黄。盯着名片，我会意地笑了。这哥们姓黄，中文名字是叫"黄鼠狼"吧？

对了，中国老话讲，黄鼠狼给鸡拜年——没安好心。Ali Huang 一见面就能说给我介绍工作，莫非也没安啥好心吧？

我第二次见到"黄鼠狼"是在他的办公室里。他的办公室在华盛顿特区第十七街上。"黄鼠狼"办公室不算大，就一间小屋。工作人员一共才三个，还包括他自己。

但日后我明白了，对于一个移民来说，这辈子能在华盛顿特区有间这样的办公室，绝对是可望而不可即的了。有些华人回国吹牛，说他（她）在美国首都华盛顿工作，99%都是胡说。准确地说，他们是在美国首都华盛顿附近的地区工作。这个地区范围就广了。大华府地区包括华盛顿特区，简称DC，还包括马里兰州的一部分，还包括弗吉尼亚州的一部分，就是表姐和我们现在住所的附近地区。

另外，日后还让我明白一点，在美国，特别是在DC，乘地铁上班的人中，经商的可能是亿万富翁，从政的可能是政府的一名部长。

我当时对"黄鼠狼"不以为然的原因是他和我一样，是个没车族。

一个和我一样穷的人，还能帮我介绍工作？我犯了个狗眼看人低的毛病。

那天，一大早儿，我还是先徒步到地铁站，然后乘地铁到了华盛顿特区十七街附近。出站，一眼就看到"黄鼠狼"电话中给我说过的他们公司所在的办公楼。

"黄鼠狼"也不客气，刚一见面就提醒我："对不起，这里不能吸烟！"

我把手从衣兜里尴尬地抽出来。

"我这间小公司是做烟草生意的。主要销售的地区在台湾和东南亚一带。最近我准备开发日本和大陆市场。关于日本的事,先不讲了。我请你来的意思,是想请你帮我开发大陆市场。不知你是否有兴趣?"

"对不起,我以前没做过生意。你刚才讲的我不怎么明白。你让我干啥?"

"一句话,你回大陆去,把我们公司经销的香烟拿到大陆去卖。OK?"

我一听,来时热血沸腾的心,一下子降到了冰点。

这怎么可能呢?我费尽艰辛万苦,好不容易来到美国。凳子还没坐热乎呢,就让我回去?啊——呸!真是"黄鼠狼"给鸡拜年没安好心。

我反问一句:"那你为什么不自己去开拓大陆市场呢?"

"No,no。大陆刚改革开放,政策还不稳定。我身为台湾人,担心人身会遭到伤害。所以,我想请人替我做大陆的生意。"

我十分明确地告诉他:"No!"

他很吃惊我的回答。隔了几秒钟,他问我:"你不想听听我给你开出的条件吗?"

我义正词严地说:"不。我只关心能够在美国这里的工作机会。"

我当时觉得自己这样回答特有正义感,特爷们!

"黄鼠狼"无奈地摇摇头。然后,用好奇的眼神问我:"那你想在美国做哪一类的工作呢?"

"什么工作都行。只要给钱的活都干!"

"送外卖可以吗?"

"行啊,没问题!"

"一小时最低工资5美元。"

"行！怎么你们还干送外卖的生意？"

"黄鼠狼"从桌子上名片盒中，取出一张名片，并在名片上用英文写下一个地址，递给我，说："按这个地址找王老板，跟她说是我介绍你来的，她会给你一份工作。再见！不送了。"

那天，我当天就干上活了。只是在实习期，老板不付工钱。白干了大半天。

晚上回来的路上，我异常兴奋。想一下子飞到家，对着乐怡高呼："我有工作了！我不是'三没'产品了。我比你强！"

我伸出自己的双手。左男右女——左手代表我，右手代表她。考驾照，她赢了我，我竖起右手的食指；这次找工作我赢了她，我竖起了左手的食指。1:1现在两个人是平手。

乐怡，你等着！下一步就该比谁挣钱多了？我堂堂七尺男儿，有的是力气，你还能拼过我？咱们骑驴看唱本——走着瞧吧！

我一进家门发现，乐怡已经回来了。而且，她居然都没等我一起吃饭，自己先吃上了。

我大人不记小人过，不与女人计较这些细枝末节。只是问了句："没有酒啊？"

"我看你像瓶酒。你以为这是在中国呀？"

"平常日子也就算了，今天怎么应该整点酒吧？"

"今天？今天啥日子？就你小样还有啥喜事咋的？"

"喜事到不敢说，确实有件事要告诉你。"

"你先别讲了。我差点忘了，还有件事想告诉你呢。"

"啥事？"

"我今天找了份工作。在学校内的一家餐厅做收银工作。现在，你说吧，你想告诉我啥事？"

我听乐怡说完，马上想找面墙撞死。天哪，既生瑜，何生亮？

"你说话啊——你刚才不是说有事要告诉我吗？"

"嗯，没啥大事。我今天给表姐家打电话没打通。"我语无伦次，都不知道该编什么样的瞎话了。

"你真是个'三没'产品。电话没打通，也算个事？你更年期提前了吧？"

找工作这一仗，我和乐怡打个平手。双方各得0.5分。总成绩现在是1.5：0.5，还是乐怡领先，我暂时落后。

男左女右，若用手指头比划出1.5：0.5，该咋比划呢？这个问题我连续想了好几个晚上也没想出来。

我在美国的第一家打工的单位是一家中餐馆。老板是母女俩。大女老板近50岁，这个饭店是她老公，即小女老板的亲爹离婚后给大女老板留下的"遗产"。

大女老板全职负责经营这个餐馆。小女老板是大一学生，只要有时间，她都会来店里负责收银。

我只知道大女老板姓王，大女老板叫啥，我干脆就不知道，小女老板名字叫珍妮。她姓什么，我也不清楚。

这家餐馆的菜，按中国人的标准看，猪都不愿吃。按美国人的喜好看，这家算是最地道的中国餐馆。历史上曾有几位美国总统、国务卿都来过这个小店。国会议员、政府官员几乎天天都有人光顾这里。

当然，这个小店会贵客盈门，有一个重要的原因是它的地理位置——该店恰好在美国白宫与国会山之间。

正因为这个小店生意红火，才能给我一个就业机会——送外卖。

通常在美国，只有生意不好的店才请不到外卖工。对于生意好的店，想去送外卖的人争先恐后，赶都赶不走。而这个母女俩的中餐馆，却始终招不满送外卖的小时工。原因是他们的店需要靠双脚送外卖的打工者。

在华盛顿DC，特别是在中午，在马路上开车比在地上爬还慢。送外卖的人，需要穿梭于各楼宇之间，驾车是不可以的。

这家要求外卖工的条件太适合我了。我，是在大学时闻名全校的篮球健将啊，特别是以步法移动迅速见长。我真想跟女老板说，所有的外卖都由我送吧！

这份活的收入，令我非常满意。当初"黄鼠狼"跟我说每小时5美金，我以为我只能挣这些钱呢。实际是，每小时5美元是饭馆老板付给我的打底工资。我们送外卖的绝大收入来源于客人的小费。

华盛顿DC办公大楼里的都是什么人啊？那都是有钱有地位的主儿啊！有时候，他们给我的小费比餐费还高。

当送外卖这个活做久了后，我总结到，能很爽快给小费的人，绝不是单单有钱。关键看他有没有身份和地位。一个大老板，他可以好意思当着自己的员工面前给你2块钱小费；一个政府部门的部长，哪敢拿2块钱做小费。政府官员是靠名声混日子的。小费给得少，那就说明你鄙视劳动人民！要知道，政府公务员的工资是我们这些劳动人民给发的。

一个月下来，我把装在罐子里的钱一清点，我的妈呀，总共3678美元。折合人民币3万多块钱哪。这是我在大海市冶金局需要工作30年才能赚到的钱！

若是在中国，我赚到这笔钱后，都可以退休了。

不跟国内的情况比，就是与乐怡比，我肯定也会远远胜出呀！我这月赚的钱是她收入的3倍还多。

这一仗，我以压倒性优势获胜。目前，总比分是1.5:1.5，两人平分秋色。

算账的那天晚上，我没经乐怡批准，擅自到酒店（美国卖酒的商店），搬回一箱啤酒。把它直接搬到地下室，与杨棉一起痛饮了一把。

美国啤酒的劲儿太大，我们俩还没喝到半箱呢，我就神志不清了。

在倒下去的时候，我好像听杨棉跟我说，其实，我更应该选择替"黄鼠狼"回大陆卖烟的那份工作。

1995
[农历猪年]

我们来美国整整两年了。为了庆贺我们来美两周年，我们全家人去李子金他们家会餐。

让人很难想到的是，发起本次活动的组织者，不是我，也不是李子金，而是乐怡与徐慈颂。

我和李子金认识不久之后，在同一间学校留学的乐怡和徐慈颂不期而遇了。而且，后来她们姐俩走动得非常勤。

还有让人很难想到的是，本次聚餐人员不是4位而是7位。除了我、乐怡、小李子和徐慈颂外，新增的成员有我女儿马怡乐，我的丈母娘——乐怡的母亲，再有就是小李子家的千金李翠。

真是命中注定，我和小李子有很多相似的经历。这回，两个小朋友来美国，又是在同一天。只是马怡乐飞抵的是里根机场。李翠降落在马里兰巴尔的摩机场。这个机场距离我们这里将近100公里，但机票价格要比降到里根机场便宜很多。而且，他们把李翠交给空姐护送过来的，这样比我们少花了一张机票钱。这种选择完全符合李子金"省钱才是硬道理"的人生准则。

马怡乐的到来，对我没任何影响。我该干嘛干嘛。白天马怡乐有乐怡她妈照看。

小李子可就不行了，现在除了每日三餐饭照做，白天还得全力以赴照顾李翠。这下，他就更不能出来打工了。

凡事有利就有弊。虽说马怡乐不用我费力劳神，我清闲了，但也有个恶果：马怡乐与我一点都不亲。我一抱她，她就会声嘶力竭地哭。

平日里，我利用送外卖的机会，看到有好看的玩具就给她买，但没任何作用。久而久之，我也就不愿向她伸手了。

到李子金家聚会，我才发现，他们家的情况和我们家正好反过来了。李翠都三岁了，可她就好像长在李子金身上了似的，每时每刻都不愿离开她爸。

反观徐慈颂却像我一样。空着手，走来走去。只是，我觉得自己这个样子有些尴尬。而徐慈颂却完全是心安理得的样子。

徐慈颂更多时间是跟乐怡讲话。最近，她们俩一直在讨论毕业工作的事情。

徐慈颂在乔治城大学学大众传媒专业，所以，她把自己的择业领域定在两块，一是到学校当老师。二是选择新闻媒体行业。

客观讲，无论从女性长相角度，还是从智力能力角度，如果说乐怡是凤的话，徐慈颂最多算个山里散养的下蛋母鸡。这一点，徐慈颂也是这样讲的。所以，她常跟乐怡讲：她，能来美国；她，能找李子金做老公；她，能生个健康的李翠；她，未来还能在美国任何一个地方、任何一个单位有任何一份工作——那么，她，这辈子就胜利完成任务了。

乐怡每当听到徐慈颂这样讲时，她总是极力地表白自己的想法和追求与徐慈颂是一样的。说什么，只要有口吃的、马怡乐能够好好读书，让她怎样她都心甘情愿。她的经典台词是"谁让咱们是女人呢？"

可当乐怡一离开徐慈颂后，她马上会表示出对徐慈颂的鄙视。对原先的说法来个180度的调头。什么女人怎么地了？女人也不是天生就比男人矮一头。女人的幸福只能靠自己……

我真不明白，乐怡的女强人的观念是什么时候形成的？大学刚毕业时，她整天说希望有一天，她不需要工作了，每天在家看看电视、看看书啥的。闲云野鹤的生活是她最向往的生活境界。

人们常说，女大十八变。从向往闲云野鹤的生活，到追求龙腾虎跃的生活，这是女人们的第几变？

如果说，这一变是发生在女性30岁的话，那么，从此我再也不会搭理这么大岁数的女性了。

这几个月以来，乐怡曾经有过几次在我面前，似自言自语，又似向我通报，她准备选择一些世界级，或者说，带有"世界"头衔的组织和单位去工作。诸如：联合国、世界银行、世界货币基金组织、世界粮食与卫生组织、世界贸易委员会、联合国教科文组织，以及世界核裁军组织。

来到美国后，我与乐怡已经没有了正常谈话的氛围、机会、态度和心情了。两个人的心，如同两股道上的车，擦肩而过后，两颗心的距离越来越远。她每天在干啥，我不知道。我挣多少钱，她也从未过问。所以，即使她讲有关其个人今后发展话题，我也懒得参与。

我心想，你选择这些世界级的单位还是太小，为啥不想到外太空的组织和单位去工作呢？诸如：火星改革发展委员会、月球经济与技术开发区管理委员会、太阳系计划生育管理中心、自然界动物灵魂收购站等等。想一想，能与外星人一同工作，那多牛叉呀！

说归说，做归做。无论从哪个角度，我都希望乐怡能心想事成，遂心如意！我之所以再也不想掺和她毕业找工作的事，因为我确实感觉自己对此事无能为力。

说老实话，对于美国的事，我也真不懂。说出的意见和建议，那也是瞎说。与其不负责任地瞎说，还不如负责地不说。然而，不管我说不说，我都十分清楚，在与乐怡的较量中，我又败下一阵。而且，这一仗，我败得惨不忍睹。

从此，人家是具有美国著名大学硕士学位的世界级的高端人才；我呢，是没知识，没本事，没文凭的"三没"蓝领穷小子。

我的前途是崎岖的，我的目标是忐忑的，我的理想是茫然的。

我内心的哨声已经响起：在马骏与乐怡的较量中，乐怡中场击倒对手而获胜！马骏被淘汰出局。

我独自一人，躲在暗处，悄悄地摘掉了心中那个积分牌。

那天，我在小李子家醉得一塌糊涂……

杨棉现如今已是今非昔比，否极泰来了。

他两年前制订的完成身份转换和取得美国注册会计师资格的奋斗目标，现在都已实现。只是他当初设想在半年内结束战斗，实际用了一年半的时间。

这两年，狗屎运一直伴随着他。

杨棉这两个目标实现后，后面的路就开阔笔直了。只是在选择就业还是创业的问题上，他纠结了一阵子。

按我跟他说的话是：人活着就会遇到事。坏事折磨人，好事考验人。有些时候考验人比折磨人还令人烦躁、不安。杨棉取得美国注册会计师职业资格后，他拥有了众多的工作机会：可以到企业当会计，可以到政府部门做审计工作，可以到上市公司做独立董事。

当然，最名正言顺的是到会计师事务所工作。

从事会计师事务所的工作，又分两种可能。一是创业，成立自己的会计师事务所，独立执业，当老板。二是就业，到人家成立的会计事务所做一名注册会计师，给人家打工。

这里面有一个不得不提的个人收入问题。如果选择就业，工资待遇稳定，年薪10万美元左右。

如果选择创业，工资待遇或者说个人收入不稳定，年薪可能是10万美元，也可能是百万美元，也可能零或负数。

对于稳定还是不稳定的问题，中国人与美国人有着截然相反的看法。多数中国人都喜欢稳定。

美国人恰恰不这样认为。就业给人家打工是高风险的选择，被老板炒掉的概率非常大。而创业是自己给自己打工，或者说自己给自己当老板，只要自己不开除自己，就没有被开除的风险了，而且，从业绩中取得的个人收入的比例也高。

为这事，杨棉没少浪费我的电话费。因为后期，我们俩分开住了。我们在王品一的教友家舒舒服服住了大半年。后来，那个房子终于有了买家。我们，包括杨棉，就不得不搬出来住了。

表姐一家人还是坚决地希望我们回到他们家住。我和乐怡委婉地谢绝了他们的好意，在中国人聚集的马里兰州R城，租了一个Townhouse。按中国人的习惯说，就是单元楼。上下三层。之所以租这么大的房子，原因就是考虑到把我们的女儿马怡乐从国内接过来住。

杨棉是在弗吉尼亚州F城租的房子。仅一个房间，但不是地下室的房子了。

我和杨棉在电话中讨论如何选择他的工作去向时，开始我们俩各说各的理，谁也没说服谁。或者说，谁的说法都不具有绝对说服力。

后来，我们共同认定，在解决如何选择他的工作去向问题之前，必须先确定他的人生目标。而想确定他的人生目标，就得先从他的个人基本情况和先天条件入手。

一下子，我们解决问题的思路就豁然开朗了。杨棉自己说，他与众不同之处是"在逃犯"，客气些说是有前科。也正因为此，他人生最重要一点就是要低调，要隐姓埋名。或者说，他这辈子，只能取利，不能求名了。

在分析他的性格时，我们俩的意见是相反的。我认为，杨棉从他出事到今天，所表现出的心理素质是非常强的。

而杨棉本人认为自己的心理素质极差。他举了个例子：事发前，他体重是160斤，周围还有人管他叫胖子呢。现在呢？我们刚认识时，他的体重是120斤。如今，加上考试折腾，他老人家的体重一百斤出点儿头，好像都没有乐怡重了。体重下降得这么快，这还不足以说明其心理素质差吗？

综上所述，杨棉制订了与人合伙办事务所的战略方案。应该说这是条在创业和就业之间的折中方案。

最后，杨棉也如愿以偿地实现了当初的梦想。华盛顿DC一家大型律师楼选择他作为合伙人。

更有趣的是，杨棉的办公室就是"黄鼠狼"以前的那间办公室。

杨棉的美国梦正式进入佳境了。

我这两年一直在华盛顿DC的那家中餐馆送外卖。我已是这家餐馆里资格最老，业绩最好的外卖郎了。

一般人在这儿干不长。毕竟是要靠自己的脚赚钱的，与靠汽车轮子赚钱相比，当然辛苦多了。而客人不管你是跑过来的，还是开车来的，给的小费都是一样的。所以，刚来美国实在找不着工作的人，先在这儿委屈几天，一旦有其他出路了，人家就撂挑子走人了。

我之所以能挺过这么长时间，还是觉得这活挺能发挥我长处的。

每当我一接到送外卖的单子，想到马上就有美金小费到手了，我脚下就生风了，三步并作两步走，权当自己在球场上练习折返跑了。而且，干着干着，我就成为店里的老人了，就有了一些特权和实惠了。比如，单子好的活，我接；小单子，路又远的活，我就可以找借口不去。再比如，后厨的田师傅会经常给我单独炸些咸鱼、肉丸，下班后，让我偷摸带回家。

乐怡非常喜欢老田炸的咸鱼。她说这个味道让她回想到大海市饭店的名菜"咸鱼饼子"。每当看到乐怡含着泪吃炸咸鱼时，我就觉得自己挺有使用价值的，至少不应把我划到"三没"产品中去。

再有，在这儿待时间长了，与后厨的师傅、服务生，还有大小女老板都混熟了。大家可以相互间开开玩笑，甚至说点荤话也无所谓了。

小女老板珍妮是与我讲话最多的人。

第一次见到她时，是我们吃饭和午休的时间。每天下午3点钟是我们的午休时间。午休的时候，大家习惯聚在前台，因为那里有待客用的沙发。坐起来要比餐馆内的椅子舒服。

珍妮放学后，如果没什么别的事，都会来餐馆帮助她妈收银的。其他的活儿，她是绝对不会上手的。她甚至从来都不进后厨。顶多在服务生忙不过来的时候，她替服务生带位。

我们吃饭和午休时间大约有45分钟的样子。每天下午4点，又要开始晚餐的准备工作。

我们负责送外卖的在这时候没事。所以，我可以一直坐在前台的沙发上休息。

珍妮对我"Hello,Hello!"了两声，我当时没有意识到她是在跟我讲话。

"喂，你这个人怎么这么傲气？"

我迷惑地问："你是在说我吗？"

"神经病！你四下看看，现在就我们两个在这里。我不跟你讲话，我还会跟谁讲话？"

"呵呵，对不起。你是老板，我是打工的小伙计。我哪敢想老板会跟小伙计讲话啊！"

"Stop！Stop！你刚才说你是小什么来着？"

"小伙计啊！"

"小伙计？小伙计和小伙子谁大？"

我哈哈大笑，她整一个"香蕉人"。

我问她："你是ABC吧？小伙子和小伙计是两个概念。小伙子的意思你明白，是吧？小伙计这个词的含义，与年龄和性别没什么关系。小伙计是指打工者，而且是指技术与能力最低的人。你明白了？"

珍妮迟疑地看着我，说："你好像挺有学问。你不像一个打工的，嗯，是小伙计。你以前是做什么的？"

我信口开河道："House Husband！"

她哈哈大笑："你太搞笑了！"

开始珍妮以为我的英语还可以——我经常随口蹦出几个单词。后来，她明白了，除了"凳子"、"窗户"、"小费"等这几个常用的单词外，我的英文几乎就是个"小伙计"的水平。

女孩子都好为人师。与珍妮熟悉了之后，她就自愿、义务地担任了我的英语辅导老师。甚至，还煞有介事地送给我个笔记本，给我留"课后作业"。每个新学的单词必须写10遍。

你别说，经珍妮的严格教育，我的英文水平大有提高。关键是，我开始愿意学英文了。也开始盼着珍妮下午来店里。

美中不足的是，我越来越觉得我们店每天下午的休息时间太短了。

5月1日下午，珍妮事先告诉我今天她有事不来店里了。没有人谈话，我睡意渐浓，在沙发上迷迷糊糊地睡着了。

不知过了多长时间，有个女服务生把我推醒："马哥，你醒醒。咱们店出事了！"

原来，在我迷糊睡着的时候，来了五六个华人到店里吃饭。因为上菜慢了些，惹得他们不高兴，一句话讲得不投机，就吵了起来。而且，其中那个领头的，撸胳膊卷袖子的，还做出要动手的架势。大女老板怎么赔罪都不行。

我一见餐厅里面确实是剑拔弩张的样子，马上冲了过来。收人钱财，与人消灾。这是我做人的一贯原则。不管这个店的老板有多少钱，她毕竟是女流之辈。有男人欺负女人，特别是这个女的咱还认识，咱能不管吗？

我在大学时的那股猛劲儿一下子涌了上来。二话不说，一个箭步窜过去，抓住那个领头的衣领子，就强行往外拽。谁知这小子又拼命往后退。两下一用劲，那小子的衣服像用剪子剪开的一样，"吱"的一声，上衣分成了两片。

这下，火药味就更浓了。他们其余的那哥几个一下子把我围了起来。

正当那哥几个要一齐向我下手的时刻，领头的突然喊道："停！马骏，你不认识我了？"

我定睛一看，领头的就是和我同架飞机来美国的张镇塔。

好了，就算是大水冲了龙王庙，虾兵与虾将打起来了。

"快点上菜！田师傅，菜量大点！这是我朋友。再拿几瓶啤酒来！"我开始替他们催菜了。

张镇塔还是在飞机上的那个样子，咋咋呼呼的，连说带比画。这回喝着啤酒，他就更能说了。有他在，话肯定不会掉到地上的。

我敬了他一杯酒，然后说："哥们，看样子你现在干装修活，是吧？"

张镇塔不太满意我的说法："纠正一下。对于他们来讲，是干装修活的。我是装修公司的老板，我是负责装修项目的。"

"啊呀！两年不见，哥们你整大发了！"

"这还有疑问吗？在飞机上，我咋跟你说的？什么都是假的，只有钱是真的。我下了飞机，就开始干活赚钱了！"

我心里骂道，这孙子真能编。谁能下飞机就干活？我找这家饭店送外卖，当初费了多少时间和心思啊。

"马骏，你现在在干啥呢？哦，对了，我忘问了，你怎么在这儿呢？"

"我在这儿打工。送外卖。"

张镇塔夸张地摇摇头说："哥们，这你就不行了。来美国都两年了，还在送外卖，你这是原地踏步啊！"

我随便跟他客气一句："我可比不了你有本事哟。"

"打仗亲兄弟，上阵父子兵。你到我公司来吧，我领着你干！咋样？"

"甭逗了。我哪会干装修活啊？"

"哥们，不瞒你说，到现在，我连地板都铺不好。没关系啊，不耽误挣钱就行了呗！一句话，在这里，是人就能干装修。老美房子的装修活简单。再者说了，咱们都是当老板的材料，会不会干活无所谓，关键是能不能揽到活？现在你听没听说谁家想装修?"

这小子，见面没说几句话，就开始向我揽活了。

我没有回答他的问题，而是岔个话题："你们怎么这个时间来吃饭啊?"

"今天是5.1国际劳动节呀！资本主义不过，咱得过！我让弟兄们提前下班，到这撮一顿。我买单，就权当着给弟兄们发奖金了。"

"你小子真会算。一顿饭就把人家打发了，你也太资产阶级了吧?"

"这活还没干完呢。等结了账，奖金大大地有！大大地有!"

那哥几个和我都笑了。

那天我们喝得挺痛快。一直喝到晚上8点钟。我整个晚上也没出去送外卖。

结账时，我和张镇塔都抢着付款。我们大女老板眼疾手快，伸手就把张镇塔的信用卡在收款机上划了一遍。

我心里明白，这是大女老板想替我省钱。

我和张镇塔分手时，互留了电话号码。然后，我乘地铁回家了。他开着车走了。

徐慈颂实际从5月份就开始上班工作了，在华盛顿乔治梅森大学教书。乔治梅森大学在弗吉尼亚的F城。与李子金现在住的房子相隔不算远。徐慈颂乘学校班车到学校教课。教完课，再乘学校的班车回家。

相比之下，乐怡的事就费劲了。她每天最重要的事就是上下午各查一次信箱——看看有没有她的信件。

本来夏天到了，天气越来越热，可我们家的气氛却越来越冷。

乐怡看不到信件，就把自己关在自己的房间里，干些啥，谁也不知道。

乐怡她妈没事就拍着马怡乐，哄着她睡觉。马怡乐来美国后，一天能睡20个小时。

我呢，就更没动静了。上午自己悄悄地离开家去上班，晚上无声无息地回到自己房间，洗洗之后就睡了。不管怎么说，我送外卖的活，那也是个重体力的工作啊。

8月的一个晚上，我们全家人终于同一时间坐在同一个餐桌旁。自从我干上了送外卖的活，我就一天两顿饭，而且，全在饭馆吃——免费吃。不吃的话，饭馆也不给你找钱。

那天的起由是乐怡她妈过生日。中午的时候，乐怡给我打个电话，让我回来时，买个生日蛋糕。我不但买了，还让田师傅偷摸给我炒了两个菜带回来。

乐怡她妈是个国有工厂的工人，好像从我和乐怡谈恋爱时起，她妈就没上过班。不是单位放长假，就是单位改制什么的。

老太太性格很好，平日里，不多言不多语的。乐怡的性格一点都不随她妈。

我进家门时，餐桌上摆满了碟子、碗什么的。还有两听啤酒在桌子上挺显眼的。估计这是我以前喝剩下放在冰箱里的"藏品"。

按照惯例，我们完成了生日宴会开场该有的程序与步骤。

老太太客客气气对我说："全家人现在就你辛苦，多吃点菜！"

我也很客气地说："就是送个外卖，活儿不累。"

我就这一句不咸不淡的话，竟然能引出乐怡对我的嘲讽："累不累你也得干呀！要啥本事没啥本事，你不靠出卖体力还能干啥？"

我一听，怒从心头起，恶从胆边升。用力猛地一拍桌子。对着乐怡吼道："我干体力活怎么了？就你那猪脑子，想干还没人要你呢!"

乐怡也不甘示弱地拍了一下桌子。反击道:"你还好意思说'猪脑子'!你让全世界的人看看,咱俩谁才是猪脑子?"

老太太本想劝乐怡少讲一句,可这时候马怡乐已经哭得上气不接下气了。老太气得抱起孩子上楼了。

我和乐怡又唇枪舌剑了一会儿。双方引经据典,旁征博引,只为证明对方"猪脑子"。

唉,这要是在中国,我早就三拳两脚把她踹到桌子底下了。可现在是在美国。男的要是碰女的一个手指头,只有女方一举报,警察肯定会把你带走。

为了不被警察把我带走,在我还剩最后一丝理智的时候,我决定我先走。在离开家门之前,我还没忘记往地上扔个碗。

在我摔门之际,我感觉身后传来一个声音:"你要是个男人,就别再回这个家!"

出了房门,我径直去了李子金家。因为在我的朋友中,他家离我家最近。

我在小李子家住了一个多月的时间。

有天晚上我下班回来,徐慈颂站在屋门旁,告诉我:"乐怡有工作了,在我们学校,做校长助理。我帮忙介绍的。呵呵呵。"

听后,我决定必须离开小李子家了。你想吧,现在徐慈颂与乐怡已经是同事关系了。我离家出走,而且还在他们家住,多驳乐怡的面子啊。

1997

[农历牛年]

自从1993年我来到美国，我一直是靠自己的双脚来挣钱的。时间久了，我也腻味了。这样下去，真应了乐怡的话：我只能干点出卖体力的活了。

没事的时候，我经常一个人，打开台灯，点上根烟，对着墙上自己的影子，天南海北地乱琢磨。

大家都说美国好，那是指美国让你能看得见的东西，如山水、树木。而在美国生活过的人，却普遍感觉美国就是一个牢笼。里面黑黢黢的，令你喘不上气。特别是在我和乐怡办理了离婚手续之后，我更觉得美国就是个大磨盘，我就是磨盘中一颗米粒，无时无刻不被碾来碾去，被一层一层地蜕皮，以致我对什么都麻木了。可怜，我今年才三十刚出头啊！

杨棉给我来个电话。他说有事让我到他家商量。

杨棉在1996年贷款买了个房子。房子大小与王品一家的差不多，在马里兰的R城，位置好像不如王品一家的。

整个三层楼的大房子，就他一个人住。他知道我离婚后，几次催我搬过去，我都以各种借口推了。要问我到底为啥不去他那儿住，我也说不好。反正我就是不愿去。

我自己每个月花500美元在马里兰的G城租了一个房间。到杨棉的房子开车有5分钟的路，不算远。

杨棉现在也学洋气了。我刚坐下来，他就递给我一杯红酒。他自己也拿一杯。而且，杯子在他手中转来转去的。

我问："有菜吗？"

杨棉笑着说："红酒需要品，吃菜干吗？"

"拉倒吧。没菜我喝不下去。"

"好吧，你自己去冰箱翻一翻。看有啥下酒菜。"

我找了一通，也没有一个适合下酒的东西。我反倒发现几听啤酒。我拿了出来。喝啤酒我不需要菜。

杨棉先问我："现在干吗呢？"

"啥也没干。每天在家躺着。"

"你这是干嘛！离婚了，又不是天塌了，怎么能天天躺着呢？照你这样，我们没结过婚的人还不用活了吧？"

我只顾喝啤酒，没接他的话。

"嘿，嘿！少喝点，过会你不得开车回去吗？"

"喝多了，住你这儿，不行啊？"

"行！当然行了。我不早就让你搬过来嘛。"

"嘚。别老生常谈了。说，今天有啥事找我？"

"好吧。言归正传。我想辞职。"

"你不是跟我一样，活腻味了吧？"

"说正事呢。你知道现在什么买卖最火吗？"

……

"Internetwork,国际互联网，听说了吧？"

"你丫的一个注册会计师，没事想什么互联网呢？那是学理工的人干的事！"

"哥们，你怎么忘了，我本科就是学计算机专业的。你知道，考美国注册会计师那是我迫不得已的选择。我内心真正热爱的是与计算机有关的工作。"

"现在信息产业技术，与你当初在国内的时候比，已经是不可同日而语了。你能跟上潮流吗？"

"这有什么？学一学不就会了吗？"

"妈的，上帝太偏心了！无论多难的事，到你那儿一学就会。"

"我觉得这个项目绝对有发展，我想干。只是，我启动资金不够。"

"我手上还有两万块钱，你拿去用吧。说好了，是我借给你的，不是入股的。你的'网'赚赔都得还我啊！我还得靠这点钱度命呢……"

"哥们，你老外了。两万美元还不够这个项目一秒钟用的。我需要2000万美元！今天找你来，不是向你借钱。我是请你帮我想想：咱们可以向谁借到这么一大笔钱？"

"你成天在DC豪华写字楼里混，认识的都是有钱人。你不琢磨他们，还能琢磨谁？"

"咳！我跟我们律师楼的大股东都谈过了，他们都不支持我呀！其他的人，和我都是客户关系，怎么好张嘴借钱呢？你知道，在美国只有一件事是不能说的——借钱。"

"你都知道在美国不能提'借钱'二字，你怎么还往这条道上用劲呢？"

"那你的意思是——"

"亏你还是美国的注册会计师呢，连我这个没知识、没本事、没文凭的'三没'产品都不如！去找银行贷款啊！"

"看你说的！融资这条道，我当然想过了。我既没有足够的抵押物，个人信用也不好，找谁贷款？我的历史污点，你还不清楚？"

"那我看你就得找神仙帮忙了。"

"对了。我今天就是想找位大仙帮我的。"

"你——，你小子是不是在打我的鬼主意？说！"

"这才说到点子上。我是希望你能帮我出去把钱融进来。"

"我要是能有这个本事，人家还能管我叫'三没'产品?!"

"寸有所长尺有所短。考文凭，你可能不行。但这种体现交际能力的活，10个乐怡和我都赶不上你！"

"吁——，吁——！我可不是顺毛驴，听到两句好话，就上套！"

"哥们，咱俩认识也五六年了。你的优缺点，我能不清楚吗？如果你没这个本事，我忽悠你，那不就是在忽悠我自己吗？"

"我还有优点？你说我哪个优点可以帮你把钱忽悠来？"

"形象！气质！谈吐！机智！"

"你知道我这辈子是怎么死的吗？被你吹死的。"

　　我和"黄鼠狼"至少有两年没见过面了。记得上次见他，是在一个地铁站旁，同样也是三言两语后，两个人匆匆告别。当然，同样他又给了我他的新名片。

　　新名片跟让我揉成团的那张名片相比，名头多了。我能看懂的是，多了一个"美国华盛顿台商协会会长"的头衔。还有不同的是，办公地址变了。我以前就知道，他在DC的办公室转租给杨棉了。可我当时不知道他搬到哪儿了。新的名片上写的地址是在马里兰M城。

　　我按照"黄鼠狼"名片上的电话号码打过去，先是一个小姐的声音。然后才是"黄鼠狼"的声音。我本想约他到某一咖啡店见面，一是杨棉和我想做那个"网"的事，想征询一下他的意见与建议。二是请他喝杯咖啡，算是我对他曾经给我介绍的外卖工作的报答。

这么些年，我对他都没说过一声谢谢。

但是，"黄鼠狼"在电话中，毋庸置疑地要求我去他现在的办公室见面。

他妈的，有钱人就是狂，说一不二。

刚一见面，他还是对我说："这里不许吸烟哦！"

我一点都不尴尬地对他说："不用担心，我早已戒烟了。"

"这很好啊！人就不该吸烟嘛。那好，给你倒杯咖啡?"

"不，来杯茶吧！热的。"

"嗯? 你不是喜好喝咖啡吗?"

"谁说我喜好咖啡了?"

"你昨天电话中不还想约我在咖啡店见面吗?"

"哦，那是替你考虑的。我知道你是喜好喝咖啡的。因此，我想把我们见面的地点定在咖啡店。"

"黄鼠狼"耸耸肩，一脸茫然的样子说："你们大陆人就是这样，想得太多太复杂！好了，对不起，我只能给你十分钟。请讲吧，需要我做些什么?"

我先若无其事地四下看看，问："你为什么离开DC而选择在这里办公呢?"

"第一，两年前，我买下了这座写字楼。我怎么可能有自己的写字楼不用，还有去租人家的房子呢? 是不是? 第二，美国的烟草市场越来越小，我公司的销量也越来越差。而且，我判断，这是一个趋势，我改变不了。是不是? 我只能主动缩减这个领域的投资。"

我打断他："对不起，我想问，你在大陆的生意情况怎样?"

"业绩非常好，非常好。和我当初的预期是一样的。"

我又打断他："那你还为什么缩减在这领域的投资规模呢?"

"我前面说过了，我是说美国烟草的市场不好。当时在DC设办公室是为了满足开发美国市场的需求。现在不需要了，我就应该把它撤掉。你说，是不是?"

我觉得有道理。深深地点了点头。

"第三，你知道，我一直关注着大陆政府的改革开放的政策，我已经看到了大陆经济腾飞的前兆。今后世界的经济中心在北京。这是趋势，是大势。我必须做好与大陆人做生意的准备。所以，我第一步在M城买下这个写字楼，就是为了迎接大陆客商的到来!"

"既然你是这样考虑的，为啥不选在中国人聚集的R城买个写字楼呢?"

"马先生，首先我想告诉你，当初我没有在R城发现有合适的写字楼。另外，请你记住我的话，在这个世界上，做任何事，都不会是理想的、完美的。做事的乐趣，就是在你克服意想不到的困难后而得到的快感! 你清楚维纳斯断臂美的妙处吧!"

"那你现在决定你将与大陆客商在什么领域合作呢?"

"还没有。我在等机会。栽下梧桐树，只等凤凰来! 我已经等两年了……"

我的脑海中，分明出现一个黄鼠狼，趴在鸡窝旁，等了两年的样子。

"如果这样的话，你将来很有可能烟草生意不做而改成其他行业了。"

"换一个行业做，这有什么问题吗?"

"我是这样想的。从你父辈就做烟草生意，至今都快七八十年了。如果你再接着做个二三十年，不就是百年老店了吗?"

"No，No，No! 我越来越清楚，你们大陆人做生意的毛病了。做生意，是以获得利益为目的。为什么还要考虑什么'百年老店'的问题呢? 这是风马牛不相及的事。是不是? 一个学生到学校学习，目的是学到知识，为长大后的人生服务。如果，一个学生来到学校的目的，是为了将来一辈子在这个学校当个好学生，这是一个多么好笑的想法啊！是不是?"

"黄老板，我今天来是想向您请教个问题。我想做些与互联网有关的事情。您看如何?"

"说老实话，我也正在考虑这个问题。但是，我对互联网一窍不通。等我研究明白后，我再回答你这个问题吧!"

三十分钟一晃而过了。我起身告别。

从"黄鼠狼"的写字楼出来，我扭头仔细端详了一阵这座商务办公大楼。大楼外立面的玻璃幕墙在阳光的照射下，熠熠生辉。反射的光线，就像"黄鼠狼"的眼神。

"细不细？细不细？细不细？……"我在心里模仿者台湾人的"是不是"的发音。

中国人说，旧的不去，新的不来。按我实际情况来说：乐怡不去，新的不来。

我是1996年与乐怡正式离婚的。其实，从1993年来到美国起，我们就处于分居状态了。1995年8月份我就搬出来住了，开始是在小李子家，大约蹭住了一个月的时间。之后，我每天就在我打工的中餐馆里，约摸住了将近一年的时间。

每天餐馆打烊后，我就躺在大圆餐桌上睡觉。每天早上，在餐馆的卫生间里洗个"桶浴"——把一桶水从头浇到脚。艰苦了点，但省了租房费，还省了地铁票钱。

1996年年底，我与乐怡正式离婚后，心里总是乱糟糟的，看什么都不顺眼，见谁都爱发脾气。几次给客人送外卖，不是忘给人家带餐具了，就是忘记收客人的钱。甚至有次过马路，我险些被车撞着。

咳，我想，我该换换环境了。于是，1997年年初，我就不在餐馆干了。当然，也就不能在那儿蹭住了。

我在一家超市的告示板上，看到一个租房信息。实地考察后，觉得还不错。房东是位老华侨，单身一人。他的孩子大了，都出去单住了。

他想出租的房子有两间：一间面朝西的，一间面朝东的。两间大小完全一样，都没有单独的卫生间，需要合用同一个卫生间。

我简单地看了看，就跟房东说："我订下这间了。我先把订金交了。今晚我就搬进来。"

等我晚上把锅碗瓢盆带过去的时候，老房东一再抱歉地说："对不起呀，马先生。你上午刚一走，就来了个住户。一眼就相中你看好的那间了。我说你订了，订金都给那人看了，可那人就是要住你看好的那间屋子。你看这怎么办呀？"

我本来就心情就不好，一听这个事，无名火腾地一下就冒上来了。告诉老房东，我坚决不同意。

我边上楼边嚷嚷："嗨，谁啊？还讲不讲规矩？这是美国，法治国家……"

"嗨，大哥，你在跟我说话吗？"

我寻声抬头一看，一位妹妹在二楼的楼梯沿站着，微笑着看我。

四目相对，我一下子就慌了。我有些结巴地问："老房东说的新来的人，是，是你吗？"

"对啊！远在天边近在眼前。我叫庞鹭。见到你很高兴！"

我毕竟是30岁的老男人了，特别咱还是离过婚的，面对一个小姑娘，我还不至于找不着北。一时的慌乱瞬间就过去了。男儿本色又回到正常状态了。

"老乡见老乡，两眼泪汪汪啊！我现在眼泪哗哗的啊！"我故意加重东北话的口音。

女孩笑个不停，问："大哥，东北人吧。东北哪疙瘩的？"庞鹭也故意学东北话的口音说。

"大海市的。你呢？"

"小女子我家住长江沿岸……"

"好啊！常言道：千条江河归大海。看样子，你早晚会流入我们大海的呀！"

"那就看你们有没有'海纳百川'的胸怀了？"

"只要有人能扑过来，我们的胸怀就可以接住！"

我单刀直入的话，终于让庞鹭不敢轻易往下"接"了。

老房东看我俩嘻嘻哈哈的，知道不会有啥麻烦了，也就知趣地回到自己的房间了。

我进了房间，庞鹭也跟进来了。而且，手脚麻利地帮我把被褥铺好，令我感动，但我并没劝阻，也没客气地说声谢谢。

"你什么身份的干活？"

"我访问学者的干活。"

"什么专业的十活？"

"大众传媒的干活。"

这让我想起徐慈颂、珍妮也是学大众传媒的。我不禁脱口而出："怎么，你们女孩子都愿学大众传媒呢？"

庞鹭这时突然停下手中的活，诡诈地看着我说："这么说，大哥还认识别的学大众传媒的女孩子？"

"是的。我朋友的老婆也是学大众传媒的。"

"不知可否问一下，大哥和大哥的朋友都是学啥的？"

"大哥我正在考虑学什么呢？庞妹可否指点一二呢？"

庞鹭脸颊微红地摇摇头说："庞妹可不敢给大哥指点鹏程呀！对了，你都知道我庞妹的名字了，大哥可否告诉庞妹你的尊姓大名啊？"

"马骏！"

"嗯，好姓，好名。按美国人的习惯。我从此开始管你叫骏马了。成吧？"

"你看着叫吧，别叫我Donkey就行！"

"哈哈哈！哈哈哈……"

我一边跟庞鹭说笑，一边在内心问自己：我和庞鹭有个喜剧的开始，会有个喜剧的结局吗？

人常说，这个世界，离了谁，地球都会照样转。但是，我打过工的那家DC的中餐馆，我一离开，就转得摇摇晃晃的了。

我不送外卖后，他们又请了几个人来做，每个人干的时间都不长。不是人家做了几天不来了，就是女老板不让人家来了——因为客人有反映，外卖送得不及时。

这里的奥秘我最清楚。一般人送外卖，到了高层建筑时，往往是坐电梯上楼。在其他的地方可以，在DC的写字楼里，送外卖的必须走楼梯上去。

中午时分，每趟电梯都是超员的。这样就产生两个问题。如果你排队等电梯，半个小时的时间就过去了，客人肯定会嫌你送得慢，下次就不在你家订餐了。另外，咱们中国人对中餐的气味习惯了无所谓，有些老美是万万不接受中餐饭菜的气味的。

我开始也不懂，有几次在电梯里，有的老外捏鼻子，我才明白。所以，我再也不乘电梯送外卖了。有些大楼的物业还会找出各种借口，不让送中餐外卖的乘电梯。

因为我体力好，善于奔跑，所以从来没把这当回事。餐馆老板也从来没给我额外加过钱，连句口头表扬都没有过。现在好了，女老板这下才知道，遇到我这样的外卖郎，她是多么的幸运。

2月份的时候，大女老板曾经给我来过个电话。电话中说就是想问候问候我，没别的意思。如果我有时间的话，她随时都欢迎我去玩。

我一边听电话，一边在心里觉得好笑。咱们华人怎么就这么愿意"弯弯绕"呢？是因为谦虚？还是客气？还是聪明得有些过分了？非得把1+1的问题，用微积分方法来考虑。

我在电话中装傻地回答她："我今后要是路过，肯定会到你那儿蹭饭的。"

大概是3月份，对，是3月8日，周六，庞鹭一早起来就敲我的房门，让找开车带她去逛Mall，还大言不惭地对我说："今天是三八妇女节，男士要给女士买个礼物。"

我对她说"你要是喜欢的话，我愿意把自己当作礼物送给你！怎样？"

庞鹭故意压低声音说："太好了，我是真心喜欢你这个'礼物'！只是时节不对。你得过一段日子送给我才对……"

我一听有戏，马上兴奋地追问："'过一段日子'是什么日子？"

"阴历七月十五！鬼节啊！"

那天在去Mall的路上，我故意开快车。庞鹭坐在一旁惊叫道："你开这么快的车，不怕出事故啊？"

我也故意压低声音对她说："出了事故，鬼节就提前到了……"

中午时分，我跟庞鹭在Mall里的食品中心吃快餐时，我的手机响了。

庞鹭一边嚼着汉堡，一边示意我接电话："快接啊！说不定是哪个女鬼来找你了。"

让庞鹭说着了，还真是个女的来的电话——DC那个饭店的小女老板珍妮打来的。

珍妮电话中约我晚上去DC中国城体育馆看NBA比赛，而且说，票已经买好了，约我在中国城的地铁站出口处见。

我在电话里简单地"嗯嗯"两声，算是答应了。

庞鹭一脸坏笑地问我："马骏，什么人啊？"

"一个哥们，你不认识。"

"哥们？什么事啊？"

"晚上约我一起去看NBA比赛。怎么，你也想去看NBA？"

"别编了！要么不是什么哥们来的电话，要么不是去看NBA，反正你这个电话中有鬼。马骏，女人的直觉是专门对付你们男人的谎言的。你不信？"

我没有回应庞鹭这个鬼丫头的挑衅，但我在内心确实有些惧怕女人的"直觉"了……

当天傍晚，我把庞鹭送回住处后，在自己的房间停留不到10分钟，就悄悄地溜了出来。

我当时就觉得自己挺好笑：我出来看NBA，与庞鹭何干？我为啥不敢对庞鹭承认是跟珍妮一起去看球呢？

人经常不自觉地干出一些莫名其妙的举动。

如果说，我答应珍妮与她一起看NBA是不正常举动的话，但去现场看NBA比赛，对于我来说，那绝对是正常的举动了……

看NBA，那是我认为世界上人类能够做到的最快乐的享受。我愿意来美国，一半的原因就是想现场看NBA比赛。刚来美国没几天，我就在王品一的陪同下看过一次，永生难忘啊。

这次珍妮请我看NBA，那是鸿门宴——珍妮看球，意在马骏！我马骏不傻，但我还是立即答应了。欲望打败了理智，NBA战胜了我。

在中国，我也经常到现场看球。刚记事时，我爸骑自行车带我去我们县城去看球。我们县是排球之乡，所以看得最多的是排球赛。

在大学时，我们学校的体育馆是大海市少有的几个标准比赛用馆。篮球、排球、羽毛球等项目的省市级的比赛，经常在我们学校的体育馆举行，我几乎场场必看。

我看到的最高水准的比赛，是中国国家男篮在我们学校体育馆进行的队内比赛。每个队员及其每个动作都印在我的脑海里了。但是，在美国看过NBA的比赛后，再回想在中国看过的球赛，如同一个大学生看幼儿园小朋友在做游戏。我不是说两者的运动水平的差距，而是指两者的经营水平之间的差距。

在NBA现场，那就是一个快乐！舒服！最后让你流连忘返。

在半场休息的时间，中国球迷戏称为"放水"的时间。在NBA中场休息的时间，你哪啥得花时间去"放水"？

我外语不好，珍妮在一旁给我解释场地中央举办的各种活动。有的我一看就知道啥意思，比如说，邀请观众在球场中圈里投篮，奖金由赞助单位提供，让坐在看台上的观众都心跳加速。

那天，现场还有一点"色情"的活动，让我和珍妮赶上了。

NBA的比赛现场有个缺德的娱乐玩法。用摄像机对着观众席搜索，在现场大屏幕上被定格的一对男女，那么这对男女，无论他们是认识还是不认识，这两人必须接吻，否则，现场观众绝不答应。

老外多开放啊，八十岁的老太太都盼着让陌生人吻一下，然后幸福地在原地直蹦高。

没想到的是，那天镜头一下子把我和珍妮定格在一起了。别看珍妮是ABC，骨子里还是传统的东方人。她一下子用手把脸捂上了，然后，把头埋下去。

这下观众不让了，全场口哨声此起彼伏。特别是我们周围的观众，全都站起来，把我俩围个水泄不通。更烦人的是，他们有节奏地一起跺脚，给人一种山崩地裂的感觉。

何谓在劫难逃？这就是在劫难逃了。我鼓励自己：有便宜不占，那是傻瓜蛋。我掰开珍妮护在脸上的手，捧起她的脸，给了她浅浅的一吻。就是象征性意思一下。

可谁知，这些流氓观众觉得我敷衍，要求我重做。没办法，我又去吻珍妮。

这一次时间超长。原因是珍妮一直死死地搂着我的脖子。

接下来我是晕晕乎乎观看完了比赛。珍妮的手一直和我的手十指相扣……

比赛结束散场后，我想按原计划到附近一家豪华西餐馆请珍妮吃饭，目的是答谢她请我看这场球赛。同时，我想好好跟她解释一下我不想回到她们餐馆继续送外卖的理由和原因，想请她和她母亲谅解。

后来实际情况是，珍妮强行把我带到她自己住的公寓……

中国人说，蔫人出豹子。杨棉是个蔫人，同时也是个豹子。

他以前的那个事，咱就不说。这回他又"豹子"了一把——他把工作辞了。

我听到这个消息后，迅速地跳上车，来到他家。

这哥们独自一人，一手拿书，一手晃着杯红酒，在那儿玩潇洒呢！

我生气地盯着他。站在客厅中央，一句话都没讲。

"站着的客难伺候。你倒是坐啊！"

看我还是没动，杨棉也没再让我，接着对我说："本来有件事，我想过些天跟你说。今天你来了。我就讲给你听好了。是这样的，咱们的网络公司已经注册好了，在马里兰申请的营业执照。公司的名称是咱俩的姓，叫'马杨公司'。"

我一挥手，打断杨棉的话："你别什么马羊，还是驴羊的。我只想知道，咱们的事八字还没一撇呢，你为啥就辞职了呢？"

"好吧，我先回答你这个问题。一句话，因特网是我想从事的工作。什么美国注册会计师，什么中国的银行工作，都是我不愿意干的活。知道我是学什么的？计算机是我的专业，是我梦寐以求的工作。为了能从事我真正喜欢的工作，我不惜做出任何牺牲。况且，我本身就不认为这次辞职算什么牺牲。因此，虽说咱们是哥们，遇事我应该和你商量一下，征求你的意见。但我认为，这不是商量的事！我之所以如此这般，就是要断自己的后路，然后义无反顾地走下去！"

杨棉十分激动地讲着。我看这哥们是死心塌地要干什么"马杨公司"。再说些反对意见也没什么意思了。于是，我问他："上次你说我们钱不够，需要筹款。现在我们还没筹到一分钱，你怎么就急于注册公司了？"

"上次咱们谈过后，我仔细想了想。如果我们连个公司都没有，你凭啥去取得人家对你的信任呢？我刚才讲了，破釜沉舟，破釜沉舟！"

"破釜沉舟，你至少也得有点'破釜沉舟'的本钱吧？"

"我真觉得没看错你！你总是能说到点子上。今天，就是要跟你商量这个事。"

"得，你什么都决定了，还跟我商量啥？你说吧，你想怎么做？我该怎么做？"

"公司的启动资金一共需要投15万美元。我现在可支配的只有10万美元，所以我出10万美元，占公司49%的股份。你呢，出5万美元，占公司股份的51%。"

"你先打住。我不是跟你说过了嘛，我现在手上只有2万美元吗？我到哪儿去借其余的3万块呀？"

"你那两万块钱，你自己留着用。把放在我这儿的5万元拿去入股就行啦。"

"我啥时候在你这里放了5万块钱了？是我脑残了，还是你喝多了说醉话呢？"

杨棉从茶几底下提出个纸袋子倒在茶几上，一共5捆美元。

"别吃惊。不是你放在这里的，但确实是属于你的。你和乐怡办离婚手续的前一个晚上，乐怡拿着这些钱到我这儿，告诉我，在你最需要钱的时候，把这钱给你派上用场。而且，还一再叮嘱我，不要告诉这钱是她给你的，怕你不收，但我不敢撒这个谎呀。今天，我很自私，不是觉得你最需要钱的时候，而是我最需要钱的时候，把乐怡的秘密泄露给你了。我可能把你们两个都得罪了。"

"问题是乐怡哪来的这么多钱呀？"

"乐怡说，她把你带到美国，半道又和你离婚了。她感觉特别特别的对不起你。所以，她想尽量多给你留下一些钱，以减轻自己内心的愧疚感。钱都是正路来的。她在毕业前后的整个夏季，把自己关在房间内，硬是翻译了两本书，这是后来出版公司给的稿费。情况大致就这样，你还有什么想问的吗？"

"先给我弄点酒吧！"

"冰箱里有，自己去拿。"

我还没等喝到一口酒，已声泪俱下，泣不成声了。

和庞鹭认识了以后，我就成了她免费的专职司机、导游和厨师。当然，上述工作都是我自愿的。

据庞鹭所讲，她是学大众传媒的，毕业后在她的家乡—— 一座长江流经的城市的报社工作，因为失恋，就想离开那座令她伤心难过的城市，而且是越远越好。哪里离她的故乡远呢？她展开世界地图看了看，发现美国离中国最远。一个在地球这面，一个在地球那面。于是，她拿着访问学者的签证来到美国了。

开始，她住在校方给她提供的紧邻校园的宿舍，吃、住、行都挺方便的。半年之后，她以宿舍的租金太贵为由，退了那个房子。其实，倒不完全是因为租金高。她是想离开已经熟悉了的校园环境，深入到普通美国人生活的环境中，真实地感受一下美国社会。而且，她还必须要抓紧时间，她的访问学者签证期限仅仅一年。言外之意，法律上允许她在美国只能再待小半年了。

　　有次庞鹭问我："骏马同志，你每天不干正事，整天陪着我这儿一趟那儿一趟的，你不烦吗？"

　　我一脸严肃地回答道："你看，你都是要'走'的了，我能不尽点人道主义嘛！"气得她用手使劲拧我的胳膊。

　　陪庞鹭在DC逛街，也使我对DC的商业与景点有了较多的了解。说老实话，到美国5年了，从来没有专程到DC闲逛过。

　　常言道：卖啥吆喝啥。庞鹭是做媒体的，所以，她对当地的中文报纸特感兴趣。一到周末，不管她想不想买菜，她都会让我开车带她去超市。因为，当地的中文报纸都是免费堆在超市门口，供大家拿去阅读。

　　华盛顿DC的中文报纸有三四份，都是周报，周五发行。我刚到美国时，也从超市拿过中文报纸看过。报纸的版面内容太差了。我看过几次我就再也不看了。

　　当我发现庞鹭对这些报纸的过度关注后，我就觉得这里面有问题了。

　　一天，我们两个人并排坐在客厅的沙发上，我心不在焉地看着电视，庞鹭专心致志地低头看报纸。

　　我用胳膊碰了一下庞鹭，说："嗨，嗨。给我讲讲你在琢磨啥呢？"

　　庞鹭奇怪地反问我："我这不在看报纸呢吗？什么也没琢磨呀！"

　　"不说实话可不是一个好同志啊！常言说，有福同享有难同当。

你有什么事就讲出来，说不定哥们还能帮上你！"

"那你说，我在琢磨啥呢？"庞鹭一脸挑衅的样子。

"我又不是你肚子的蛔虫，我怎能知道你在想啥？但我可以肯定地说，你在琢磨事呢！"

"那你又凭啥说我在琢磨事呢？"

"因为你反常。谁一张报纸反复看好几遍呢？再说，那几份中文报纸那么差，你一个大记者不应该对上面的内容感兴趣吧？"

"那你说我对啥感兴趣？"

"这也就是我想知道的，你到底琢磨啥呢？"

庞鹭放下手中的报纸，用手挽住我的胳膊，并渐渐地把身体倒向了我。轻声地说："骏马，我发现你真是粗中有细，什么事都逃不过你的眼睛。我觉得你挺可怕的，跟你在一起挺没安全感的，但我也确实愿意跟你在一起。"

"别转移话题。老实说，你瞎琢磨啥呢？"

"我在——"庞鹭犹豫了一下，说，"骏马，我肯定要跟你说的，但现在我不想说。"

"女人的心思就是多啊！"

"你说谁是女人？人家是女孩！"

"幼儿园大班的？"

"去！最烦你没正形。"

"我没正形？我要是没正形的话，你不早被我拿下了？"

"你讨厌！"

庞鹭双手向我袭来，我用双臂夹住她的双手并乘胜追击，把她揽在怀里。埋下头，用我嘴堵住了她的唇。

过了好长时间，我觉得庞鹭在哭泣。

我抬起头，问她："你怎么啦？"

庞鹭紧紧地抱着我："骏马，我不想走！我不想离开你。"

在我和庞鹭厮守的这段日子，杨棉一天一个电话，催我和他商谈公司的事。我总是以各种借口搪塞他。

后来，我的手机有一周时间没有开机。让我在十分安心的状态下，陪庞鹭去了一趟美国旅游胜地——尼亚加拉大瀑布。

我一周后回到家上网一看信箱傻眼了。

杨棉在邮件这样写道："公司即将正式运营了，不管你有什么样的原因，不管你有什么理由，只要本周末晚6点前，你不主动来见我，那么，你的5万投资款我退给你。从此，你我不再是朋友了。"

我一看表，离杨棉规定时间就差5分钟了。我拔腿向外跑。

庞鹭问我："去哪儿？"

我说："回来告诉你！"

我边跑边想，蔫人出豹子。杨棉可不是爱开玩笑的人，他说到肯定会做到。我要是5分钟内到不了他的眼前的话，他就真能兑现他的誓言。我到美国这些年了，真能用心相交的人，只有杨棉一个。我真不愿因任何原因失去这个朋友。

晚上8点钟，我回来了。杨棉也跟过来了。因为杨棉说他饿了，我们的公司的董事会还要接着进行，所以，我提议，会议地点改在我和庞鹭住的地方举行。庞鹭可作为与会人员，并为大会提供晚餐。饭菜和酒都是现成的。我走了之后，庞鹭就开始点火做饭了。我们回来，恰好是庞鹭把饭菜做好之时。

我把庞鹭介绍给杨棉："这是我今生第一次主动追求的女人，不，女孩，庞鹭小姐。"

杨棉对庞鹭点了点头。

我把杨棉介绍给庞鹭："这是我在美国唯一可掏心窝讲话的男

人，杨棉先生。"

庞鹭脸对着我，一直在盯着我。

稍有一段沉静后，我对杨棉说："老板，咱们的董事会接着进行吧！我先吃着，你先讲着。"

杨棉真饿了，也不响应我的提议，他一口气吃到打嗝为止。我也是一顿狼吞虎咽。

"马杨网络公司"董事会通过以下决议：

1.杨棉为董事长，马骏为CEO；

2.本公司的发展战略是，建立全美唯一一家销售二手车的中文网站；

3.公司办公室设在马里兰的M城，"黄鼠狼"的写字楼里；

4.杨棉主管网络技术方面工作，马骏负责融资、财务和营销工作……

所有的条款，基本上是一人提议，另一人立即赞成。只是在如何确定两个人的股份比例时，两个人有了争端。我强调的是按出资额确定我们的股份比例。我出5万，他出10万，那么，我占公司的33%股份，杨棉应占67%股份。

杨棉说，这种项目的运作，关键取决于个人能力。本身我们一共出的15万美元，就是一个启动资金，不应视为投资额，至少不能算是总投资额。真正的投资款，还得靠我去拉呢。所以，他建议我占公司的51%股份，他占49%的股份。

在我们俩各持已见，相持不下的时候，庞鹭一语定乾坤："哥俩好，各占一半！"

杨棉这小子对自己喜爱的事非常钻、非常执着。别的不说，就看他玩电子游戏的那股劲，就挺吓人的。我有几次发现他玩电游都玩到眼神发直了。

我就不是了，总是不安分，总是有不同的选择。

命中注定，我又要转入一个新的圈子里了。

按照董事会的决议，遵照杨董事长的指示，我履职的第一项任务就是找"黄鼠狼"租他写字楼里的办公室。

临行前，庞鹭说她想见见世面，要求跟着我去。我指指自己的脸，笑着看着她。

庞鹭说："你也太功利了吧？干什么都讲代价！"然后，用手指狠劲戳了我一下。

我们一同下楼，一同上了车。当我发动车时，我在后视镜中看到，老房东在院里站着，对我们这个方向不住地摇头。

对我和庞鹭不住地点头的人也有，这个人是"黄鼠狼"。前两次我单独来时，他都是一副盛气凌人的样子，今天知道我来是要租办公室，他的脸上就是两个字——热情。

"黄鼠狼"满脸微笑，点头哈腰。而且还两眼放光，不时扫视着庞鹭。突然，我有种引狼入室的感觉。

"黄鼠狼"亲自给我们做销售向导。我们把所有闲置的房间都看了一遍。庞鹭在一旁不时地发表自己的建议。有时，还趁着"黄鼠狼"看不见时，用眼神示意我这个房间可以租，那个房间不可以租。

"黄鼠狼"一直在领路，每到一个房间，他就摆出专业的姿态，给我讲解所在房间的特别之处以及性价比之类的。

看着看着，我心中就已经确定好要哪间屋子了，但我还是不露声色地让他带路，把所有的闲置房间看过一遍。而且，按我的提议，我们上下楼都是走楼梯的。

回到"黄鼠狼"的办公室后，"黄鼠狼"已是满头是汗了。他也不讲究什么职业形象了，把西服一脱，顺手扔到桌子上。然后，快速地扯下领带，解开领口，想给自己增加一个散热通道。

这就是我想要达到的目的。我呢，啥事没有，面不改色心不跳。5年的外卖郎经历，这两步道儿，算啥？

"黄老板，论起做生意，你是老师，我是学生。但是，在商言商，我今天不得不跟你讨价还价了。是吧？"

"没关系，没有关系嘛。大家都是生意人，干的就是讨价还价的活嘛。是不是？不讨价还价，那还叫做生意吗？是不是？马老板，你请讲！"

瞬间，我就由外卖郎变成了马老板，这种感觉挺爽。庞鹭还向我这边笑笑，我心中又多了种温暖的感觉。

"黄老板，你知道，我做生意是初来乍到，不懂行情，甚至不懂规矩。还是请您这个老师讲讲吧！"

我似乎感觉到，庞鹭在一旁提示我，不该这么露怯。

"马老板，咱们是多年的朋友。是不是？在我心中，早就看出你会起来的，你可不是一般的大陆出来的人。你和他们……"

"黄老板，你批评过大陆人做事好拐弯。今天，咱们就按美国人行事规则做，好吗？"

"好呀，好！马老板聪明人，进步就是快！是不是？给别人我们最多优惠3%，给你，4%啦，这可是特例哦。怎么样，马老板？"

"首先，我告诉你，二楼面向南面的那半层房间，我都要了。如果，朝向北面已经租出去的那几个房间你能收回来的话，那么，整个二楼我全包了。"

"好啊！马老板有魄力，出手不凡呀！我当时第一眼看到你，就觉得你个是做大事的人。是不是？"

庞鹭在一旁迷惑地看着我。

"但是，马老板，你今天能到我这儿选办公室，不单是为了我做生意，而是为了我们——你和我们公司共同做生意发财的。"

"怎么讲？"

"你用你的空闲的房子做投资，和我们一起做IT产业。你不是跟我说过，你栽下梧桐树，只等凤凰来嘛。现在，我们公司这只凤凰来了。"

"NO,NO,NO！马先生太会开玩笑了。这怎么可以呢？"

"黄老板，现在咱们一起算个账。我粗略估算了一下，按面积说，你们现在大约还有30%~40%还没有租出去；按楼层说，美国人不喜欢租低层，所以我注意到了，你们的高层入住率很高，近乎100%，而楼层越往下出租率就越低。例如二楼基本就没租出去。你已经接手这个写字楼两年了，这说明什么？"

"难道马先生的意思是说，我们的二楼一文不值。是不是？"

"不，我恰恰认为你们的二楼有价值，而且，有很高的使用价值。只是，到现在为止，你还没发现它的使用价值与奥妙。哈哈！"

"是吗？请马老板赐教！"

"你说过，你买下这个楼，就是为了等中国大陆的客商来。OK，那么，你为什么不再想一想，你需要用什么方法，招来'凤凰'，先把你这个大楼住满呢？"

"什么方法？"

"嘿，你怎么忘了你自己发明的方法啊？先让我们公司这个'凤凰'在此建巢，其他的鸟啊、鹰啊，不就都跟着过来了吗？买房子的不都先设一个样品房吗？我们就是你的样品房呀！你想一想，我们把二楼住满后，那三楼四楼五楼等等低层的写字间，还用犯难租不出去吗？另外，我们又不是白住在这儿。按我们实际承租的面积的价格，折合成投资款，你就是我们公司的股东，享受股东应该拥有的一切权力。因为时间紧迫，IT业时间就是金钱，时间就是生命。对不起，我们只能给你三天的考虑时间。请你三天内务必给我一个明确的答复。好吗?"

"不必用三天时间。我现在就肯定地答复你,这事就这么定了。请你找律师起草份协议吧。对了,这笔律师费该由你们单独承担。是不是?"

庞鹭是蹦着、扭着从"黄鼠狼"的大楼出来,进到车里,就给了我一个香吻。

我慢慢苏醒过来后,庞鹭喃喃地说:"我真是佩服你这能把死人说活了的本事。但我对你越来越没安全感了。我怕你把我卖了。你会吗?"

"会。"

庞鹭双拳出动,以致我在马路上划个S形路线,引得道上的老外直"嘀"我。

我们公司开业,最先受益的两个人是张镇塔和"黄鼠狼"。

张镇塔是我把他从纽约叫过来的。他开个老的破装修用的工程车,一竿子从纽约就过来了,而且,还带来一车工人。

我是挺烦张镇塔的,但他对手下工人的这份感情,还是让我很佩服的。这也就是我能请他过来给我们办公室搞装修的根本原因。

接着第二个受益的人是"黄鼠狼"。因为,我那位财政部的同学张东来美国了。我把张东介绍了"黄鼠狼"。老油条"黄鼠狼"快速抓住了这个机会,做成了一笔大生意。

在我出国前,张东也有一次公派出国的机会,当时他主动把名额让给别人。现在看来,他当初的选择确实是对的,可谓一箭三雕。

第一箭,射服了我们那位师哥,让师哥对他感恩戴德。

第二箭,射服了领导和同志们的心。后来,有人竟然把《东方红》这首歌改编为:"东方红太阳升,财政部出了个张东东。他为人们谋幸福，呼尔嘿哟，他是人民大救星。"

第三箭，把一个处级位置射了下来。两年内，他连升三级，由副主任科员，一下子成为中国会计师协会的培训部部长——正处级。时至今日，我出国5年了，人家张胖子当处长都快3年了。

稳当了两年后，张胖子率团来美国考察。主要是调研、考察美国会计培训业务的情况。

我来美国后，开始时与国内的同学、朋友、同事联系还算紧密。后来随着我心境不佳，也懒得与国内通电话了。讲啥？又不想告诉人家我在美国送外卖，又不敢说自己在美国成为大款了。所以，很多人就失去联系了，但我和张胖子一直有联系。因为是他一直在主动给我打电话。张胖子追女人不行，他对他看得起的男人，倒挺黏糊。

当然，张胖子不是同性恋。人家前年就结婚了。而且，去年还有小孩。张胖子还用信封给我寄过他儿子的满月照：胖乎乎的，也傻乎乎的，挺像张胖子。

张胖子一行5人，四男一女，都是他们培训部的。预计行程14天，美国东岸7天，西海岸7天。第一站就是华盛顿DC。

张胖子一行抵达华盛顿机场的时间是晚上。我和杨棉开了辆7人座的商务车去机场迎接他们。接到后，我直接把他们带到DC里我送外卖的那个中餐馆。原因是肥水不流外人田嘛。毕竟我在这儿工作过，也住过一段时间。

张胖子看到我一进餐馆，见到的人都跟我打招呼，他就当着他那几位同事面，十分敬佩地对我说："老大，我一看见你就知道，你在美国混得不错。是不是天天有应酬？好家伙，这里人都认识你！"

我真想告诉他，我为这个店送了5年的外卖，他们能不认识我吗？

大女老板也是江湖老手，一看就知道怎么回事了。马上小步跑过来，一口一个"马老板"地叫着，让我既舒服又不舒服。即使有些不舒服，我也不可能让她别叫我"马老板"，而叫我"外卖郎"吧？

中国人为什么好讲面子？因为有些时候，你想不要面子都不行，正如此时的我。

当然，要面子是有代价的。当天的小费，我在桌子上拍下了100美元的大票……

第二天，"黄鼠狼"闻讯后，主动请缨，在华盛顿DC最大的中餐馆宴请张胖子一行。"黄鼠狼"凭着敏锐的商业嗅觉，一下子就感觉到了"猎物"就在眼前。他以"华盛顿台商协会"的名义，邀请大陆会计师协会培训部访美代表团一行，到他们协会光临指导。

他们协会的地址，就在我们那个写字楼。协会的办公室，就是"黄鼠狼"让秘书打扫了一遍的他自己的办公室。这个协会的会长是他，他的女秘书是协会秘书长。他现在所有的员工，都是协会的工作人员。

张胖子第二天到"协会"来的时候，"黄鼠狼"组织所有的"协会工作人员"到楼下列队欢迎，并在过道上铺了红地毯。也不知"黄鼠狼"从哪里借了两个金发碧眼的美女，给张胖子一行还献了花。

记得当年，1997年，歌坛皇后那英唱红过一首歌《征服》。其中的歌词："就这样被你征服，切断了所有退路。我的心情是坚固，我的决定是糊涂……"张胖子被"黄鼠狼"彻底征服后，在一纸《培训协议书》上，潇洒地签上了"张东"胖胖的两个小字。

别小看张胖子这小小的两个字，"黄鼠狼"由此获得了50万美元的培训费。

这可能也是我们公司后来干黄了之后，"黄鼠狼"也没太计较我们没付房租的原因吧。从这一点看，张胖子也在客观上帮了我一把，但在内心我丝毫不感谢他。

培训合同签订之后，我想，张胖子一行剩下的时间，就该好好在美国逛逛了吧？

让所有的人没想到的是，张胖子作出一个惊人的决定：改签机票，立即回国。理由是：工作事项已完成，公费外出理应结束。

这回送机的是我、庞鹭和"黄鼠狼"。候机楼内的气氛很紧张，华盛顿DC的乌云笼罩在张胖子手下的那哥几个的脸上。

张胖子说他要去趟卫生间，用嘴向我努了努，转身走了。

我在心里骂了一句："你惹的事，还得我替你擦屁股！"

我满脸堆着笑对脸上有乌云的同志们讲："各位，这次没玩好，是张东的错，也不是张东的错。我和张胖子是大学同寝室的同学，我是最了解他的。我觉得他这样做是替你们大家考虑的……"

我说到这里时，庞鹭扯扯我的衣服衣角，表现出对我包庇张胖子的话的不满。

我没理会庞鹭，接着说："我想，张东是想用牺牲你们可以在美国逗留十天的机会，换来你们今后无数次来美的机会。你想啊，培训合同已经签订了。以后的工作就是由你们带队组织中国会计师们到这里培训了。这不是一次两次，也不是一年两年的工作。我现在反倒担心你们以后谁都不愿到美国出差了。就像我们这位小姐一样，她马上就要回国了……"

我把庞鹭突然推到众人面前，大家都笑了。

张东从卫生间回来，看到大家脸上的乌云都散了，对我会意地一笑。

他回到北京后，在电话中一再感谢、称赞我，而且认为，我们要是当初能分配到一个单位就好了，肯定相互配合得天衣无缝。

这次张胖子来美国，有一件事，我认为我们挺默契的。我最担心他问我和乐怡的事。从始至终，他没见到乐怡，也没开口问到乐怡。

这样的人不做领导，谁当领导？士别三日应刮目相看。

张胖子真的出息了。

送走了张胖子，下一个就该送庞鹭回国了。

在她启程的前几天，我空前地感受到了失落。

古代有人说："两情若是久长时，又岂在朝朝暮暮。"这话在古代还行，在今天这个时代，我坚定地认为，庞鹭此行应是两只黄鹂鸣翠柳，一个庞鹭上青天了。

和庞鹭相处5个多月的时间，我们还是非常纯洁的关系。我们这种关系，杨棉、"黄鼠狼"，甚至张胖子肯定都不会相信。

说老实话，有几个晚上，我真想敲开庞鹭的房门，可不知为啥，就是没敢行动。包括我俩去尼亚加拉大瀑布旅游时，虽说同住一个房间，但每个晚上都是一个人在床上，一个人在地上睡的。

我和庞鹭是共用一个卫生间。有一天早上，我内急上厕所，把卫生间门打开后，才发现庞鹭在里面冲澡。因为有层帘子挡着，我什么也没看到。我当时也是很有想法，但最终没敢越雷池半步。

对于像我这样过来的男人，深知女孩有口是心非的毛病。所以，一开始，庞鹭告诉我她是因为失恋而来到美国的话，我就怀疑。哪有女孩刚见到一个陌生人就袒露心扉的？我当时觉得她这话是当玩笑说的，我也就把这话当玩笑听的。可是，渐渐地，我确实感觉到了，庞鹭可能真是因失恋来美国疗伤的。按庞鹭的性格来说，她是一个非常爽快、豁达的女性。这种性格在日常生活中，体现出了丰富的快乐与幽默感。然而，在与我相处的日子里，庞鹭则时常不自觉地表现出迟疑、发呆、惆怅，甚至有时我会发现她眼里莫名其妙地含着眼泪。种种迹象表明，庞鹭近期心灵上确实有过创伤。而对于一位大学刚毕业的青春少女来说，又有什么会给她的心灵造成如此大的伤害呢？

我这一段能够尽心尽力陪她，是因为从心里往外喜欢她，这是肯定的。另外，看到她受伤的样子，也真为她难过，也就真心想帮她尽快度过失恋期。哪怕最终我们仅仅是一般朋友，我作为老大哥也应该无怨无悔地帮庞鹭走出心理低落期。

关于庞鹭的情感与心灵的世界，在她临走的前一天，我终于算是了解了。

那天，为了让庞鹭高兴，我做了几个菜，打开一瓶红酒，又在餐桌上点亮两支蜡烛。然后，喊在楼上的庞鹭下来吃饭。

少许，庞鹭推门出来了。在她顺楼梯往下走的时候，我用口技给她配上了《婚礼进行曲》"噔——噔——噔噔——"。

庞鹭立即煞有介事地表现出新娘的仪态，下颚轻轻扬起，双眸目视前方，并把一只手臂摆在半空中，像是旁边有位新郎在托扶着她似的。

庞鹭一直以这个姿态向我走来，还差两步远时，她突然收拢姿势，哈哈大笑起来。而且，连连地说："过瘾！过瘾！哈哈哈！"

我们俩在餐桌两边相对着坐好。我举起杯，示意她也端起酒杯。她却没动。

我本来准备好的台词是：祝你一路顺风、心想事成，希望不要忘了美国还有位大哥。可是见她没端起酒杯，我心里的话竟然自己出溜出来了："庞妹，能不走吗？"

我这一句话，引发了山崩海啸——庞鹭再也控制不住情感的闸门，哭得一泻千里，哭得天昏地暗。

因为担心老房东有意见，又不想阻止庞鹭宣泄感情。我只好把庞鹭--个台阶、一个台阶地抱上楼。

许久，许久，庞鹭奔流的情感渐渐地平静了。她打开了心灵之窗："我不是因失恋来美国的。准确地说，我从来就没谈过恋爱。我没追过任何男人，也没有任何男人真正地追求过我。作为今年已经是25岁的女孩来说，我没觉得怎的。可父母不干呀！我不想给父母添堵，就撒个谎，说自己有男朋友。父母马上又命令我带男朋友回家，我又随意地说男朋友在美国呢。就这样，为了自圆其说，我就来美国了。

"本来就是想到美国走走看看，也算给自己充充电，躲过爸妈的逼婚也就成了。可谁曾想，见到你的第一眼，不，好像从听到你的第一个声音起，我就心跳加速。我预感我要完了。

"从那时起，我无时无刻不希望和你在一起。梦里出现的全是你，我甚至梦见过你儿时的样子，也梦见过你老年的样子，也梦见过咱俩在教堂举办婚礼的样子……

"但是，哥，我没谈过恋爱，我揣测不好男人的心态。我不知道你是不是像我爱你那样爱我？我也搞不懂，我们仅有的几次亲密动作，你是源于爱，还是源于寂寞？

"同样，我也无时无刻不问自己：为了爱你，我可不可以放弃我在国内非常喜欢做的工作？我可不可以顶住爸妈的阻力？如果我今后在美国安家，我要怎样做才能够让逐渐年老的父母不觉得孤独？

"每当想到这些难题时，我就感觉我马上就要失去你了，就会泪满双眼，神色不安了。

"哥，你说我该怎么办呢？你真的爱我吗？"

1999
[农历兔年]

我和杨棉的公司，没有挺过襁褓期就夭折了。当初，我们认为没有资金是公司夭折的原因。现在看来，那只是个表面原因，根本问题是投资项目选择的问题——不该诞生的孩子出世了，后果不言自明。

为这事，杨棉一直在跟我争辩。

杨棉一直在强调，网络产业是新兴的朝阳产业，我们的"二手车集市"网站的实用性和适用性有多么多么强。但是，我认为，对于任何一项生意来说，市场的大小是决定生意好坏的客观前提。而市场又是由什么决定的呢？是人，当地的人口数量。任何生意都是直接或间接地为人服务的。

1997年时，估算大华府地区华人华侨总量应在5万人以下，而我们是中文的网站，言外之意，我们客户群总的人数不会超过5万人。

我们又是做二手车生意的，实际上，18岁以下的青少年和70岁以上的老年人，就已经被排除在我们的客户群之外了。这样，我们适龄的客户群人口总量也就应在2~3万之间。也就是说，本地华人华侨大概拥有2~3万辆汽车。

按照二手车每年的交换率在10%计算，每年当地华人华侨共发生2000~3000台（次）的二手车的销售。

我和杨棉，当时就是被这个"每年2000~3000台的交易量"的概念所蒙骗了。

当初我们设计的赢利模式，有三大项收入来源：是对想获取二手车信息的买车客户，每人每次收10美元；二是对于卖车的客户，我们与客户确定底价后，在网上以竞价拍卖的销售方式进行销售。所取得的比预定的底价高出的部分金额，我们和客户八二分成，我们得八，客户得二；三是本网站的广告收入。

以上三项经营收入模式，看似挺好，实际上一项也实现不了。

第一项，只上我们网站浏览二手车信息的，我们是不收费的，但若想获得二手车车主的联系方式，那必须先向我们这个交易平台交10元"看车费"后，我们才会给出有关卖家的联系方式。对于这一点，别说买家了，就是卖家都不干了。凡是想卖二手车的，都比较急。卖家一看我们收10元钱的"看车费"，就马上认定我们这个网站的买家肯定不会多。所以，大家望而却步了。

第二项，更是一厢情愿的事。我们单纯地、乐观地想象，把一台二手车挂在网上，买家蜂拥而至，竞相报价，从而我们坐收渔翁之利。事后我们清醒地知道了，我们在网上挂的有皮没毛的二手车，不是什么紧俏商品。不可能形成多个买家为了一台二手车而疯狂竞价的局面。

第三项，就更是天方夜谭了。网上没有大量买家和卖家，或者说没有足够的人气，谁会到我们的网站上打广告呢？

最后，开业一年零两月，我们关门歇业了。

没敢宣布破产清算。因为那样的话，会给我们股东带来极负面的个人信用的记录。在美国，没钱没事，因为你可以借钱生活；而个人信用"丢"了，你就有可能从此不能买房子，甚至没人能租给你房子住。信用就是生命，这话一点都不假。

在我们公司停业后，我回了趟国，去了两个地方。第一站是回大海市，料理老父亲的后事。第二站去了江城，为了看看庞鹭。

我父亲是突发脑出血病故的。事发的第一时间，国内有人通知了我，等我乘机回去后，什么都结束了。我只是在家，陪我母亲住了一段时间。

没出几日，老妈就劝我快点回美国。因为，我妈一直认为，我在美国是个大老板，生意非常大。我们的公司，甚至整个美国，都是不能离开我的。

哎，可怜天下父母心！儿子吹牛的谎话，他们就是爱听、爱信。

说心里话，那段时间，我真想在我妈身旁多待一些日子，因为回美国也没事可做，但架不住我妈每天唠叨，我就只好走了。

但是，我走得不远。我买了张机票，从东北去了中原。我到了庞鹭的家。

庞鹭回国后，起初，我和庞鹭通话还很勤。庞鹭还是跟我如"娇"似"妻"的，哥哥长哥哥短的。后来，我们通话次数就越来越少了，每次通话时间也越来越短，似乎没啥可讲的了。

不可否认，我和庞鹭的关系，起点是谈恋爱，终点是结婚成家。问题是结婚成家的愿望，让庞鹭爸妈的"十不"（十条不同意的理由）给摧毁了。

"十不"的内容，归纳起来就是嫌弃我没钱没房没存款没事业，离过婚，年龄相对过大。上述的反对意见，让庞鹭一句"我愿意"都给化解了。东北话：有钱难买愿意。她爸妈也就不太坚持了。

应该说，我们俩的事，真正说"不"的，是我们俩自己。一个关键问题，如果两个人结婚了，把家安是在美国，还是安在中国？

我是百分之百希望我们在美国安家。在美国已经混了快十年了，从各个方面都与国内脱节了。我回国能干啥呢？在大海市冶金局的人事关系早已经被解除了。

庞鹭呢，就算不考虑父母的因素，她自己也希望我们的家能安在中国。庞鹭说的挺有道理，人生是生活和工作两方面组成。在美国，我没有一个稳定高收入的工作，她恐怕也难找到合适的工作，两个人今后喝西北风度日吗？

理想是美好的，现实是残酷的。这事怨不得庞鹭，更怨不得人家爸妈。将心比心，如果马怡乐将来找我现在这样的丈夫，我也会举双手反对的。那可就不是"十不"了，可能是"百不"，"千不"了。

咳，不能怨天怨地，只能怨自己无能！

就算是我没事瞎溜达吧，我鬼使神差地去了庞鹭家所在的城市。

下了飞机，我才给庞鹭打电话，告诉她我现在就在江城的机场。庞鹭说我在骗她，我说你看看电话上的"来电显示"。庞鹭"啊！"地一声，说了句"你等着我！"电话就撂了。

庞鹭来接我了，庞鹭的爸妈也来了。她爸爸开车，他们一起来到机场。

我本想单独见见庞鹭，就算是两个老朋友，时隔一年见见面而已。即使在江城住一两个晚上，我也会选择在酒店住的。可是，庞鹭这样一来，把我的计划都给打乱了。我显得挺尴尬。本来，我就有见到生人就不爱讲话的老毛病。这下，就更局促不安、语无伦次了。

在中国，1999年就有私家车的人家，那肯定就是富豪了。怪不得人家对我挑三拣四的，富家千金选女婿，岂能不讲门当户对？

见到他们第一眼，我的直觉告诉我：我与庞鹭肯定没戏了。

在美国时，庞鹭很少提到她的爸妈。她给我讲的是，她爸妈都是公司的职员，家境一般。

到了江城后，我才知道，她爸爸曾经是该市原市长的秘书。老市长升迁时，问她爸跟不跟去省里工作，她爸爸选择了下海经商。几年之后，她爸的生意遍布全国。她爸爸在江城的政界和商界都是响当当的人物。

中国有句话：丈母娘看女婿，越看越爱看。这位比我大十几岁的"丈母娘"对我这个被枪毙了的"准女婿"还是挺热情的。让我住他们家最好的房间，而且，全部是新换的被褥。睡觉前，甚至还亲自过来给我送杯热牛奶，说是有助于睡眠。

我在没有外人时，取笑庞鹭："你有这么好的生活环境，没事吃饱撑的去美国干啥？"

庞鹭做个怪相说道："找情郎啊！不到美国，能遇到你吗？"

事已至此，我反倒放下包袱了。真就把自己当成游客，到江城旅游的。有次，她爸爸主动邀请我陪他参加一个酒局。我也爽快地答应了。

席间，我也不管谁是副市长，谁是大老板，我该吃吃，该喝喝，东拉西扯，南腔北调的。最后是被人家扶着走出饭店的。

第二天快中午了我才醒来。我酒也醒了。我憎恨自己昨晚酒局上失态的表现。我自己丢人无所谓了，还让人家庞鹭的爸爸丢了面子。

想一想，我该走了，别再在这儿丢人现眼了。

我来到餐厅吃"早餐"。庞鹭知道我到餐厅了，她像一阵风一样从楼上跑下来，一下子从后面搂住我的脖子，一阵狂吻。

我莫名其妙地问她："你疯了？"

庞鹭没有正面回答我，而是万分激动地反问我："你昨晚是怎么把我爸搞定的？今天上午你在屋里睡觉时，我爸妈跟我说，他们一致选定你作为他们的姑爷啦！你行啊！嘿，你快告诉我，你昨晚是怎么表现的，会让我爸妈那么喜欢你？"

我还是用莫名其妙的语气对她说："你真是疯了。"

在我还在国内时，杨棉有一天突然给我打来电话。

第一句话就是："哥们，你乐不思蜀了？"

我能从电话中听出来，这哥们还是对我有些耿耿于怀。杨棉一直认为，我始终对我们这个公司不热心，以致工作不专心，以致一直没有融到风险投资，以致公司半途而废了。

我解释了几回，但是，每一回都几乎演变成争吵。从那以后，我暗自告诫自己：和同学、哥们可以一起吃、一起喝、一起玩、一起乐，但绝不能一起合伙做生意。虽说我和杨棉是好哥们，但还是伤不起啊！

回过头来看，创办这个公司，对杨棉还是值得，这件事是其人生转机的前奏曲。

在我们公司还没正式歇业的时候，杨棉就让我看过一些猎头公司发给他的邮件。当时我就跟他说："打工也好，创业也好，都是为了挣钱生存。既然有公司能给你支付那么高的薪水，你就应该去。"

杨棉反问我："那你为什么不选择打工呢？"

我当时就笑了："大哥，就我这样的'三没'产品，我想去大公司打工，人家要我吗?!"

在美国情况是这样的。有知识有文化的人，一定要去美国大公司去打工，享受高薪、高福利。每天只要你朝九晚五按时出勤，只要你拿出磨洋工的干劲，那么你的仕途和钱途就没问题了。

而对于像我这样"三没"的人，只能在小公司里混，要待遇没待遇，要保障没保障。怎么办？毫无疑问，"三没"的人尽量办一公司，自己给自己当老板，生意好了，再雇佣别人给你打工，你就可以剥削他的剩余价值了。

杨棉用15万美元（包括我的5万美元），换来了一个年薪15万美元的工作合同。那天杨棉在电话中给我这么一说，我马上说道："这还犹豫啥？赶快上岗再就业吧！"

杨棉又问道："那咱们的公司咋办？"

我心里话，我们这样的公司，除了人值钱，剩下都不值钱了。现在我们公司的人全都树倒猢狲散了，你操哪门子心呢？

"剩下的事，交给我了。从此，你到那个大公司上班好啦。"

杨棉被猎头公司挖到美国一个著名网站，做技术部的副主任。

杨棉在美国那家网站上班了。我在中国这边也有事可做了。我顺理成章地给庞鹭爸爸做起了助理。

在中国混了一阵后，我发现，在中国一些大型家族企业中，总裁助理的职位要低于副总裁；但总裁助理的影响力往往高于副总裁。副总裁是听总裁的，而总裁是听助理的。"助理"往往带有私密的色彩，而这种私密的色彩往往是最具权威性的。公司的人员，可以不把副总裁当回事，但绝不敢把总裁助理不放在眼里的。"钦差"文化始终是中国独具的历史文化。

我在庞鹭她爸的公司一出现，我的身份立刻就暴露了。公司上下员工怀着上公园看猴一般的兴趣，利用各种机会多看我几眼。

庞鹭她爸也是，本来我与庞鹭都计划好了明天去哪儿玩，可第二天吃早饭时，她爸像总司令对待一个哨兵一样问我："今天你有没有什么安排？没有的话，陪我去趟公司……"

他老人家这么问话，我能说什么呢？只能说悉听尊便了。有几次，庞鹭替我说我有事。可他爸马上否决到："你是女孩，别参与男人的事！"

庞鹭和她妈确实不参与她爸公司的事。她爸干什么事？挣多少钱？她们娘俩确实不关心。当时庞鹭在美国时，跟我讲她爸妈就是个公司里的职员，可能她当时真就这样认为的。

庞鹭她妈怕我误解，一次私下里，背着人给我解释："庞鹭爸爸让你陪他去公司，是为了你将来发展考虑的。"

咦，庞鹭妈妈把这层窗户纸一下子给捅漏了，让我难堪得不得了。我不是那种愿意吃软饭的人，更不愿意被人说成是吃软饭的人。我愿意和庞鹭好，绝不是因为她家有钱呀。再说，我们开始的时候，我还不知道她家这么有钱。

为了避开公司上下对我的窃窃私语，我主动请缨，做我的老本行，请求去全国各地的分公司进行内部审计。庞鹭老爸一听喜出望外，立即拿起电话通知公司人事部安排人员和我一同去下边查账。

我马上制止了，说："就我一个人去就行了，不需要别人帮忙。"

真正会审计的，不是去跟会计对账去了。理论上说，会计账上的数字是没有错误的。错误的是在账上没有体现出来的问题，而发现这些问题是不需要大量人力的。

我看到庞鹭爸爸半信半疑的眼神，就跟他讲："你放心，如果审计的过程中缺人手了，我也可以从当地现找。在全国各地，都有我们财大的同学的。"

庞鹭爸爸又问："那你想去哪几个分公司？"

我想了想说："就先从我老家大海市和省城金阳两个分公司入

手吧。"

庞鹭她爸有些异议地说："这两个公司业绩都很好！而且，前不久请当地会计师事务所进行过审计，是没有问题的。"

我直言不讳地说道："业绩好，并不能说就没有财务违规的问题。企业搞内部审计，绝不能把查出问题最为审计工作的唯一目标。"

庞鹭她爸笑着问："审计不是以查出问题作为工作的唯一目标，那什么才是审计工作的唯一目标？"

我大声回答："对于企业来讲，任何工作的工作目标，都应该是以促进企业发展作为唯一的工作目标。美国一位作家写过一本关于企业发展的畅销书，书中就讲到了，大企业的各个部门各自的职能，造成各个部门有各自的工作目标。表面上，各部门人员为了工作目标在努力工作，实际上，大家越是这样卖力工作，越是让企业发展的总目标无法达到。如同有4个人分别向东南西北四个方向用力拉，其结果呢，谁都不能前进。说到底，企业发展的动力被内耗掉了……"

庞鹭爸爸打断我："这本书的书名是什么？"

我回答道："《基业永青》。"

庞鹭爸爸又对我说："可以的话，你可以让庞鹭陪你去。"

我立即谢绝："不必。还是我一个人去比较方便。"

我心想，中国人做父母，各个都是老封建。虽说庞鹭今年都快30岁了，可在她爸妈眼里还是一个小姑娘。我把她带走了，她爸妈还不把我当作敌人啊？

下棋人常讲：赢棋不闹事。我和庞鹭的好事已经胜利在望了，我为啥冒风险因小失大呢？

但庞鹭听说后，一脸的不高兴，问我是不是还有其他的想法。

我故作神秘地对她说："我在帮你守身如玉。"

庞鹭不好意思地笑着对我说："那你在外边也得守身如玉！"

我先飞到大海市。大海市的业务经理小江到机场接的我。我们走出机场后，他就把我直接拉到一家酒店。

大海分公司负责财务的刘会计、出纳李小姐、办公室吴主任、销售经理张胜等人都在包间里恭候我的光临。

酒局结束后，我回到我妈家住。随后3天，我一直在我妈家待着，连楼都没下过。

我妈问我，怎么回美国不长时间就又回来了？

我说是美国公司派我回来出差的。

第四天，我去到省城金阳市。在金阳分公司里坐了两天。第二个晚上，我坐飞机回到江城。来回来去共5天时间。

我在大海市待的那几天，虽说我在我妈家，连楼都没下过，却会见了几个客人。

见到的第一位客人是梁房修——我在冶金局的同事。我记得当初梁房修与我一同进冶金局时，他就像根"棍"，现在已经是一个"桶"了。

我离开中国时，梁房修刚被提升副科长，后来被提升为技术处副处长、处长。在冶金局技术处处长的位置上时，被轮换到大海市轧钢厂任书记兼厂长。前两年国企改制，轧钢厂被他和另外的几个人买断了，梁房修一下子就变成民营企业家了。按资产算，这哥们身价至少千万元了。

我问他："在机关工作那么些年，你懂得如何管理企业吗？"

梁房修若无其事地说："马骏，你了解我啊，我向来讲究随遇而安的。在机关时，领导让我干啥我就干啥，想提拔我就提拔，想废了我，我啥也不会说的。现在，我管企业也同样是这个态度。大家愿意听我的呢，就按我的意见来，不愿听我的呢，他们愿怎么干就怎么干。挣钱了就有我的，不挣钱了就拉倒。反正我现在的日子是比上不足、比下有余。只要我今天能有酒喝就行，我可不想那些令人发愁的事。"

我又向他打听和我们一同进局的刘菡在干什么，梁房修讲，刘菡后来被调到市委组织部。他们也很多年没联系了。

梁房修临走时，生死拉着我要出去喝酒。我坚决地没答应，理由是服孝期。

我见到的第二位客人是我的大学同学，毕业后去了建行工作的席汉满。席汉满这小子现在已经是大海市建行副行长了，副局级。我们多数同学的职务级别正常应该是副处或正处级之间。在我们那届全校的毕业生中，到现在为止，可能就席汉满一个人是副局级。了解席汉满根底的人都不惊讶，因为席汉满在国家建行总行里有人。我们知道，席汉满毕业进大海市建行的指标，那是国家建设总行直接拨的，谁都抢不去的。

见席汉满，我不是想巴结他，而是想向他打听、落实一件事。

我对席汉满说："我想跟你打听一件事。"

席汉满问："啥事？"

"你听没听说过，1992年前后，京北市建行系统发生一起银行内部员工贪污的事？"

"这事儿，没听说。"

"那你帮忙马上给打听打听。"

"你看你，出国这么些年了，还是以前那样的急脾气。你打听它干啥？"

"非常非常重要，哥们你务必帮忙。"

"你现在是不是美国间谍呀？啥事都要打听。好，给老哥你一个面子。我现在就给京北市打电话。正好，我前几天开'环渤海经济圈'金融界高层会议时，和京北市建行老二同一个房间住。"

席汉满在电话里，按照我的提问，向京北市有关人士求证，在1992年前后3年里，京北市建行系统无一起经济案件发生。另外，京北市建行人事经查档证实，1993年初，该市建行的一个分理处，确实有个名叫任诗楚，学计算机的大学生，工作不到两年后，就不辞而别。有人怀疑，可能这个孩子是想出国，怕单位为难他，于是就来了个不辞而别。

席汉满放下电话，我就上前与他紧紧拥抱。

席汉满满脸狐疑地问："啥事啊？给你弄得像上足了劲似的。"

我告诉他："你救了我哥们的后半生……"

庞鹭她爸创业起家的是一个药厂。她爸爸做得很成功，很多人都认为这是靠他的政治背景起来的。开始我也这么认为。可时间久了，我就改变了以前的看法。简单地说，庞鹭爸爸靠其政治影响力，最大的范围也就在他们省里，人家怎么现在在全国范围都发展起来了呢？庞鹭爸爸的政治影响力怎么也不能够辐射到全国吧？

我坚信，庞鹭爸爸经商肯定有自己的一套。当然，每个人做事都是有自己的一套方法的。例如，我做审计。

我那天从金阳市飞到江城是晚上7点钟到的。庞鹭到机场接我。然后，我们一同回到她家。她爸妈都坐在餐桌旁等着我们呢。

我们边吃边谈。哦，准确地说，边喝边吃边谈。庞鹭的爸爸酒瘾还是蛮大的。

我首先谦虚了一下，表白自己多年不做审计工作了，现在也是审计专业的门外汉了。这次走马观花简单看了一下，权当是我对公司实际情况的一个了解吧。应该说，是我学习的一个过程。

庞鹭捅了捅我说："呦呦，两天不见，你什么时候学会谦虚了？"

庞鹭妈妈对庞鹭说："别打断马骏讲话。好好跟人家学学！"

之后，我把去大海市分公司受到的礼遇和在金阳分公司受到的冷遇，简单描述了一下。

庞鹭又插话道："通过他们对你的态度，就能反映出他们对集团公司的忠心程度，通过这个忠心程度，就可以判断他们会不会背着集团做手脚。我说的对吧？"

我对庞鹭说："你说的没错。你现在的判断是大海市分公司没问题，而金阳的分公司可能会有问题。是吗？"

庞鹭说："对啊！"

我说："单纯从判断上讲，我恰恰觉得大海市分公司会有问题，而金阳的分公司可能在财务方面没什么问题。"

在一旁一直没有讲话的庞鹭爸爸说："讲讲理由。"

面对着未来老丈人的考题，我使出了全身的力量，准备好好展示一番。庞鹭不是一直没有搞明白，我那天是怎么在酒桌上征服她爸的吗？今天，同样也在酒桌上，让她看看我的风采。

审计工作的对象就是账表与实物。账表和实物本身是不会出问题的，能造成账表和实物出问题的，肯定是人造成的。而能够造成人出现上述问题的原因有两种，一是因客观的工作失误造成的，如财务人员的计算错误。另一种原因是人心的问题，如刚才庞鹭说的不忠心，员工监守自盗等问题。

我这次去两个分公司之前，庞总已经告诉我，这两个分公司都是刚请当地的会计师事务所进行了审计。我把这两家会计师事务所分别出具的《年终审计报告》认真看了一遍。从这两个相距不远的经营地所发生的费用支出情况，与其销售收入情况相对比，两地财务状况大致一样，由此，我认为，只要这两家会计师事务所没有串通的话，他们审计的结果应该是没问题。或者说，在账表上体现出来的各项数据是没有问题的。

所以，我这次审计的角度，主要是从人的因素这方面考察的。据我从事审计工作的经历和经验来讲，在企业里，必须是几个人一起联手，才可以作案并不让人察觉，包括让我们审计人员也难以发现。多说一句，像有的单位出纳私自卷钱跑了，那不是我们审计人员管的事，那是警察的工作范畴。

说到这儿，我脑海里想到了杨棉。

好了，现在先说说我对大海市分公司的看法。大海市的小江经理，工作热情高，干劲足，是个难得的将才。而且，他善于团结同事，在群众中威信高。以上都是我认为他身上的优点。但是同时，作为一名审计人员，在我眼中，上述优点都是可怕的缺点，都是可能造成"窝案"的有利条件。特别是，在酒桌上，我故意试探了他一下。遗憾的是，他中招了。

我当时说我老母亲孤身一人在大海市生活，希望他们今后能多替我照顾一下我妈。小江当即就表现出东北人的哥们义气，说："马总，你的事，就是我们大家的事。你这样对我们说，是瞧得起咱哥们弟兄。嘿，嘿！你们几个都给我听好了，从现在开始，马总的妈，就是咱们大家的妈，老太太衣食住行的事咱们都包了。吴主任，你今晚回去就给大家排值班表，明天一早就要有人给老太太做早饭去！吴主任，你听到没有？"

吴主任点头承诺，马上就要起身去排"值班表"。后被我摁住了，没让他走。

把我妈的衣食住行的事全包了，这至少说明今后我家的水费、电费、瓦斯费都由大海的分公司买单了。试问：这合理吗？暂且不说我是不是这个公司的人，就算我是公司的员工，这样报销有道理吗？

好，再说一下我在金阳的分公司遇到的情况。公司内部的十几个人，虽说大家也都在忙碌，但人与人之间基本没有沟通，说说笑笑的场面更是绝迹。

第一天的中午，他们分公司的老魏经理不在，会计问我在不在食堂吃饭。我说我自己到外面就餐。

回来后，我把25元的餐费发票递给会计，让她给我报销。会计连发票看都没看，就告诉我去找魏经理签字。等下午老魏回来了，我再让他给我签字报销时，老魏面露难色地说："马总，按理说，您来到我们这里视察，我们应尽地主之谊好好招待一下，可集团公司有规定，我们不敢不执行呀。说老实话，我今个中午是故意躲出去的。你说吧，让你去食堂吃大锅饭，我自己都觉得不近人情；但要是请你出去吃饭吧，集团给我们定的标准是每人10元钱的午餐标准。你说，10块钱能吃个啥？所以，我溜了。这样吧，马总，你大人不记小人过，今天中午这顿饭呢，您还是按10元钱的标准报销。晚上，我个人请你去吃火锅。我们这疙瘩的火锅贼棒！"

老魏说完，还邀请会计和出纳和我们一同去。会计说孩子生病了得回家。出纳说晚上夜大有课得上课去。最后，谁也没去。

试问：像金阳公司这样的情况，即使老魏有那个贼心，他能通过会计那关吗？

我讲完了良久，庞鹭爸爸领悟道："人是企业发展的第一要素啊！正所谓'成也萧何，败也萧何'。你说呢？"

我没有回答他这个问题。因为，这个问题我也在刚刚开始思考。

但是，有一个问题的答案我已经十分明了。庞鹭的爸爸是非常欣赏我的谈吐的。这和乐怡的爸妈绝对不一样。

据乐怡讲，她爸妈最反感的就是我能言善辩的"缺点"。他们认为我是一个只会夸夸其谈的人。而庞鹭的爸爸恰恰是欣赏我能言善讲的"优点"。她爸还跟她妈说，我必将是位成大事的人。我的事业会远远地超过他。

做人难，做女婿更难。到底怎么做，才是一个令人喜欢的女婿呢？对于华人来讲，一桩婚姻，如果得不到双方父母及亲属首肯的话，这段婚姻肯定会不顺利，会节外生枝的。

我和乐怡不幸的婚姻，今天回过头看，与我们俩都没被对方家庭认可有关。所以，在我们遇到情感危机时，没有来自双方家庭的"约束力"，两个人说离就离了。离婚的时刻，我们好像还有一种幸灾乐祸的心理，因为再也不担心自己的另一半让父母看得闹心了。

从席汉满的电话中，得知了有关杨棉的"案情"后，我第一时间给杨棉打了个越洋电话。当时，这哥们还在梦中呢。

我先抑制了自己的激动心情，让他起来，喝杯水，清醒一下。因为我怕喜讯给他吓毛了。然后，我就一五一十地全讲给他听了。

杨棉在电话那头听完后，什么也没讲，电话就撂了。嘿！什么态度啊？

江城确实是个山美水美人更美的地方。庞鹭一有时间，我们俩就开车闲逛。现在在江城，她是我的专职司机、导游和"保姐"——庞鹭说保姆不好听，她不愿成为我的"母"。

我说："那就叫"保妹"吧？"

她说："那也不行。只能大的照顾小的。在江城，我临时照顾你一下，所以你管我叫'保姐'。等将来我们结婚了，你就是'保哥'了。你知道我为什么喜欢找一个像你这样大我许多的男人吗？

我就是希望你能照顾我一辈子！你说，你愿意吗?"

我告诉他："我可能不会成为一个好'保哥'，但我会成为一个好'伟哥'！"

这就一句玩笑话，却让庞鹭记到了永远。后来，我一有什么令她不快的，她就对我喊："我需要'保哥'！不需要'伟哥'！"

庞鹭回国后，又接着在江城的报社上班。还是做记者。只是以前负责跑政府这条线，现在改成跑商界这条线的新闻了。以前庞鹭上班时认不认真，我不知道，反正现在她可是吊尔郎当的。她每天的心思全在我这儿。不是琢磨带我去哪个风景区照相，就是想带我去看电影、品小吃。

有一次，家里就剩我们两个人。两个人就心照不宣地缠绵在一起。

看到我的样子，庞鹭说："哥，你愿意的话，我愿意给你。"

"在美国你就应该答应我！"

"哥，我这可是第一次啊！"

"啊? 真的吗?"

"我认识你前从没谈过恋爱，从未让男人碰过。"

庞鹭涨红着脸，缓缓地解开衣扣，洁白的玉体完全展示在我的面前。

我的大脑突然混沌起来，好像是"马上行动"的指令和"立即终止"的指令同时在脑神经中相撞，出车祸了。我的大脑就是一个车祸现场，乱极了。

我目瞪口呆地盯着庞鹭的胴体。我命令自己冲上去，可脚就是走不动；我命令自己后退，可脚还是不动。我对着裸露的胳膊，就是狠狠地一口，庞鹭"啊——"地大叫一声。

鲜血从我的胳膊流淌下来——我咬的是我自己的胳膊。

庞鹭给我包扎伤口时，问我："你为什么要咬自己？"

我说："我真的没法控制住自己了。只能借助'外力'了。"

庞鹭说："既然你那么想，我都答应你了，你干吗还不要了呢？"

我说："你第一次给了我，我的压力太大了。我不知道我能否承担起这份责任。"

我在江城的这段时间，除了我俩结伴同游，我们还共同接待了一位远方的客人——"黄鼠狼"。老黄终于夯着胆子亲自来中国考察市场了。

我理所当然地成为他进入中国的"敲门砖"和"垫脚石"了。

庞鹭她爸在江城拥有个三星级酒店。"黄鼠狼"来中国时，我就给他安排在那里住。

庞鹭爸问我："这样好吗？档次低了些吧？"

我说："这就够意思了。不用他付一分钱。在美国这事是不可想象的。"

"黄鼠狼"的特点，就是过河拆桥，有了新人忘了旧人。当他一看到庞鹭爸爸的企业实力，就开始像是专门来投奔庞鹭爸爸似的，无时无刻不围着庞鹭爸爸转，一连几天，我都见不着他。

后来，庞鹭爸爸把他引荐给江城市对外招商局石局长，他就连庞鹭爸爸也不怎么见了，每天都跑哪去了，我们都不知道了。他不搭理我也好，我少操一份心了。

后来庞鹭爸爸跟我闲聊时，说："黄先生这个人不可交。"

我问："为什么？"

"太势利了。"

"这样说的话，美国人都是不可交的。美国人就是这样一个势利的民族。只讲利益，不讲感情。"

"西方人是这样，我还是理解。问题是，像黄先生这样的华人怎么也会跟西方人似的如此势利？"

"入乡随俗吧？在同一个地方，大家只能按同一个规矩出牌吧？"

"你在美国也待到快十年了，你怎么就没学会那么势利啊？"

"我觉得我也挺势利的。"

"你势利的话，为什么还不向我姑娘求婚呢？是我姑娘配不上你呢，还是我们这个家与你们家不门当户对呢？"

"……"

"小子，你也算是过来的男人。要懂女性的心。抓紧机会，主动点吧！"

"……"

2001

[农历蛇年]

到现在我还不明白，人类进入公元21世纪，是从公元2000年算起呢，还是应该从公元2001年算起呢？

我的"新世纪"，应该从2001年开始。

2001年年初，我在庞鹭家时，就订了去美国的往返机票。这次去美国的目的是为了跟美国告别。

我1999年接到父亡的消息时，是在慌乱中走的。所以，我必须回去一趟，清理一下自己的个人物品，以及注销一些与自己有关的账号什么的。另外，与在美国认识的哥们弟兄们打声招呼也是必须的嘛。

1993年我到美国的身份是F_2，也就是留学生家属的身份。1995年乐怡毕业工作，她是H1，我就是H4的身份。理论上说，F_2、H4签证持有人是不能在当地打工的。这也就是我在美国基本上是以送外卖为生的主要原因，因为这个工作没有打工卡也能私下干。1996年底，我与乐怡离婚。离婚前，乐怡出于人道主义精神，先帮我到移民局把H4签证期又延了三年。

1999年，在我突然回国前，当时我正发愁用什么身份接着在美国混呢。

到2001年，我的H4签证早过期了。所以，这次我是以商务考察的名义申请了B1签证。我估计，老美的签证官考虑到我曾经为美国人民送过5年外卖的汗马功劳，一点儿都没难为我，就给了我一年的商务考察签证。

我掰手指头一算，一年签证期足够用。我3月份走，9月份回来。10月1号在大海市举行婚礼。什么事都不耽误。

我本来计划和庞鹭一同回美国，权当着我们俩先度蜜月了，但后来一想，结婚前还有很多的事情要办，所以，庞鹭就留在江城了。

到了美国不久，我按以前的电话号码联系上了乐怡。把我这几年的近况简单说了一遍。乐怡除了反复说几句"衷心祝福"的话外，就是告诉我："马怡乐今年小学就毕业了，他们6月份要举行毕业典礼。"

乐怡在电话里，问我："你来不来参加?"

我当时毫不犹豫地回答："去! 孩子的事，能不去吗?"

乐怡在电话中说："那你就来吧。我们现在住在亚利桑那州。"

"啊?! 在亚利桑那州!"

1995年，乐怡从乔治城大学毕业后，我从乐怡那里搬出来住。1996年年底，我们算是正式离婚。1999年，也就是前年，乐怡嫁给了菲利普，一个白人老头，就是乐怡曾经给他做助理的那位校长。当初乐怡的那份工作是徐慈颂帮助介绍的，但乐怡与菲利普恋爱结婚，可能就不是徐慈颂帮的忙了吧? 我想。

去年，位于美国南部亚利桑那州的一个大学聘请乐怡做教授，所以，乐怡带着他们全家人去了亚利桑那的凤凰城。他们全家一共7口人，菲利普还有4个孩子，有个比马怡乐还小一岁呢。马怡乐这几年相当于在动物园里长大的。

马怡乐毕业典礼安排在下午举行。我当天上午抵达凤凰城机场后，就直奔马怡乐学校了。我就想早点到，然后守在学校礼堂门口，试试我还能不能一眼认出马怡乐来。

屈指一算，我有5年没见过马怡乐了。孩子应该长得很高了吧？

我从早等到晚，礼堂里毕业典礼仪式上已经开始唱校歌了，我也没发现马怡乐。准确地说，我也没发现乐怡。

我奇怪的是，马怡乐或许长大变样了，我认不出来，乐怡难道也变得让我认不出来了吗？

作为一名观众，我观看完了毕业典礼仪式的全过程。

我回到酒店，气急败坏地打电话问乐怡："怎么回事？"

乐怡给我解释道："马怡乐肯定是去了，是由她爸爸菲利普陪同的。我因为有事，没去。"

晚上，乐怡领着马怡乐和菲利普来到我住的酒店。我们相互间讲话最多的是我和菲利普。

要是从乐怡那边论，我和菲利普还是"连襟"吧？白人老头，就是热情，而且也不见外。首先是介绍他自己的简历，我哼哼哈哈地听着，他说的什么我一点儿都没记住。然后，菲利普开始大篇幅地介绍马怡乐是如何在德智体三方面全面发展的。最后，他好像是想跟我汇报他和乐怡是如何好上的。菲利普说到关键时刻，被乐怡拿话岔开了。

我们是在酒店的大堂见面的。本来是我和他们三个人面对面坐着。可是马怡乐一直转着脸向大堂门口望，最后，索性离开了我们，在远处选了个座位。

不知道菲利普就是爱讲话呢，还是，就是爱讲话！这个见面时间被他用去了90%。乐怡也了解我的性格，我见到反感的人，我是不愿张嘴讲话的。她知道，再这样傻坐下去也没什么意义。于是，提出结束这场见面。

临走时，乐怡强拽着马怡乐过来跟我打声招呼。

不曾想，马怡乐对我横眉冷对，大喊道："我这辈子都不想见到你！"

咳，童言无忌啊！后来，马怡乐这话竟然一语成谶。

人的命运常常在不经意间发出征兆……

参加完马怡乐的毕业典礼，我又回到了DC。

之后，整个7、8月间，我好像天天在Party中度过的。有的是我张罗的，有的是为了欢送我，朋友们主办的。其中，在表姐郑莉家举行的那次，应该算是为了同时欢送我和王品一而举办的。

王品一一直在美国的大公司工作，身边的华人朋友很少。参加Party的人，基本都是他们教会的教友。

有意思的是，一般人回国时，大家都会说些类似"回国发大财！"的祝福话。他的教会朋友说的都是"要把福音传遍中国……"

而且，王品一听他们讲话时，面目表情还真十分庄严神圣的。令我忍俊不禁。

和乐怡离了婚，我和王品一就没任何亲属关系了，但我们一直保持联系，关系处得一直很好。

前几年，我问过王品一："怎么，看你什么时候你都是乐呵呵的？"

王品一回答："这没什么奇怪的，因为我每天都受神的关爱！"

我说："哥，咱们能不能别张口神、闭口神的？我想，你以前在中国还没信神时，你每天可能也是笑呵呵的。是吧？"

王品一想了想说："我是个随遇而安的人，一切讲究顺其自然，所以，烦恼就少些。但我时不时也是有些烦恼的。这就要靠自己调整心态了。马骏，你要是信神了，烦恼肯定就会少了。"

王品一是一个虔诚的基督徒，神在他的心中，确实有不可动摇的地位。

听表姐郑莉说，她是非常反对王品一回国工作的。理由是他们家的娇娇还在校读书，需要有人照顾。因此，王品一的公司前几年找他谈话，希望他代表公司回中国工作，王品一都推辞了。但是，这一次，公司不是找王品一商量，而是命令，让他赴北京任中国区副总裁。如果王品一拒绝的话，那么他的公司也就会拒绝他在美国公司工作了。

表姐还有一个反对王品一单独回国的原因是，担心王品一学坏。

表姐说，王品一不会是主动学坏的人，但男人架不住小秘书的主动进攻啊！

表姐的担心是有事实为证的。好像我们身边回中国发展的人，只要成功了，婚肯定就离定了。因此，这边的人判断谁回国是否混得好，就看他回没回来办离婚手续了。

王品一在家庭与公司的矛盾中，犹犹豫豫地决定回国了。

另一位在毫无征兆的前提下，就买了一张与我同一航班回国的机票。谁啊？还能有谁是这样的"豹子"性格，杨棉呗！

我从中国回到美国时，杨棉到机场接我。

刚一见到杨棉，我笑着问他："哥们，我是管你叫杨棉呢，还是叫任诗楚呢？"

杨棉不好意思地说："还是叫杨棉吧。用这个名字让我躲过了一劫。咳，现在想想，都怪自己当初太年轻了，一时冲动。"

"好了，你现在解放了。可以放心大胆地干事情了。"

"你在电话没给我讲清，为什么我的事后来不了了之了呢？"

"我后来确实又替你详细打听了一下。你不辞而别的时候，你们银行也没太把你的离去当回事，想去银行工作的人多着呢。你从账上划出5万美元的那家外贸公司，本身财务账就是一塌糊涂。他们公司可能把这笔收入当作坏账处理了吧？哥们，我看你当时是划少了，你就是划出500万美元，他们也会不知道。现在这个外贸企业已经废业清算了。以前的一切都一笔勾销了。"

"如果是这样的话，我也想回国。"

"对，你应该回去看看父母。"

"不仅这样。我想回去工作。"

"你又异想天开了。在这儿你一年拿15万美元，回国干啥？你有病吧？"

"我想回国接着做我们那个网站。"

"大哥，你摔跟头有瘾是吧？"

杨棉没再讲话。

我以为当时我说服他了呢，不曾想，人家杨棉转天就把工作辞了，又把房子给卖了，收拾好行李，就等着跟我同机回国了。

乐怡9月初来到华盛顿DC开个全美高校的会议。从凤凰城动身前，她给我打了个电话。我义不容辞去杜勒斯机场接她，并把她送到预订的酒店。

办理入住手续之后，我又帮她把行李拿到房间。

我把行李放到行礼台上后，就势往床上一躺，说："我今天不走了，反正我现在也没地方住。"

乐怡从包中取出一些洗漱用品，对我说："你怎么还像以前那样没脸没皮的呢？"说着进了卫生间。

乐怡洗过之后，只穿一件睡袍从卫生间出来了。头发湿漉漉的，挺性感。

　　本来，我说"今晚不走"那句话时，真的，啥想法都没有，就那么顺嘴一说。但看到乐怡穿着睡袍头发湿漉漉的样子，让我一下子进入了以前我们做爱前的状态。我起身，抱住正在照镜子的乐怡。

　　乐怡做了一下摆脱动作，说："你不担心让你那位新娘知道啊？"

　　我没理她的茬儿，接着按以前的习惯前进。

　　过了一会儿，乐怡对我说："去，先去洗澡去。看你那个脏样。也就是我会将就你吧，还有哪个女人愿意跟你？"

　　虽说从1995年左右就再也没碰过乐怡，但时隔6年，我们在床上还是很顺畅，很尽兴。完事之后，我们相拥在床上睡了一觉。

　　醒来，我邀请乐怡去我们俩到美国第一次外出吃饭的那个饭馆吃晚餐。

　　这是个意大利餐馆，坐落在DC非常漂亮、热闹和繁华的M街上。M街，按中国的叫法是商业街。与通向弗吉尼亚州阿林顿的K桥相连接，所以，白天的M街，无论是机动车道，还是人行道上，永远都是人来车往，川流不息。

　　老美吃饭，不讲究味道，讲究环境，讲究品位。餐桌上摆放一支含苞待放的玫瑰花，两支点燃的蜡烛。你想不浪漫都不行。

　　瞧着对面曾经陪我生活了十年的女人，我心中不免忧伤、难过。想想我们可能就此一别，今生难见了，眼泪悄然而下。

　　"你恨我吗？"乐怡先开了腔。

　　"开始恨。现在一点也不恨了。一切都过去了。"

　　"你现在能理解我当时的表现和选择了吗？"

　　"理解，彻底地理解了。身边有我这样一个废物，家里家外的事都需要你来操持，你当时的压力太大了。我现在的感觉是我对不起你。我当时确实是你的一个累赘。"

"说心里话，我当初也认为你是个累赘。但是，我对天发誓，我从心里往外没有想跟你离婚的想法。离婚的念头，是你一次次在我们吵架时提出来后，我才有的。但是，即使这样，当我们在离婚协议上签字时，我在心里还是期盼你说NO。只要你当时不签字，我绝不会主动签名的……你信吗？"

"我相信你说的。咱们相处那么些年了，我能不了解你吗？在当时的情况下，你我离婚好像就是顺理成章的事。按中国人的话说，天时、地利、人和，促成了后来的结局。天时地利能成就一个人的成功；天时地利也会让人有个错误的开始。如果说我们错了的话，那就是我们当初选择来到了美国。"

送走了乐怡，离我9月15日起程回国只剩5天了。

9月10日的下午，我突然想到，还有一位，我还没有跟人家——珍妮告别呢。怎么讲，珍妮也该算是我命中的女人吧。

在电话中，珍妮一听说我回来了，但马上又要走了，就着急得不得了。等她知道我可能是一去不复返了，她说什么都要见我一面。没办法，我只有等她开车来接我。

珍妮见到我后，又开车把我带到她住的公寓了。

我觉得我这样做，特对不起庞鹭。

前两天跟乐怡的那次，我觉得没什么，一切都是顺其自然、水到渠成的事。心里没有任何的内疚与负罪感。就像是我昨天晚上剩下的饭，今天我给吃了似的。完全是心安理得的感觉。

但是，此时此刻，我觉得自己挺不像话的。

美国这里有一个风俗，就是新人在结婚的前一个晚上，两个人可以跟自己各自的朋友相聚，而且是很疯的相聚，甚至是可以出格的相聚。无论出现什么情况都不为过。当然，结婚后，也就是第二天起，再出现不良的行为，是要被人谴责的。美国这个资本主义的花花世界，也不是允许乱来的。

我心想，就权当我入乡随俗，今天也过一把"婚前狂欢节"吧。然后，从此守身如玉，对得起庞鹭等我30年的身心。

躺在床上，我问珍妮："你真的喜欢跟我在一起吗？"

"是的。跟你在一起特有安全感。"

"安全感？可有的女孩子说，跟我在一起没有安全感呀！"

"那她是没读懂你。你将来是一个会有大作为的男人。"

"你认为有出息的男人，会让女人有安全感啊？"

"那当然啦！男人没有出息，要什么没什么，拿什么保护女人呢？"

"你要知道，男人有钱就学坏。他会在外面养三妻四妾的。你觉得跟这样的男人有安全感？"

"对啊！这样的男人才会给女人安全感的。我不关心他养了三妻，还是四妾。我只关心他能不能供养了我？能养三妻四妾的男人，比连自己都养活不了的男人，给女人的安全感不是强多了吗？"

啧啧，人的思维真不一样。庞鹭跟我也说过，我会有出息。但由此她对我没有了安全感。到底她们是谁说的对呢？

在我还没弄明白到底她们俩谁说得对的时候，珍妮在床上，给我讲了个让我哭笑不得的故事。

珍妮的妈，也就是我在DC打工的那个餐馆的老板娘，暗暗地喜欢上我了。实际上，那位田师傅经常私下给我做东西吃，都是珍妮她妈让田师傅做的。更有意思的是，田师傅一直与珍妮她妈暗中有来往。珍妮小时候就知道了。

我偷摸住在餐馆的事，女老板也是知道的，只是故意没有声张。她可能觉得我过不了多长时间，就会对她有想法了。至少在办身份时会求到她。

　　田师傅死心塌地追求她，目的之一就是解决自己的身份。老板娘是美国公民，只要跟她一结婚，立马也是美国公民了。这比先拿工作签证——拿绿卡——入籍的常规之路，省事省力省心，还省钱！有很多移民，都是如此，甚至走假结婚这条路，以换取一步到位的美国国籍。

　　田师傅一直缠着老板娘，希望自己可以一步到位。可是老板娘虽跟他有苟合之事，但绝没有结婚之意。老板娘却对我有非分之想。

　　这是珍妮一次在老板娘与田师傅在家里吵架时，隐隐约约听到的。

　　我问珍妮："如果当时我和你妈结婚了，你还能跟我上床吗？"

　　"不一定。也可能，也不可能吧？"

　　"你真是个ABC！"

　　晚上，珍妮睡着了后，我在想，若当时老板娘主动提出她的想法，我会做哪种选择呢？是一口回绝？还是顺水推舟，以求一步到位？

　　好像，我在那时居无定所，衣不遮体，郁闷无助的情况下，选择后者的概率会大些吧。

　　谢谢老板娘！在我离开她之前，没把这道残酷的人生考题摆在我面前。

　　即使，这事是珍妮当着笑话，轻描淡写地讲给我听的，我在心中还是为自己感到了悲哀！我曾经差点成为比我大20岁的女人的小丈夫。

　　第二天早上，我和珍妮在大地的颤动中醒来。

　　美国，遇到了史无前例的灾难——9·11恐怖袭击事件！！！

　　后来，听张镇塔说，"9·11"那天一早，他正在在纽约皇后区的路上开车。9点钟左右的时候，他看到空中一架飞得越来越低的飞机。他当时还在心里说：保不齐这架飞机会掉下来。

几分钟之后，这架飞机撞到了世贸大厦北塔。又过了十几分钟，另一架飞机把世贸大厦南塔拦腰折断了。

纽约蒙难了……

几乎与此同时，我们生活的大华府地区，也遭受到灾难性的袭击。

举世闻名的美国陆海空三军的司令部——五角大楼，被一架飞机撞去了一角。幸好，预先要撞美国国会大厦的飞机，被英武的驾驶员和机上乘客拐到宾夕法尼亚州坠地了。

要知道，珍妮的公寓楼离国会大厦不到1000米！就是离五角大楼也不过10公里呀！

惨剧没有殃及到我，就是我福大命大了。

珍妮裹着被子，看着电视中反复播放着的像美国大片一样的画面。电视里现场记者声嘶力竭的解说声、血肉横飞的灾难现场，令珍妮瑟瑟发抖。

小布什总统出来了。他的第一句话是："美国正遭受到前所未有的恐怖袭击……"

珍妮自言自语地说："我们该出去做点什么呢？"

珍妮的一句话，惊醒梦中人——我该做些什么呢？我也在问自己。

9月15日，大地平静了一些。我送杨棉去了里根机场。他需要经停纽约的肯尼迪机场转飞中国。

我没有按预期同机回国。

"9·11"那天，我反复看着世贸大厦轰然倒下的镜头，心中在想，美利坚不能就这样倒下。美国需要站立起来，美国人民需要站立起来！全世界有正义感的国家和民族，应该同仇敌忾，保卫和平，保卫家园！

突然，一个商业灵感在我脑海中显现：美国人民捍卫国家安全，首要的表现形式就是每人手里握着一面美国国旗。在这个时刻，美国人民需要大量的美国国旗！

在电话里，我来不及跟庞鹭解释我暂缓回国的原因了，直接跟她爸讲："通知集团在全国各地的分公司，立即与当地的印染厂、印刷厂联系，迅速开机印制美国国旗。加工的国旗，数量、尺寸、材质不限，只是要求务必在一周之内发货到美国。"

在等国内往美国发货的时间，我又在电话中通知在纽约的张镇塔速来DC。而且，带的工人越多越好。

张镇塔在电话中兴奋地问我："老哥，你是不是把修五角大楼的活给揽下来了？"

我告诉他："我这趟活，比修五角大楼的活，还大，还赚钱！"

好家伙，张镇塔也真不善，除了他，还给我从纽约一下子带来19个人。

这样，加上我和张镇塔一共21个人。我把这些人分成了三组，每组7个人，一天24小时三班倒工作。

每班具体的工作就是，去机场提货，然后，按指定地点去送货。送货的交通工具是18个轮的大卡车。工人们负责货物上下车的搬运。从国内发过来的美国国旗是用纸箱做包装的，每个箱子大约250斤，两个青壮劳力需用尽全身的力气才可以把箱子抬到车上。

从国内发来的货是长江后浪推前浪，从我这儿批发出去的货更是一浪高过一浪。

开始我还好心把大家分成三班干活，后来一看，我们全体人员连轴转，活也干不完啊。马上我提议：每人每小时50美元，多干多得。

每小时50美元是什么概念？这是这些装修工人干装修活一天的工钱。然而，就是在这样巨奖面前，到最后，我们只剩下了7名工人。其他的人都累跑了。

帮我记账算账并负责接电话的珍妮，硬是3天3夜没合眼。最后累得实在是不行了，帮我把她的几个朋友招来干活。

珍妮也挺狠，愣是让人家做义工。除了提供面包和矿泉水，一分钱都没给人家。

我这个篮球运动员出身的人，连续干了3天后，就从前线转移到后方了。

因为我的双手全是血泡，后来又被一个从车上滚落下来的箱子砸伤了右脚。我只能告诉大家伙："打仗需要有指挥官。我到后方运筹帷幄去了。"

累归累，但当我看到华盛顿DC遍地插上美国星条旗的时刻，当我想象到美国全境都飘扬着美国国旗的时刻，当我从来没见过那么多美钞的时刻，我无比愉悦。

"9·11"以及之后的10天，令我终生难忘。

数钱的快感很快就过去了。一个现实的问题摆在我的面前：我在美国的停留期超了。

我只好揣起喜悦，带着护照，诚惶诚恐地去找替我和乐怡办理离婚手续的那位律师。

有钱能不能让鬼推磨，谁也不知道。但我在美国深知，有钱可以让律师帮你推磨。我进了律师办公室的门，就掏出一沓子钱放在他的桌上，说："你若能帮我解决目前的麻烦，我再另付桌上这么多的钱。"

律师一边数着桌上的钱，一边问我的情况。等我说完了，他把钱也数好了。并整整齐齐码好一摞。

律师稍稍低头沉思了一下，然后，对我说："你的事，分两步。第一步，马上到医院开个证明，证明你是因身体问题延期离境的。通常情况下，移民局会再给你补延最长6个月的停留期。第二步，我们利用这6个月停留期的时间，帮你以跨国公司经理人的身份申请办理L1签证。如果L1签证办下来了，你可以在美居留3年，最长可以6年。"

我打住他："那么，现在我们该干什么呢？"

律师说："马上找医院，帮你开出有病的体检报告。"

我摆摆自己的手说："这不难，这两只手现在几乎都是不能动的。"

律师说："好！下一个要办的是你在国内找个公司，让他们在美国境内投资设一公司。"

我问："需要投多少钱？"

律师说："投什么行业，投多少钱，都不是问题。只要有国内的公司往美国汇钱了，有能证明最近三年中你至少有一年在这个公司工作，这事就成了。"

我以前在美国那么些年，成天想着到哪儿搞到一个工作签证，怎么就从来没考虑到通过投资来办签证的事呢？人穷志短马瘦毛长啊！

过了法律关，我还得过人情关。我得怎样跟庞鹭解释呢？

等到当天半夜12点钟，也就是中国的中午12点钟。我把电话直接打给了庞鹭的爸爸："庞总，本来我这个电话是应该打给庞鹭，但我思来想去，我觉得还是先打给您为好。因为，庞鹭毕竟是个女孩，我担心她一时转不开弯子。您是一个成功的男人，想必更容易理解我。你知道，我以前在美国混得并不好，作为一名男人，我也是日夜盼着自己有成功的那一天。这个成功，不是别人赏赐的，也不是白捡来的。这个成功是靠自己的智慧和汗水创造出来的成果。如果，我明天就回中国，后天跟庞鹭结婚，从个人资产角度上讲，我可能一步越到富豪的队伍中。但是，那有什么意义呢？庞总，说真的，如果不是因为我真爱庞鹭，我真愿意与她一辈子厮守的话，我早就离开你，离开江城了。因为我不能，也不愿意承受周围人对我投来的各种异样的目光。庞总，请你帮我一把，请你给我一个机会，在说服庞鹭的同时，以你们集团的名义，到美国设一公司。这样，我和庞鹭就可以以跨国公司经理人的身份来到美国。我总觉得我是可以在美国打下一片天地的。庞总，你理解我所说的吗？"

电话中传来庞鹭爸爸的声音："按我的计划，就是你和庞鹭办完婚事后，公司就派你们去美国设办事处。美国是当今世界上最大的市场，生意人怎么能不关注美国呢？好了，这个计划现在只好提前了。至于结婚的事，本来就是你们两个人的事，你们自己定吧。关于投资事宜，我会让集团战略投资部的牛部长直接跟你联系，细节问题你跟他商量着办。好吗？另外，你跟我提到的那本《基业永青》的书，国内现在没货。你要是在美国能买到的话，就给我买一本寄回来。"

我后来发现，我一生中，做得堪称最完美的一桩生意，就是这笔。

用一本书，换来一笔大额投资，换来我在美国的身份，特别是还换来一个活生生的女人，还有这个女人不久又给我带来一个小男孩儿。

张镇塔帮我卖完国旗后没有回纽约。我又要求他接下来调集人马，帮我装修房子。我在马里兰靠近弗吉尼亚州的C城买了栋超大的独体别墅。

这个房子相对来说，特殊之处在于它有半个室内篮球场。当房地产经纪人带我看这个房子时，我一眼就看上了。

另外，这个房子离波托马克河的直线距离不超过100米。记得有次庞鹭和我在沿着波托马克河散步时，看着河两岸的优美风光，庞鹭十分艳羡地说："这些老美多幸福，能一辈子生活在这样美景中。"

这回，我想给庞鹭一个惊喜——让她一辈子也生活在波托马克河的河畔森林里。

庞鹭来美的机票是12月12日。我每日都催张镇塔尽快结束工期。

张镇塔总是一脸胸有成竹的样子说："哥们，耽误不了你入洞房！"

2001年12月22日，庞鹭来美国后第十天，我们就在华盛顿DC的美国国家大教堂举行了婚礼仪式。

我靠卖国旗发了笔横财后，整个人从上到下都觉得发烫。房子买在最好的地点，婚礼也应该办得有模有样，有声有势的吧？我在美国这也是第一次结婚，以前我好像也没参加过老美的婚礼。所以，在美国如何张罗举办婚礼我一窍不通。我身边认识的那些哥们更是没见过。

婚期将至，怎么办？

我暗暗地骂了自己一句：骨子里还是穷人啊！为什么不发挥一下钱的威力呢？

上回我用两摞钱，就让律师没到两个月的时间，把我、庞鹭和庞鹭爸爸的L1签证以及庞鹭妈妈的L2签证都办下来了。

这次，我出钱再找个婚庆公司不就成了吗？

在网上，我搜到一家自称"无不能"的公司，其主要业务是旅游、会议、婚庆等。我打个电话过去，对方一位叫"迈克"的人接的电话。

迈克先问我："你是要办中式婚礼，还是西式婚礼？"

"西式的！"我在心中骂道：办中式的，我用找你啊？

"先生，你想让你的婚礼在哪些方面与众不同呢？"

"场面大，档次高，人数多。"

"如果这样的话，先生，你就要做好多花钱的准备。"

"钱不是问题。问题是你能不能实现我的想法！"

举办婚庆仪式的相关事宜，已经不用我操心了。但结婚的前一个晚上，我还是差点崩溃。那个夜晚，庞鹭失踪了。

晚上吃完晚饭，庞鹭在镜子前，一遍一遍地试穿婚纱。我担心她太累，就让她坐下来，听我给她讲美国新人结婚前夜的规矩。然后，我开玩笑地说："哥哥我允许你今晚狂耍一回，你做什么我都不生气。走吧！"

开始，庞鹭当着笑话听。过了一会儿，她像想起来什么似的，换下婚纱，拿起我的车钥匙就往外走。

本来我想说，去哪儿？我送你！但是，转念一想，我这样做不是侵犯人家隐私权了吗？所以，就没再吱声。

晚上10点钟，庞鹭妈妈敲开我的房门，想找庞鹭。

我说庞鹭出去了，而且，干啥去我也不知道。庞鹭妈催我立刻给庞鹭打电话，问问她现在在哪儿？

我拿起手机，马上给庞鹭打电话。电话声响了——庞鹭的电话落在家里了。

这下，乐怡妈妈就慌了，她的慌张情绪也直接传染给庞鹭爸爸和我。

庞鹭能去哪儿呢？我当时怂恿她出去找异性朋友欢聚一夜，那纯粹是说着玩的。她在美国，别说异性朋友了，同性朋友都没有。前年她在美国留学时，我也没见到过她和任何同学有来往过。

我第一反应是庞鹭出车祸了。庞鹭前年留学时拿到美国驾照，但她基本上就没开过车。在中国有时开她爸爸的车，那也只能算是玩票。此时，外面黑灯瞎火的，她驾驶技术又不熟练，说不定怎么着了。

我马上打911电话，问今晚大华府区有没有车祸发生？

咳，你别说，还真有三起。但仔细一打听，出事者都是黑人，跟庞鹭不沾边。

到了12点，庞鹭还没回来。我彻底地崩溃了。我真恨自己，没事扯淡，自己给自己导演了一场悲剧……

我交了婚庆订金的第三天，迈克就找我汇报他的婚庆方案。有两点让我不满意。一是地点，二是人数。这两点也可以归结为一点：选择举办婚礼的教堂太小，所以，能邀请参加婚礼的人数就会少。

迈克满脸乌云地问我："那么，先生，你想要选择多么大的教堂举办婚礼呢？"

"华盛顿DC地区哪个教堂最大？"

"当然是美国国家大教堂了。"

"就是在DC西北区那个？"

"是的。"

"那好吧，我就选美国国家大教堂举办我的婚礼仪式！"

"不不不！先生，这恐怕不行！"

"多少钱？我给！"

"这不是钱的事。因为国家大教堂是不接受举办婚礼的。"

"就没有特例吗?"

"据我所知,在那里举办过婚礼的人,都是受到美国政府表彰过的人,或者说,为美国做出杰出贡献的人?"

"我就是为美国做出过杰出贡献的人!'9·11'意味着什么,你知道吧?今天,美国境内的星条旗90%是我从中国运过来的。不信?你现在就可以去联邦税务局查我的纳税证明!美国人民能够如此快速地从灾难造成的痛苦中振作起来,上帝给了美国人民信心!星条旗给了美国人民力量!难道说,我不是为美国做出杰出贡献的人吗?!"

我这几句话,至少给了迈克替我办事的信心与力量。两天后他通知我,搞定!我和庞鹭的婚礼如期在美国国家大教堂举行。

两年前,我和庞鹭同住在马里兰州G城时,有一次我是自己哼奏着"噔——噔——噔噔!……"的曲调,抱着庞鹭上楼的。途中,还遭遇到老房东的白眼。

这回就不一样了。我托着庞鹭的手,踩着红地毯,在全场的人的祝福的目光注视下,伴着150人的乐队现场伴奏的《婚礼进行曲》走到了神父面前。

神父例行程序地用英文说了一通,然后,向庞鹭问了一句话。庞鹭娇泪飘落,深情地回答道:"YES!"

看到庞鹭模糊的泪眼,我也禁不住饱含热泪。

自己在美国的一幕幕经历一闪而过,从与庞鹭相识、到相知、到相恋、到相爱,再到昨天晚上的一幕幕一闪而过。

神父在旁边还在叨咕着台词,我也不管他在说什么,上前一步,紧紧抱住庞鹭。

我十分郑重地承诺:"我是马,你是'路'。今生今世,我这匹

'骏马'永远永远在你这条路上奔跑，直到白发苍苍。"

庞鹭用手捂住了我的嘴。

整个教堂里哄堂大笑。我们的戏，已经脱离剧本规定的剧情。我们也不等神父发话了，我和庞鹭默契地为对方带上了戒指。

其实，脱离剧本表演的，还有庞鹭爸爸。也许是太紧张了吧，庞鹭爸爸在把他女儿的手交到我的手上时，竟然对我说一句商界社交用语："祝你生意兴隆！"

事后我给迈克付尾款的时候，迈克对我说："先生，你的婚礼，是我这辈子见到过的最有创意的婚礼。"

我自豪地跟他说："中国人最愿意干的事就是改革开放。改革，就得有创意，有新意。"

迈克听到这儿，马上摆出一副领功请赏的样子，说："先生，我为你们婚礼所做的创意，你认为OK吧？"

我马上反驳道："拉倒吧！就你那个破创意，差点没把我害死了。"

美国国家大教堂，是在DC西北面的平原地区。整个地区就这一个高大建筑，给人一种鹤立鸡群的感觉。我当年住在弗吉尼亚州向DC眺望时，能望到的最清楚的建筑就是这个美国大教堂。

这个教堂同时能够容纳多少人，我不知道。但我想，同时容纳千八百人应该是不成问题的。

迈克这孙子，他的"创意"在婚礼之前也没和我商量，为了能够把教堂里外填满，他竟然在当地报纸上做了广告，而且，还告诉人家，来参加婚礼者可免费品尝中国食品。

我在进入教堂时，还挺满意。毕竟那么大的教堂，无一空席。我在心里还纳闷呢，迈克这小子从哪里请来这么些人？

等我从教堂里牵着庞鹭的手走出来的时候，我一下子看呆了：

教堂外人山人海，水泄不通。

当地老百姓看到迈克打的广告后，怀着节日般的喜悦心情，来为我们贺喜。

当我从教堂门口强挤出来后，我发现，在去教堂的路上，还分别排着两行人流。因为，迈克在路口设一餐桌，上面摆放这一些中国小吃，汤圆、水饺什么的。排队领食品的人，从早上排到下午；从马路边排到教堂门口。

谁说世上只有中国人爱占小便宜。美国人才是最秉持"有便宜不沾是傻蛋"的民族。

第二天，全美发行的《华盛顿快讯》报的头版头条是《美国国家大教堂为中国新人举办婚礼》。文中写道：据不完全统计，昨日参加婚礼的来宾有9000余人，创美国历史之最……

庞鹭的爸妈在参加完我们婚礼的第三天，也就是平安夜回国了。我和庞鹭真正的二人世界就此开始了。

圣诞节的早上，我先起的床。洗漱之后，我热了杯牛奶，给庞鹭端了过来。

庞鹭喜滋滋地说："哥，你真好！"

我坐在卧室里的凳子上说："你喝着牛奶，我想跟你谈会儿话。好吗？"

"哥，我知道你想跟我说什么！不就是想批评我结婚前夜离家出走的事嘛。说吧，我表示虚心接受。呵呵呵！"

庞鹭那天晚上心血来潮，独自一人驾车到DC著名的景点"华盛顿纪念碑"（又称方尖碑）。她双膝跪在碑前，虔诚地向华盛顿纪念碑祷告、许愿。

回来时迷路了。深夜路边没有行人，她又没带电话，所以只好把车停靠在一个小区的门口。

午夜12点钟一过，我觉得大事不好，就马上报案。15分钟后，警察发现了庞鹭，并把她带回家。

我对庞鹭说："我想说的不是那件事。我想说些正经事……"

一听我要说正经事，庞鹭也正经起来。说："哥，等会儿。我得收拾利索了才能听你训话。"

"不用，你在床上躺着听就行啦。"

"我可不干！我不想让你看到我睡眼蒙眬的丑样……"

庞鹭说着，一手端着牛奶杯，一手捂着半边脸，跑向卫生间。

我从卧室出来，在一楼的客厅等了她半个小时。

看着庞鹭轻盈地下了楼，我用手指了指对面的沙发说："你坐那边，挨着壁炉，暖和。"

可庞鹭还是走过来坐在我的膝盖上，说："哥，我就愿意挨着你，听你讲话。我们全家人都爱听你讲话。"

"亲爱的，从今往后，'我们全家'是指你和我。明白了?"

"Yes，Sir!"庞鹭用左手向我敬个礼。

"我今天讲的话，可能不是很好听的，你能经受得住?"

"哥，你就讲吧。你讲的我都爱听!"

"与乐怡刚离婚的那阵，我把我们婚姻失败的全部责任归结到乐怡的头上。我觉得，乐怡一到美国，就像变了一个人一样。

"在国内时，乐怡对我唯命是从。然而，到了美国，什么时候对我都是横挑鼻子竖挑眼的。而且，经常拿我的缺陷——英语不好说事。

"当时来美国前，我和她就很明确了分工：她上学，我打工。等后来我开始送外卖了，她是冷嘲热讽，甚至给我冠名为"三没"产品。对她这种翻脸不认人的嘴脸，我无比痛恨。因此，一咬牙，和她拜拜了。

时隔五六年的光景，我现在确实认为，我和乐怡婚姻失败的原因，我的问题占主导因素。再深究一下，是我这个婚姻驾驶员没有"驾驶经验"造成的。

我和乐怡也好，我和庞鹭也好，婚姻生活肯定会出现这样或那样的问题，如同一部车，不可能不出现一些故障。作为一名好司机，一旦发现问题，应立即停车，靠在路边，检查车子哪儿出了问题，发现问题后立即维修。好的婚姻也应该是这样'维修'出来的。

然而，我和乐怡，谁都没注意到我们婚姻中平时的小毛病。等到发现我们之间有了大毛病时，两个人又都不肯花时间、花精力去解决。最后，以双方共同认定"报废"的结论，而弃之不理了。

亡羊补牢，为时未晚。过去就让它过去了，现在一切重新开始……

庞鹭用手磨蹭我的脸，问："哥，那你有什么具体的'维修'办法吗？"

"你知道，我是学会计的。我想在咱们家建立一本《婚姻感情明细账》。会计学上有个名词，叫'增减记账法'。我们就按照我们每天在婚姻感情方面所发生的行为举止，进行记账。比如说，我说一句赞美你的话，你就要给我在账上记上+5分；如果你耍小性子，无理取闹了，我就在账上给你记上-3分，每个月累计一下，看看自己对我们的婚姻做正确的事多呢，还是做错的事多呢。"

"哥，你太有才了！这真好玩。我双手赞同这样伟大的创举！"

"那好吧，你今天就把我们这本婚姻账所需的会计科目编出来吧！"

"什么叫会计科目？"

"就是我前面举的类似的例子。说赞美对方的话，加多少分；给对方买了礼物，加多少分；让对方不高兴了，减多少分等等。一句话，在夫妻日常生活中，都应该注意哪些行为举止？这些行为举止又会给婚姻增多少分或是减多少分？"

庞鹭还是很聪明的，我话还没讲完，人家跑回屋做账册去了。不大会儿工夫，跑来告诉我：她一共设计了61个"婚姻会计科目"。

我当时暗自发笑，我记得我们大学学的《工业企业会计制度》上规定的会计科目就是61个。

2003
[农历羊年]

　　我和庞鹭非常幸福地度过了一年多的家庭生活。这一年来，我一直在为自己，也在为庞鹭爸爸的公司考察到美国的投资项目。

　　因为，我在家里的时间多，所以，家务活基本都是我干的。庞鹭曾提议，找个佣人替我们做家务，我没同意。因为，无论是谁完成家务活，这个举动都是给婚姻加分的项目。我们不能人为地把可以给婚姻加分的科目砍掉。

　　说来也怪，以前我和乐怡一起生活那阵子，我是什么家务活都懒得干。乐怡也是，整天跟我计较她干活多了、我干少了什么的，好像她做件家务活就吃亏了似的。

　　现在我有种抢着干活的欲望。多刷一次碗，多吸一次地，自己好像捡个大便宜似的。给庞鹭感动的，她动不动就跟我说："哥，今晚我无私奉献一次啊！"

　　庞鹭这话说多了，我倒真不知道自己做家务是为啥目的了。

　　庞鹭家务事做得少，主要是她每天还要在外面工作。

　　我们婚后一个月，庞鹭在一份报纸上，看到中国驻美使馆签证处招聘文职人员的广告。庞鹭就去应聘了。一举成功。转日就开始上班了。

中国政府在美国设有一个大使馆和五个领事馆。因此，每个使（领）馆要承担十几个州的签证、护照、公证认证等工作。例如，中国驻美大使馆在华盛顿DC，需要负责北到马里兰，南到北卡这个区域的业务。

中国驻美使馆签证处在DC的西北区，威斯康星大道上。庞鹭的具体工作是坐在窗口，初步检查签证申请者所需提交的资料是否完整、准确。没问题的，她负责受理，再转交给使馆的外交官进行审核。这份工作工资不是很高，但庞鹭非常愿意做。原因是，这个工作既可以让她提高英语水平，又可以让她掌握最新的商业信息。

按照工作程序要求，庞鹭首先要询问签证申请者的一些基本情况，如年龄、职业、住址等问题；然后要问申请者去中国的目的地以及事由。按照庞鹭的说法，每天她只要能坐在签证处的窗口，就能知道中美之间经济、文化交流的动向。对于一个准备在美国闯天下的人来说，这是多么有意义的工作呀！别说上班工作还能挣到钱，就是挣不到钱，庞鹭每天都会乐呵呵地去上班。

当然，在中国驻美使馆签证处的工作，还给庞鹭她带来了巨大的经济利益。只是，当初她自己还没意识到。

与庞鹭同样在窗口服务的还有其他6位。她们都是女性，年龄、背景与庞鹭也都差不多。庞鹭和那6姐妹不同的是，在中午休息时间，那6姐妹会三五成群地去附近的M街闲逛，也算是女性一种特有的减肥运动。

庞鹭每天中午都会在签证大厅看电视。签证处的电视有CCTV4频道。别人都不理解，庞鹭为什么那么愿意看CCTV4？其实，原因很简单，庞鹭是搞新闻出身的。她对新闻的上瘾程度，如同烟民对香烟的依赖性一样。

中午休息时，签证大厅是关闭的。在大厅里面，除了庞鹭在大厅里看中国中央电视台的节目外，还有一位马大叔。

庞鹭管人家叫大叔，实际人家年龄并不算大，四十七八岁，因为是少白头，外观比实际年龄显得老了些。后来经庞鹭介绍，我和马大叔认识了之后，经老马同意，我和庞鹭改口叫他老马了。

老马能在使馆签证处工作的原因是，老马的夫人是中国海关总署的，外派到中国驻美使馆工作。主要负责与美国国土资源部下设的海关组织打交道。老马本来是国内的一个民营企业里的行政管理人员。因为老婆、孩子都来美国了，他从原单位辞职之后，也就跟来了。按外交术语来说，他这叫随任。

老马是签证处唯一的一名男性工作人员。所以，签证处的重活、脏活都给老马做。签证处所有工作人员午餐是需要到使馆食堂开车去取的。像这样的重活都由老马一人承包了。在正常工作时间里，老马负责把打印好的签证纸贴到申请人的护照上。庞鹭跟老马熟悉了之后，给老马起了个外号叫"贴工"。这个外号一下子就叫响了。以至于老马后来到期回国了，签证处的人还把这个岗位工作的人叫"贴工"。

在庞鹭眼里，老马和我有很多很多相同之处。比如，都是东北人，都挺爱喝酒，英语都不好，都爱打篮球，都爱吃韭菜馅的饺子。甚至，在庞鹭的眼里，老马和我长得都非常像！

等我见过老马后，我对庞鹭说："你是啥眼神啊！驴和马你分不开吗？"

庞鹭故意地问："你的意思是说，你长得像驴吗？"

我气得摁了一下庞鹭的脑袋说："今天晚上把你刚才的那句话记上账，扣8分！"

"呵呵！扣8分，该是驴还是驴啊！"

"扣16分！"

老马贴工这个工作要比其他人晚干活，当然也就晚下班。每天，只要庞鹭没特殊的事，她都会主动帮老马把当天的签证贴完再走。久而久之，这成习惯动作了。如果哪一天庞鹭随大家伙一同下班，大家都会觉得奇怪了。

老马也是明白人。一旦使馆内部过节分些烟酒糖茶的，老马也会转送给庞鹭。中国人讲究礼尚往来嘛。

自从老马和我认识以后，我们家就成了战场。准确地说，我和老马见第一面就开打了。

杨棉和王品一两个人都在北京，同住在朝阳公园附近的一所高级公寓楼里。他们刚回去的时候，都是海归身份，现在都是在各自行业有影响力的人物了。

王品一还是任美国制药公司中国地区副总裁。总裁是个瑞典人，对中国不是很感冒，所以，总裁先生经常以各种借口离开中国。自从王品一到岗后，王品一就成了他们公司中国区的实际当家人。

中国人讲，不当家不知柴米贵。王品一后来把这句话改为：不当家，不知道自己啥也不会！

王品一是在下乡当知青的时候，考上大学的。他在大学学的是化学专业，在美国的大学读的是生物化学专业。毕业后在美国制药公司做事，也只是做技术工作的。每天只负责自己工作岗位的那点事。到中国当副总裁，他除了中国公司高层人事的任免工作不管外，剩下的"柴米油盐酱醋茶"他都得过问。比如说，财务问题。

关于公司的财务与税收问题，他哪懂啊？他对美国的企业财务税收问题都不懂，中国的财务与税收制度他就更不懂了。他一切都得从头开始学。

王品一当时想，怪不得公司派谁来中国，谁都不愿意来。原来，要想来中国工作，你得事先做好蜕掉一层皮的准备。

王品一聪明、智商高，这是不可否认的。否则，他也不可能高中没念就考上大学了；否则，他也拿不到美国的PHD。

据表姐郑莉讲，王品一学习时，还有一个与众不同的毛病，屋子里没有其他嘈杂的声音，他就看不进去书。如果在家里，夜深人静时，他要看书学习的话，就得把电视和音响都打开，这样他才能学进去，记得牢。

以前这算是个毛病。现在当上老总了，这个坏习惯一下变成好习惯了。现在王品一能够找出的看书时间，只有在路上、汽车里、或火车里、机舱里以及嘈杂的车站候车室和候机楼中。

经过这两年勤学苦练，王品一对企业的财务管理、营销管理、人力资源管理、生产技术管理，样样通、样样精。

另外，有一次我和王品一在电话中，王品一还告诉我他另一个爱好也帮了他很多忙。什么啊？喝酒！

我第一次在王品一家喝酒，我开始还担心他不能喝酒，可喝着喝着我就发现，这哥们比我还能喝。没用半个小时，我俩就把一瓶中国的高度白酒给喝完了。

现如今，王品一每天用他的海量，对付着税务、海关、质检、药监这些部门的人，绰绰有余，而且还越战越勇。甚至，人家不来，他还主动邀请人家出来坐坐。

王品一紧张的日子熬过去之后，我们俩每次通电话，他都不忘劝我回国。他说，在美国，我们永远不会融入主流社会。无论你住多么大的房子、开多么好的车，你一张黄种人的脸，永远得不到应有的尊敬。反过来看，他现在在中国，中国政府给他们外商的待遇就不用说了，同行同事，业内业外，走到哪儿，他都被人家簇拥着。这种感觉在美国你是永远得不到的。

有人说，不愿回国，是怕中国人事儿多，人情多，麻烦！

美国人事儿少，人情味淡，但我们在美国混的人，不也觉得空虚寂寞吗？在中国，张家女儿出嫁、李家乔迁新居，大家伙有钱的出钱，有力的出力，众人拾柴火焰高，这不是挺好的事嘛！这就是我们中国人骨子里的情愫，这也就是我们中国人五千年来乐此不疲情结。如同咱们兄弟俩都喜欢喝中国的白酒一样。你知道，老美闻到白酒味就会恶心，可咱们俩就是好这口。为啥？因为这是咱们的习惯，因为我们是中国人！"

与王品一一样的还有杨棉。我们每次通电话，他都忘不了劝我回国。他甚至连我在国内的工作，都替我定下来了。

杨棉回国后，还是没敢回京北市，而是留在了北京。以他海归的名头，再加上他曾经有在美国创建网站的经历，在回国的飞机上，一下子就让人给盯上了——看来，杨棉的贵人都是他在飞机上认识的。

盯上他的人也是海归，叫章文好，比杨棉大个两三岁，回国也比杨棉提前了两三年。章文好已经在北京注册了公司，并已开始运作。有意思的是，章文好也在做销售汽车的网站。他这次回美国是去招聘的。没想到，在回来的路上，没费劲就钓到一条大鱼——杨棉。

杨棉肯定在章文好面前把我吹得天花乱坠，否则，人家章文好怎么会亲自给我打电话，盛情邀请我回国加盟他们的公司呢？而且，开出的价码与杨棉一样，也是作为合伙人。杨棉负责管技术开发，我负责融资、销售。

我是在1993年挖空心思，在所有人艳羡的目光中离开中国来到美国。今年是2003年，时光仅仅前进了10步，怎么，从美国回中国又是大势所趋了？

中国摇滚歌手崔健的歌在我耳旁激荡："不是我不明白，这世界变化快！"

时光如梭啊！

     ·

有个星期天的早上，我和庞鹭还在床上睡觉呢，就听到门铃响了。

庞鹭对我说："大概是快递公司的，我在网上订了双鞋。"

我让庞鹭接着睡，却在心里骂道：不管是快递，还是慢递公司的，都不能这样早敲门啊！

我没敢骂出声。若骂出声了，让庞鹭听到了，就会被扣分的。

打开门一看，外面一群人，还都是中国人的面孔。最靠近门口的——估计就是他按的门铃，看上去是一个五六十岁的男人。

这个男的问我："你就是马老板吧。是不？"

"嗯，咋的？"

"我也姓马。"

"你姓马，咱们也不能同'姓'恋吧？"

"哥们，难怪庞鹭说你这个人幽默，果然不假。我是中国使馆签证处的……"

"马哥吧？大哥，原谅我！我这是有眼不识泰山。快！大家请进！"

"嘘——小点声，别吵醒庞鹭，她还没起床吧。我们使馆的哥几个准备上午打球。我们本来是想在美国大学的室外场地玩，可是，你看，外边已经开始下毛毛雨了。是不？我想如果大家就这样散了吧，都挺难过的。是不？所以，厚着脸皮不请自到，想在你家的室内球场玩一会儿，你看行吗?"

我这时才发现，外面已经在飘雨丝了，地面已经湿成一片了。

我马上把他们领到后门。我的室内球场必须从后门进。为了保证球场的空间高度，当初人家盖这个房子时，把地下室和一楼合为一层了。

我房子的东侧是由前门进，进去依次是客厅、餐厅、会客室、小酒吧。往下走是地下室，往上走是卧室。

我房子西侧从后门进，进去就是球场。只有标准篮球场半个大小，一个篮球架子。

我领着使馆这些球友从后门进来，打开灯，就让他们开始活动了。我转身跑出来。我还穿着睡衣呢，我得回去换运动服。

庞鹭隔着门问："是谁敲门啊?"

"快递公司的!"我故意说个谎，好让庞鹭多睡会儿。

使馆一共来了7个人，加上我是8个，分两队，正好每伙4个人。4打4，最适合在我这个半个篮球场地上玩了。

老马是这几个人中年龄最人的，也是使馆中打球最好的。外行看热闹，内行看门道。老马一个投篮动作，我就知道这哥们练过。其余的人，完全跟不上老马的节奏。

难怪庞鹭说老马跟我有很大相同之处，我和老马在球场上都是喜欢打组织后卫这个位置的。当然，论球艺，老马比我差几个档次。

第一局，我只是为了活动一下筋骨，不抢着持球进攻，也不积极防守。球场上的亮点全都集中在老马的身上了。

第一局休息时，老马喝着矿泉水，话里有话说："你现在体力不好。是不?我知道，你和庞鹭才结婚一年多。新婚啊!是不?"

"拉倒吧!新婚不假，我本人可是二婚啊。不是初生牛犊。"

"哦，你是二婚啊?庞鹭可没跟我讲过。"

言多必失。没有女人愿意跟别人讲，自己嫁给一个二婚的男人。我后悔犯了这个低级错误。不知道这个错误庞鹭会给我扣掉多少分？

第二局，我可就不客气了。我们一局11分，每进一球算一分。毫无疑问，第二局我们队获胜，我包揽了全部得分。而且，为了显示自己的篮球技艺，这11分中，我采用不同的进攻方式得分。有远投、中投、篮下投；有突破上篮、空切上篮，有跳投、抛投、有擦板；有空心进筐。

孙子曰："不战而屈人之兵，乃上上策者也。"我的球艺让他们看傻了，最后的几个进球，是在他们完全没有防守的情况下，我轻松得分的。

第三局，我没有一次投篮。只是站在中场，给我们队的人传传球。防守时，我盯老马。每次他上篮，我就是象征性地跟着他跑跑。

最终比赛结束，老马他们队以局数2:1获胜。皆大欢喜。

打完球，相互恭维了一阵子，老马他们从球场出来，准备各自开车回家。

庞鹭挡住了大家的去路。使馆的哥儿几个被庞鹭拉到我们家的餐厅。

我们一开始打球时，庞鹭就起床了。球场传来的砰砰声使她知道有人来了。她隔着球场门缝往里一看，看到老马了。于是，返过身来到餐厅，开始准备午饭了。

打完球后，大家都会很饿的，她就想好了留使馆的人在我们家吃顿中午饭。

庞鹭准备了几个凉菜，又在一家中国餐馆订了几道中国菜。我们打完球，外卖刚送到，还是热乎的。

我拿出酒。老马一看直摆手，说："在你这儿蹭饭吃就行了。酒不能喝，都开车呢！"

我打开白酒给每个人斟上，说："第一次见面，第一次打球，第一次到俺们家吃饭，焉有不喝酒的道理？你们甭担心，吃完饭后，我让人把你们都安全送到家。放心！"

老马接着问："那我们的车咋办？"

我已经端起酒杯了，示意大家先干为敬，说："你们的车，我也会安全给你们送到家的。"

宴后，我给"无不能"公司的迈克打了个电话。

迈克亲自开了个15个座的旅游用车，把老马他们送回家了。

迈克又找了7台拖车，把老马他们的车都按各自的地点拖回家了。

有个拖车司机不解地问："这些车都是好好的，为什么要拖走呢？"

我带着酒气，告诉他："逗你玩。"

我在美国寻找投资项目的事，一直毫无进展。这多少让我回国的急头日益加重了。但是，我清醒地知道，我现在做任何选择，都是两个人的事了，都应该是我和庞鹭共同决定才行的。庞鹭也愿意回国发展吗？

我准备找个机会试探了她一下。

春天到了，一切都显得朝气蓬勃。我一早起来，拉着庞鹭出去散步。

我们俩沿着波托马克河的人工修建的小径上走。空气的味道、河水的味道、绿树青草的味道，扑面而来。庞鹭微眯着眼睛，张开双臂，沉醉在这美丽的晨曦之中。

在回来的路上，我问庞鹭："亲爱的，你是不是特别喜欢美国？"

"准确地说，我特喜欢华盛顿DC，喜欢咱家这个地区。"

"如果有什么事让你回国的话，你是不是特舍不得这里？"

"那就看你走不走？你走，我就走！"

本来在我想象中，庞鹭会说，无论什么情况她都不愿离开美国。没想到，她竟能以我的去留决定她的去留，真是令我感动！对于这样通情达理的妻子，我做丈夫的怎能做事只考虑自己的感受呢？

走到家门口了，庞鹭突然问："哥，是不是你想回国发展了？"

"没有。我愿意在这儿。我就是愿意在这疙瘩活着！"

吃过早餐后，庞鹭没动，也没让我动。

"哥，咱们夫妻都这么些年了，到今天，难道还有讲不出口的话吗？说实话，你自己是不是非常想回国？如果你现在已经决定回国了，我二话不说，咱们明天就可以回国。哥，你还是不了解我的心，只要你高兴了，你满意了，我也就高兴了，我也就满意了。嫁鸡随鸡嫁狗随狗，嫁给你这匹骏马，我早就做好准备，跟随你去闯天涯了。哥，我听你的！"

庞鹭越是这样表白愿意听我的，我就越不想告诉她我真实的想法。

我说："我没想回国。我刚才在路上只是随便问问。"说完，我站起来，走到客厅，在沙发上坐下。

庞鹭像往常一样，不是老老实实坐在沙发上，而是缠着我，坐在我的腿上。

"哥，我有一件事，想跟你商量。行吗？"

"那有什么不行的。讲给我听听。"

"我的想法可能是错误的，但你不能嘲笑我啊！"

"我要是嘲笑你，就扣分！"

"你还记不记得，我1997年从美国回国前，你问我有什么心思的事儿吗？"

"当时你好像没正面回答。"

"对。我想现在正面回答你。我的心思是想在这里办张中文报纸。你看行吗？"

"既然是你想做报纸，那就应该你先讲讲你的具体想法？"

"首先，我认为目前DC的中文报纸是'四低'。即低投资、低成本、低效益、低产出。竞争对手办报的业余水平与能力，给我们参与这个领域的竞争，提供了可能。

"其次，中美两国今后经贸往来将越来越多，越来越广。即使这张报纸目前不能挣钱，但随着中国经济的进一步发展，中国企业来美国投资的会越来越多，我们报纸的广告客户，无论是数量上，还是质量上，都会比现在成倍地增长。到那时候，这张报纸就不会因为争取不到广告客户而发愁了。

"第三，我这只是提出个想法。如果真干的话，主要是靠你来干。哥，我相信你肯定能干好！"

"你也不是不知道，我和杨棉的公司，干了一年就黄了。"

"我当然知道了。那个公司干黄了，不怪你，怪他。"

"你这纯是偏着心讲话。"

"哥，我的直觉是很准的。我见你第一眼时，直觉告诉我，你就是我的丈夫了。你看怎么样？我一直觉得，咱们俩合作办张中文报纸将打遍天下无敌手！"

"那你给我讲讲，你做这份报纸有什么优势？"

"优势我刚才讲了，这张报纸不是我做，不是你做，是咱俩合起来共同做。你负责报纸的经营，肯定会比目前这些报纸的经营水平要高；我呢，干我的老本行，采编排我负责，我坚信我比他们强。

现在的那几份中文报纸的内容，你不是没见过……"

中国有句话：人不留人，天留人。正当我贼心不死，想回国创业的时候，2003年2月，中国内地爆发了一种怪病。医学界忙乎来、忙乎去的，最后给这个病取名为"非典"。

"非典"爆发之后，我就是想回内地都回不去了。从旧金山开往上海的一架飞机，飞机一到上海，就有人被怀疑是"非典"患者。好嘛，机上所有的乘客和机组人员全部被隔离。

我听李子金说，他的一位朋友就在那个航班上。下了飞机，就被隔离在一个酒店。一共十天。等第十天没事出来了，他的返程日期也到了。他的这次旅行就是免费享受了大陆酒店的热情服务。

我给我妈打电话，让她来美国躲躲。再者说，我来美国这些年了，包括我结婚，老太太都没来。

可老太太说："我信佛。观音菩萨会保佑我的。我没事，你放心。美国我不能去。听你张姨说，美国连一个庙都没有。我要是去了，初一、十五我到哪儿去烧香拜佛啊！"

我给庞鹭妈妈打电话，也让她来美国躲躲。庞鹭妈妈也是一口给回绝了。但是，她反复强调，近期我和庞鹭绝对不要回国。

到了春季，"非典"给人们带来的恐怖感，已经到了无以复加的地步。我在CNN上看，每个中国人都是戴着口罩上街。而且，各个行色匆匆，给人的感觉危机四伏。

这个疫情已经发展到了把北京市长都给撤换了。从海南省把王岐山空降到北京。我感觉，北京有救了。因为，按照庞鹭的理论，同样一件事，看谁来做。

王岐山三下五除二把"非典"消灭了。那么，我和庞鹭联手，是不是就应该在美国"打遍天下无敌手"呢？

遵循庞鹭同志"以人为本"的投资理念，我认认真真琢磨办报的事了。

以人为本的投资理念中的"人"，应该是两方面的人，其一是指投资者自己，如我和庞鹭；其二是指投资者能够利用的人力资源。

我和庞鹭的自身情况我是一清二楚的。现在的问题是，我俩办报，我们还有哪些人力资源可以利用？

不想不知道，一想吓一跳。庞鹭现在在中国驻美使馆签证处工作。这就是相当于站在中、美两国政治、经济往来通道上的制高点啊！

庞鹭以前跟我说过，她愿意在使馆打工，是为了获得中美之间经济往来的信息。信息哪来的？信息不都是每一个办签证的人中传递出来的吗？这么些往来中美的客商，难道就没有中文报纸的客户？

前一段，我在独自寻找投资项目时，深深地意识到，我找不到理想项目的原因是我所接触的人的层次太低。

比如，我跟李子金谈投资时，这哥们不是建议我开中餐馆，就是建议我开西餐馆，最后，还建议我把天津的风味小吃"煎饼果子"引到美国卖。甚至还建议我就在DC的地铁进出口处卖。而且，他还给我作保证"开一家，火一家！"

我把李子金这个主意给庞鹭讲了，庞鹭当时都快笑抽过去了。

现在就不同了。只要庞鹭利用正常的工作机会，多长个心眼，多留意一下，寻找到我们的合作伙伴，应该不是个难事。

庞鹭晚上下班回家后，我问她："你在签证处工作一年了，你认不认识美国报业的人士？"

"有啊！我比较熟的是《华盛顿快讯》的总编杰弗逊。这老头一年要回中国好几趟。昨天他还过来办签证呢。"

"你什么时候还能见到他？"

"4天后，他会过来取签证的。"

"到时候，你给我引荐一下。"

"你想干吗？咱们是想办中文报纸，人家是英文报纸呀！"

"我知道。见过他再说。"

4天后，我坐在签证大厅等着。杰弗逊来取签证。庞鹭主动帮他把护照取出来，然后，把我引荐给杰弗逊。

老头十分客气地问我："我有什么可以帮你吗？"

我说："我有两个问题想请教。一，我想在华盛顿DC投资办一张中文报纸，你看好吗？"

"我认为你这是聪明之举！"

"二，如果我这张报纸发行了，我们可以合作吗？我指的是经营方面。"

"没问题。我期待着与你合作。按目前中国人的时髦用语，你我的合作叫'强强联合'！不对吗？"

事后证明，最名副其实的"强强联合"，该是指我和庞鹭。庞鹭给我们的组合起名为"马鹭组合"。

到2003年10月，在中国内地肆虐一时的"非典"疫情终于被彻底消灭了，北京又恢复了平静。而此时的江城市却发生了一起特大火灾。火灾地点正是庞鹭爸爸的制药厂。

庞鹭爸爸的药厂，是以生产中成药为主的药品生产企业。当初庞鹭爸爸能够选择制药业作为自己创业的起点，主要考虑的是，制药业门槛高，不易形成混乱的竞争局面；制药行业的利润率也很高，同时，市场需求量也大。因此，药厂收入应该是可观的。另外，庞鹭爸爸毕竟曾是江城的政府机关干部，若是下海经商，从事什么卖烟、卖酒、卖衣服的行业，多少有些不好意思。悬壶济世，永远是中国人心中的崇高行业。

庞鹭爸爸的药厂是1997年成立的。这个药厂的前身是一个生产纸盒的校办工厂。庞鹭爸爸把这个校办工厂兼并后，把厂房改造成药厂的生产车间。

后来发展大了，庞鹭爸爸把药厂的生产车间搬到了江城新建的经济开发区。原来校办工厂的厂房，又恢复到仅为药厂生产包装盒的加工车间。

这个原校办工厂所在地，处于江城的闹市区。从房地产开发角度，这是块宝地。因为庞鹭爸爸与相关部门的关系，在江城老区改造过程中，一直没把这一块划到红线内。庞鹭的爸爸就是想等到这个地区的房地产价格上涨后，或者把这个厂房卖了变现，或者在这个地址上盖个五星级酒店自营。

年初的时候，庞鹭爸爸的公司已经跟一个香港的建筑设计院联系好了，准备请人家过来实地考察一下，看看这块地的地质结构是否适合建高层建筑。可是，"非典"一爆发，这事就耽搁了。

包装车间一直在正常生产。因为是制药企业，所以，包装车间主要生产的是纸盒。纸盒从原料到成品都是易燃品。为了防止火灾发生，庞鹭爸爸从包装车间开始启用起，就明确规定，包装车间的工人必须是清一色的女性。目的是防止抽烟引起火灾。就这样，十多年了，还真没发生火灾。

出事那天早上，庞鹭爸爸就对庞鹭妈妈讲自己的右眼老跳。庞鹭妈妈笑她多大岁数了还迷信。

庞鹭爸爸开车往开发区走的路上，就看到晴朗的天空中有一根黑柱。电话响了，有人报告说药厂的包装车间着火了。因为包装车间全是易燃品，所以，这场大火来得又快又猛，等到消防队员到场时，厂房与设备已经基本燃烧殆尽了。

火灾的原因很快查明，是电线老化自燃引发的。

庞鹭爸爸一气之下，血压骤升。简单地在江城医治一下之后，庞鹭妈妈陪同庞鹭爸爸就来到了美国。

快到年底时，和我同届的大学校友，与我同时被分配到大海市冶金局工作的刘蔺同学来美国了，而且来头还不小，是随"大海市市政府访美代表团"来的。

和使馆签证处的老马认识了之后，我们就约定俗成每周日上午到我们家打球。我把我家的后门钥匙给了老马一把。这样，如果我不在家，或还没起床，他们也可以自己进来打球。

打球的人有在使馆办公室工作的，有政治处的，有文化处的，有武官处的，有商务处的。后来，除了老马，跟我接触多的是领事部的龙翔。

领事部主要负责当地华人华侨方面的工作事宜。庞鹭所在的签证处就隶属领事部。

龙翔是国务院侨办派出的，因此他主要负责与当地华人华侨的社团组织联系的工作。站在这个角度，整个使馆所有的工作人员，与当地华人华侨接触最多的人就是龙翔了。侨界有个大事小情的，都会请他出席。

我有一次跟龙翔开玩笑，说："我办婚礼那会儿不认识你。要是那时候认识你的话，我就不用花钱在报纸上打广告请人来了。你到大华府的各个华人社团组织通知一下，那不就齐活了。"

龙翔笑着说："别提了，因为你的事，我还挨批了。"

"为啥？"

"你婚礼闹那么大的动静，第二天，我们领导问：那个华人是谁？我回答：不认识。我们领导马上不高兴地说：在当地有这么大影响力的华人，你们负责侨务工作的咋能说不认识呢？吓得我赶紧四下打听你老人家是谁？哈哈哈……"

"那你为什么一直没找到我呀？"

"这不还是怪你啊！你从来就不向组织靠拢，任何同乡会、同学会、专业协会你都没参加。说老实话，连教会我都去打听了，也没调查到你是何许人。后来，我们侨务组的同事们一致判断：这就是个国内款爷，专门到美国办一场婚礼，得瑟完后就回国了。"

"龙翔啊，你们的工作还是没作到位。其实找到我很容易。"

"你说我们还应该怎么找？"

"到《华盛顿快讯》报的广告部打听啊，问问谁出钱打的广告？查到打广告的人，也就找到我了嘛！"

"这点没想到。对玩报纸一窍不通。"

龙翔当初花了很大的气力没能找到我，但我通过龙翔却很轻松地找到了刘菡。

有天下午，龙翔突然来电话问我："马哥，今天晚上我要去参加一个宴会，你想不想去？"

"哦，谁主办的？"

"你们东北同乡会主办的，是欢迎'大海市政府访美代表团'的。"

"去！我去！这能不去吗？我就是大海市人嘛。"

"我当然知道你是大海市的人啦。要不，我咋给你打这个电话呢？"

"谢谢哥们！"

"你先别谢。希望你以后多参加一些当地华人的社团组织的活动。就算是支持小弟的工作了。"

我到会场后，龙翔拉着我给大海市政府代表团的成员一一介绍。

第一位是大海市的市长，第二位是大海市主管经济的副市长，第三位是位女性，我看着面熟。

龙翔介绍说："这位是大海市政府秘书长刘菡女士。"

我与刘菡同时惊讶道："是你！"

低头算一算，我和刘菡已经整整十年没见面了。

看到曾经年轻、幼稚、青春的面孔已经变成有些蹉跎的脸庞，我和刘菡都有些哽咽。

宴会结束后，刘菡请了假，我就带着刘菡私自行动了。

我们漫无目的地在DC城里转，相互给对方讲解这些年的个人历程。

刘菡在我离开中国的那年，就被借调到大海市团委工作。两年后，正式调入市团委工作，并任市团委组织部部长。过了几年升到市委组织部任副部长。今年又晋升为大海市政府秘书长。成了大海市的"管家婆"。

我半开玩笑地说："这个活就该你干。谁让你在大学学的是计划与统计专业呢？"

"嘿，别提了。这个岗位的工作与计划统计不沾边。每天都是事务性的工作。我现在连计划与统计学的是啥都忘了。"

"可以问一个问题吗？"

"单身。至今未婚。是想问这个问题吧？"

"呀！咱俩这可是心有灵犀一点通啊！为什么？眼光太高了吧？"

"我先问你一下：你和乐怡现在怎么样？"

"你能这样问，就说明你已经认为我和乐怡不怎么样了。离了，现在又跟一个比我小6岁的结婚了，还没孩子。咦，你怎么判断我和乐怡拜拜了呢？"

"我倒是不知道你们离婚了，但我感觉你们婚姻不会是很平静的。"

　　"为啥会有这种感觉呢?"

　　"咳！天下的婚姻，哪桩不是如此啊?!"

2004
[农历猴年]

猴年，又是个猴年。我和乐怡在上个猴年1992年决定出国的。这个猴年，我又决定办件大事——我的命中似乎，每到猴年准保有些大的变化。

庞鹭的投资办报的建议，我历经一年左右的思考后，终于决定该投资项目正式上马运作。

2004年1月2日，美国华盛顿地区，一份新创办的中文报纸《华人视界》正式发行了。

《华人视界》是周报，每周五发行。发行地点涵盖华盛顿DC，弗吉尼亚州北部和马里兰州中南部。具体的发行地址是华人华侨比较集中的生活地点——中餐馆、中文学校、华人教堂。

初创时，每期32个版面，不久就扩展到64个版。

经我们家人——全体董事会成员研究决定，我出任报社的董事长兼CEO，全职工作。庞鹭任副董事长，兼职，负责报纸的采访工作。庞鹭爸爸和庞鹭妈妈任董事会成员，主要负责我们公司（含家庭）的后勤保障工作。

以上分工，谁最累？所有人都以为是我，等我们正式运作起来后发现，庞鹭爸妈才是最累最辛苦的。

《华人视界》报一上来就火了！这是我预料之中的事，也是我前期营销工作的结果。

在正式出版发行前半年，我就通过龙翔与大华府地区的各个华人华侨的社团组织的领导们进行了接触，把我准备办报的打算跟他们通报了。然后，通过这些侨领，分别在他们的组织内部各挑选2~3名成员作为《华人视界》的通讯员。

此举可谓一举三得。第一，取得当地侨领及其组织的首肯，为以后《华人视界》的发展，奠定了牢固的群众基础。第二，各个组织推荐的通讯员共有三四十人。这三四十人，立即成为我们报纸的外围核心成员，建立了《华人视界》的外围组织系统。第三，我们跟各个社团组织约定，各单位的通讯员所提供的稿件，报社并不直接付费，而是在年终核算后，凡是年度超过100条新闻稿的社团组织，报社承担其年度活动经费，以资鼓励。这样，我们在不需支付工资的前提下，有了 支三四十人的记者队伍。

在2004年元月《华人视界》正式发行前的一个月，我在大华府地区各社团举办的迎圣诞、庆新年的各类活动和晚会现场，都在显眼处悬挂"《华人视界》报祝大华府地区父老乡亲节日快乐！"的大型条幅。

现场很多人都莫名其妙地问："我怎么没见过《华人视界》报？我们这里有《华人视界》这份报纸吗？"

我们的宣传活动正是想通过引发大家的疑问，增强了大家对《华人视界》报的期待程度，为《华人视界》正式拉开序幕，起到了"静场"的作用。

第一期报纸面世后，读者仅从版面内容，就发现了《华人视界》

与众不同。

其他的几份中文报纸，版面内容完全是"下载"的新闻与生活资讯。当地新闻内容寥寥无几。我们却有三十多人的通讯员，每期都会有大量的当地消息，让读者确实感受到《华人视界》报与他们很近、很亲。另外，《华人视界》开辟了两个独创的版面栏目：《高端访谈》和《中国外交》。这两个栏目的设置，彰显了《华人视界》高层次、高起点、高标准的"三高"追求。

为什么没让庞鹭离职而全身心地投入到报纸的工作中来呢？就是考虑这两个栏目的采访问题。

《高端访谈》是对美国政界高层人士的采访性栏目。写人物采访文章不难，难的是怎么约见被采访人，更何况这些被采访人都是美国政界大名鼎鼎的人物呢。

在这些人物中，很多人都要去中国的。他们去中国都是要办公务签证的。庞鹭很容易得到这些人的电话与电子信箱地址。这是我们接近被采访人的一个渠道。另一个渠道是，我们与《华盛顿快讯》报联合采访。搭上《华盛顿快讯》这班车，在华盛顿DC就可以想见谁就见谁了。

《中国外交》更是一般报纸想都不敢想的栏目。因为，办这个栏目你得有关于中国外交的新闻。别人做不到，庞鹭可以近水楼台先得月。对于如何获得中国驻美大使馆的、其他领馆的、中国与其他国家和地区的外交新闻，对于一名职业记者出身的庞鹭来说，简直易如反掌，手到擒来。

当我们的创刊号一发行，读者看到这两个栏目后，惊呼："专业办报的人来了！"

报纸版面内容吸引人，这是第一步的胜利。报纸要想取得真正的成功，还要看报纸如何经营。说老实话，庞鹭跟我提议办报纸后，我一直没下决心干，原因就是开始我并没有找到我们报纸的盈利模式。

通常，报纸的收入有两块，一是销售报纸的收入，二是报纸的广告收入。美国当地中文报纸都是免费发行的，收入来源只是靠广告收入。而广告收入在一定时间内，只够维持个温饱水平，甚至还有亏损的可能。所以，我对投资这个项目兴趣不大。

后来，我转换思想，不把报纸仅仅看作是媒体，而是把报纸看作是一种资本。用报纸进行二次投资，从而获取"投资"的利润。

我找的第一个客户是"黄鼠狼"。

"黄鼠狼"得知我创办一张中文报纸后，多少流露出轻视的口吻说："在美国办中文报纸，能有几个广告客户？"

我说："我不需要太多的广告客户。我需要的是合作伙伴。"

"黄鼠狼"十分警觉地说："你这次不是又惦记我的房子了吧？是不是？"

"对，我就是在惦记你的房子。我今天就是为房子而来的。"

"马老板，你可不能这样做事啊！是不是？上次我把房子白给你们住了一年多。我的损失好大哟！是不是？这次我是绝不会再跟你搞什么鬼合作了，你甭想再打我房子的主意啦。"

"这次来是想跟你说，我在我的报纸上免费给你的写字楼做广告。等房间租出去了，你再付给我佣金。只要房子没租出去，我一分钱不收，广告算我白打。行吗？"

"那你想要多少佣金？"

"租金的5%。"

"3%！"

"成交！"

"黄鼠狼"的写字楼的每一个房间，年租金至少都在3万美元以上。3万美元的3%是900美元。在我们报纸广告版面大量空置的情况下，采取这个方法无疑是正确的选择。

我兴高采烈地在向"黄鼠狼"告别之际，"黄鼠狼"用一种十分钦佩的眼光说："马老板，这回你可真要发大财了。是不是？大陆人头脑不简单哟！"

遵照这个"以商养报"的经验思路，在注册成立《华人视界》报社的同时，我又注册了个"马路公司"。

"马路公司"所有的经营项目，都是紧密围绕报纸的功能与作用而开展的。

"马路公司"共有三项业务。第一项业务：代办签证、护照、公证认证等业务；第二项业务：职业介绍；第三项业务：婚姻介绍。

在我们报纸发行前，专门为华人介绍工作和介绍婚姻的服务公司是没有的。这是两块空白市场。报纸发行后，我们在《华人视界》报上，整版整版地为我们自身的经营项目做广告。我们一做广告，这两块空白市场迅速地建立并发展起来了。

开始，我把报社的办公室设在了马里兰的R城。随着职介和婚介业务的开展，求职者和求偶者每天把我们的办公室挤得水泄不通，既影响了报纸的采编排的工作进行，又引起其他求职者和求偶者的不满。我当机立断，在"黄鼠狼"的写字楼的大堂里，设一个服务柜台。这样，可以接待客户的工作空间扩大了，档次也显得高了，也吸引了更多的潜在的客户。

在我们报纸发行的前期，正是有这些"额外"业务收入，才使我们没有陷入亏损的泥潭中。

到2004年，我和庞鹭已经结婚3年了，两个人认识也有7年了。应该说我俩彼此是非常了解的。但是，通过我们共同办报，我才发现，庞鹭非常精明能干。在处理一些问题的眼光与火候的把握上，我远不及她。

最开始，我给广告业务员定下了广告收费的折扣不低于8折。低于8折收费的业务，业务员没有提成奖金。

庞鹭知道后，马上建议我，给广告客户免费试打5期，5期以后正常收费。凡是能揽到"试打客户"的广告业务员，应有一定额度的提成奖金。

当庞鹭一跟我说这个方案，我马上就急了："我这边不挣钱免费给客户打广告，业务员还照拿提成，天下还有没有道理可讲啦？"

"哥，你别急嘛。听我慢慢给你算笔账。我们《华人视界》是份新报纸，目前还没得到读者和客户的完全认可。如果我们现在制定只优惠20%的广告价格，应该说，这是一个不痛不痒的促销手段。对绝大多数客户来说，这绝不会起到一剑封喉、立竿见影的作用。是吧？另外，我们的报纸不是只办一期，一年，而是要办十年、二十年……与今后那么长的时间相比，我们只拿出5期的报纸版面来做促销，这不是一笔'一本万利'的买卖吗？"

"你说得有道理，我同意。但我不同意的是，给揽到免费广告的业务员发提成奖金。他们都没能给我挣到钱，我怎么还能给他们发奖金呢？"

"我这个建议理由有三：第一，虽然你说了免费给客户打5期广告，但不是所有的客户马上就会踊跃来打广告的。这还需要通过我们的业务员去争取。在此，我提醒你一下，对外我们说是免费打广告，实际上我们是有选择、有侧重的。对于我们理想的客户是要优先考虑的，不是什么样的客户我们都无条件为他们打广告的。因此，对于我们理想的客户，还得靠广告业务员去努力。人家付出劳动了，我们就应该给人家报酬，天经地义。第二，对于如何处理这个问题，据我所知，无论是中国企业，还是美国企业，大家的做法都和你想的一样。而我的建议是反其道而行之，给我们的员工一个惊喜，让广告业务员有得到意外收获的感觉，让广告业务员从此对公司有感恩戴德之念。第三，世界上没有不透风的墙。你要是这么制订了奖励制度，很快，我们DC的同行就会全知道了。这对我们打击竞争对手的士气，吸纳竞争对手的骨干力量，必将起到无法估量的作用。哥，我一直认为，做任何事情，人的因素是最最关键的。如果我们真能通过一两个手段，把华府地区媒体业精英都圈在我们旗下，我们还有什么理由干不起来呢？"

"亲爱的，你这不是一个建议。你是真真切切地给我上了堂人力资源管理课。亲爱的，你说得对，我完全接受。谢谢你！希望你以后经常指点我。"

"哥，你说什么呢！我哪有资格指点你呀！哥，我就是愿意听你的。"

2005
[农历鸡年]

　　我和庞鹭一晃结婚都3年多了，两个人的日子什么都好，就是有一点美中不足——庞鹭一直没怀孕。

　　我有次问庞鹭："是不是因为我年龄大了，你到现在还没怀上孩子？"

　　"哥，你咋能怀疑自己呢？看你每次如狼似虎的，我都有点怕！你肯定没问题。"

　　"我要是没问题，就是你有问题喽。"

　　"我也绝不会有问题。"

　　"那为什么没怀孕呢？"

　　"时机还没到呗。哥，我都不急，你急干吗！"

　　"实际上不是我急，是你爸你妈急。昨天晚上吃饭时，你妈不还在催我们快生，好趁她在这儿，帮我们带孩子嘛。"

　　"咳！你听他们俩的干啥？"

　　"你做女儿的可以不听，我做女婿的能不往心里去吗？"

　　"得嘞。有时间我找老头老太太谈谈，他们要是愿意生的话，他俩生去！呵呵！"

"看你，你在说啥呢?！我反倒觉得他们俩可真没时间生孩子。你看现在把他们忙的！"

庞鹭爸妈这次到美国来是为了养病的。药厂的一把大火，让庞鹭爸爸急火攻心，一下子患上了高血压症。庞鹭妈妈也希望借机让庞鹭爸爸歇一歇，所以，两个人就来美国了，和我们住在一起。

等我们报纸创刊发行后，庞鹭爸妈就成为我们随时可用的第一主力军。

开始我还不让庞鹭爸爸冲锋陷阵，我担心他身体吃不消。庞鹭妈妈把我拉到一旁说："老头子就是干活的命。你一让他干活，他就啥病都没了。你放心吧！"

最开始，我给庞鹭爸爸安排的活仅仅是送报纸。星期五的早上7点钟到报社门口等报纸。报纸从印刷厂运到后，庞鹭爸爸就一捆一捆地把报纸码到车上，先把马里兰的送报点送完。然后，返回报社，再装车，把剩余的报纸送到DC和弗吉尼亚州的地点。

如果不堵车，整趟活跑完需要6个半小时，堵车的话，10个小时也不一定送完。

送报前，我们一家人曾为此讨论过。

我说："送报是个体力活。在外面找个兼职的干就行了。"

庞鹭爸爸问："你准备给人家多少钱?"

我说："按1小时15美元算，就算10个小时，干一次150美元呗！"

庞鹭爸爸马上接着说："这样吧，看在咱们是亲属的面子上，你给我100美元一次。我干！"

庞鹭说："爸，这不是钱不钱的事。去送报纸，你不觉得丢面子啊?"

庞鹭爸爸说："面子？面子多少钱一斤？在美国没有一个人认识我，我有什么面子可丢？再者说，出力挣钱，养活自己，有什么难为情的?!"

我说："爸，您说的没错。可是这个活确实是个挺遭罪的活。夏天遭晒，冬天遭冻的，我看你还是干点儿别的力所能及的活，这活咱们找个人干吧!"

庞鹭爸爸说："这个活我肯定要干，有别的活，我也要干！我还着急赚钱，好把我那个烧焦的厂子重建呢!"

庞鹭说："就这两个钱，你什么时候能攒够建厂子的钱啊？"

庞鹭爸爸说："积少成多。我当初不就是从零做起来的吗？孩子，你现在已经开始做生意了。千万要记住，万事都是从零开始的。"

老头子不但积极要求送报，而且是尽心尽责的。

庞鹭爸爸把第一期报纸送完后，他并没有着急回家，而是站在报点，手里拿着报纸，见一个人就给那个人一份。嘴上还念念有词地说："请多指教！请多提宝贵意见!"

见有一位坐着轮椅特意来拿报纸的老者，庞鹭爸爸主动迎上去问："老人家，你贵姓？今年高寿了?"

老者回答："我叫冯久。今年92岁了。"

庞鹭爸爸惊讶地说："您老以后不用特意来这里取报纸啦。只要我负责送报，每次我都会单独给您送到家的。"

从那以后，我们报纸就多了一个单独送一份报纸的送报点。后来庞鹭爸爸回国了，我们在请人送报时，因为要额外拐道去冯久老人的家，我们就只好多给了人家10元钱的送报费。

从2004年1月9号《华人视界》报第二期起，我们坚持给冯老单独送报，一共送了5年，直到2009年冯老与世长辞了。

我们报社内部曾有人说："就冲着冯久老人是我们报纸的忠实读者，每次多花这10块钱送报费，值！"

我听到后，跟他们说："我们这样做，不单单是因为老人家是我们的忠实读者，我们更欣赏、更看重的是老人家对中国以及对中国文化的热爱！"

9月份，杨棉回来了。我去机场接机。同时，把张镇塔也给捎回来了。

杨棉这是受章文好委托，回美国做路演的，他们的公司准备在纳斯达克上市。

张镇塔是与杨棉不期而遇，同机回美国的。

到美国做路演的活，本来是属于章文好的工作分工，可是章文好因劳累过度，突患中风，半身不遂，现正在住院治疗。但是，路演的时间在半年前就安排好了，箭在弦上，不得不发。没办法，这个任务自然而然地落在了杨棉的肩上。

杨棉一见到我就跟我发牢骚："当初我和章文好那么期盼你回来跟我们一起干，你就是不给面子。现在好了，老章累趴下了。我被赶鸭子上架来路演，这事准砸锅。咳，弄不好我们这回又得像咱们上回那样，前途惨淡了。"

看到杨棉难过的样子，我真不知道怎样开口劝他。

于是，我就转过身来问张镇塔："你小子什么时候回的国？怎么又回来呢？"

张镇塔说："我回去之前不跟你说过了吗？2001年，你和庞鹭结婚之后，我就回国了。本来想回国狠赚一把，可我回去后发现，干什么都不容易。所有的挣钱的道都让人家占上了，堵死了。我真后悔当时出国，把机会都让给那些孙子了。"

"那你觉得现在美国这疙瘩好赚钱呀？"

"美国这儿也不好赚钱，但好养活自己。稍微出点力，吃喝就不愁了。"

"那你现在有啥打算？"

"啥有啥打算？我这样的人还能有啥打算！回纽约，干装修呗。混一天是一天吧！"

"我搞不明白，你这次为什么不直飞纽约而是先到DC呢？"

"北京到纽约比到华盛顿DC的机票贵200美元哪！"

"就因为这200美元，你就折腾自己？"

"哥们，你现在是大款了，不把200块钱当回事了，200块钱是我半个月的房租费啊！"

他们哥俩被我接到家后，庞鹭把杨棉安排到楼上住。而以楼上没有空房为借口，安排张镇塔到地下室住。

杨棉路演主要在纽约进行。他先飞到DC，纯粹是为了看我一眼。第二天，他就一早坐飞机去纽约，与前期到达纽约的他们公司其他人员会合。

庞鹭安排张镇塔住我们家的地下室的决定，我是很赞同的。当我在机场一见到张镇塔，我就有了个想法……

第二天早上送杨棉到机场后，我又返回家里，从被窝里把张镇塔叫醒。

我说："人家杨棉都走了，你什么时候走啊？"

"哥们，你太不够意思了吧？不管怎的，咱们也是认识这么长时间的朋友了。你怎么也不应该撵我走吧？"

"我不是撵你走。我是想知道你想怎么回纽约。是坐飞机呢，还是火车？"

"哥们，你这不是明摆着寒碜我吗？他妈的，美国火车票比飞机票还贵，我能坐得起吗？灰狗！你有时间帮我买张灰狗票，谢谢啊！我还得再睡会儿。"

晚上我回家，拿出一瓶中国白酒，和张镇塔喝了起来。

"灰狗票买到了？"张镇塔问我。

"没有。我本来就没打算让你走。"

"大款扶贫，是吧？"

"这年头，谁还管谁啊！你以为我是雷锋吗？"

"那你想让我干啥？"

"你留下来，和我一起做生意。"

"啥生意？DC这里我一点也不熟啊！"

"我熟就行了呗。干你的老本行——装修。"

"你投资吗？"

"对！你负责领着工人干活就行了。"

"活多吗？能赚到钱吗？"

"可能会很多。咱们干着看吧！"

"你怎么弄到活？"

"你等着瞧吧！"

我先用张镇塔的名义正式注册了一个装修公司。以前张镇塔在美国搞装修，都是游击战。为了不交税，也就没成立过合法的装修公司。表面上省了几个税钱，好像占了多大便宜，实际上，最后还是自己吃亏——因为这样的做法就注定了你干不起来。所以，我跟张镇塔讲："游击战是打不下江山的。我们从现在开始，必须正规。"张镇塔表示赞同。

接着，我就设计了一套营销组合拳。

庞鹭有次无意中跟我讲，中国驻美大使馆即将建新馆。我把这条信息利用到了炒作张镇塔的事件当中去了。

我和庞鹭帮着张镇塔把他的外形捯饬了一遍后，把他带到弗吉尼亚州的招商局，与招商局负责人琼斯见了面。我在一旁随手现场拍了照。琼斯礼节性地感谢张镇塔先生到弗吉尼亚州投资设立公司，并祝愿张氏公司一帆风顺！

我在随后的一期的《华人视界》报上，就刊登出张镇塔与琼斯的大幅合影照片，并以新闻报道的形式，介绍了张董事长来美国设立公司，目的是要参与中国驻美使馆新馆项目的招标活动。再下一期，我又用个整版，以专访的形式，对张氏公司以及张镇塔本人进行了全方位的宣传报道。然后，就开始连续的整版广告。我设计的广告语："有华人的地方，就有我们装修过的房子。"

广告上的电话是我们报社的一部电话。所以，客户一来电话询问装修的事，我们前台小姐就马上把电话转到张镇塔的手机上，具体业务都是张镇塔来谈。我们只是最后等着分钱了。

张镇塔领着十多个兄弟就住在们我家的地下室。我们家的地下室是完全走出式的地下室，从外面回来，可以直接进入地下室。地下室还有一套炉具，他们就趴在地上自己烧饭。

我有时候晚上回来没事，也经常下去看看他们，唠唠闲嗑，放松一下。

有一次我们谈话中，张镇塔的一句话提醒了我。他说："在美国挣的是死钱；在中国挣的是活钱。你跟大海市政府秘书长都认识，干吗在这儿挣死钱，不回中国去挣活钱呢？"

我想想也是，万一刘菡同学手上有一个好项目，交给我干了，那不就是一夜暴富了吗？我熬到半夜12点，给刘菡秘书长的办公室打了电话。

是刘菡女士接的，两句话就给我打发了。告诉我她在忙，有时间她会给我打。

虽说我还没张嘴求她什么事，她就这么快地结束通话，我心里还是挺别扭的。毕竟同学一场，毕竟同事一回，毕竟在美国我还接待过她一次，怎么一回国就翻脸不认人了呢？

都说国内的人现在学的是六亲不认，由此可见一斑……

第二天下午两点钟左右，我的手机响了。一看号码，是国内来的。直觉告诉我，是刘菡打的。

"昨天我有事没来得及跟你讲话，你生气了吧？"

"哪敢生刘秘书长的气哟！对了，你那儿现在应该是半夜两点钟吧，你怎么还没睡呢？干吗呢？"

"我现在习惯每天3点钟睡觉。我神经衰弱睡不着觉。我每天必须喝瓶红酒后才能入睡。现在独自一个人在喝'安眠药'呢。"

"你的仕途那么顺，怎样还会得上神经衰弱症呢？"

"你现在也学会骂人不带脏字啦。我仕途顺，那我的婚姻就该不顺。你是这个意思吧？"

"你冤枉我了，我一点儿那个意思都没有。你忒敏感了。"

"马骏，你是男子汉吗？你敢说真话吗？"

"不知道你要让讲啥？"

"你喜欢过我吗？"

"我……我……"

"小样。你们男人个个都是窝囊废。就这么一个简单问题，你还要'我……我……我'个半天。算了，你不用回答了。"

"说实话，我可能没喜欢过你。因为，我根本没从那个角度想过这个问题。"

"嗯，你还算个爷们。给你讲，我喜欢过你，而且是'非你不嫁'式地那样喜欢过你！"

"那我太荣幸了。咦，你是不是喝多了在忽悠我玩呢?"

"你记不记得咱们这届学生入校后的第一次全校性的大型活动是什么?"

"全校性的? 我不记得了。你是指什么?"

"我们是9月份入学。11月份我们学校为了纪念'一二·九'运动而举办全校各系间的篮球赛。"

"哦，我有印象。好像后来你们系是冠军，我们系是第二。对吧?"

"我虽说体育成绩不好，但我天生喜欢看体育比赛，我也天生喜欢体育明星。你在那届篮球赛的所有比赛，我全看了。我真的被你拿住了。我当时就认定非你不嫁!"

"哈哈哈! 我有那么大的魅力吗?"

"从此，虽说咱们不是一个系，但我想尽一切办法在你面前出现，希望得到你的注意。"

"对不起，我当时真的没注意到你，否则……"

"你少来! 有那么多小姑娘围着你转，你的眼睛还能看见我?!"

"你为啥不再直白点呢?"

"大哥，我可是个女的。当时还是个小女生呀!"

"呵呵!"

"我等了不久，就发现你和乐怡好上了。我当时退学的念头都有了。"

"这么严重啊!"

"后来，我就以'两情若是久长时，又岂在朝朝暮暮。'这句诗来为自己鼓劲。我告诉自己，坚持就是胜利。我无时不向苍天祈祷，能给我跟你相恋的机会。毕业前'供需见面'会上，我一直紧跟着你。当我发现你比较钟情大海市冶金局后，我也毅然决然地应聘到大海市冶金局。让我感觉到老天真帮忙的是，咱们俩都进到了冶金局，但我又感到老天不公的是，工作没几天，你就和乐怡结婚了……一年后，又有了你们的孩子……至此，我所有的青春幻想都破灭了。世上从此少了个多情的女孩，多了个一天到晚用工作来麻木自己的孤魂女。呜呜……"

"嘿，嘿！你别哭啊，菡菡！"

"马骏，我们认识快20年了，你这才是第一次以我梦中的方式呼喊了我的名字。虽说太迟了，我还是感谢你。"

我记得我和乐怡刚到美国时，表姐郑莉的女儿娇娇才读小学二年级。转眼间，今年6月份，娇娇高中都读完了。

在王品一的召唤下，她们娘俩开始处置在美国的房产，变卖家当，准备彻底回国了。

在她们动身去中国前，王品一回美国来接她们娘俩。

我和庞鹭在马里兰的"华强酒家"设宴欢送他们一家人起程回国。为了热闹，我把庞鹭的爸妈、李子金和徐慈颂一家、张镇塔等一起喊来吃饭。

开场白是我说的："表姐和姐夫的家，是我来美国的第一个落脚点。一转眼12个年头儿过去了。斗转星移，物去人非。现在，表姐一家人又要全体当'海归'了。让我们大家衷心祝愿表姐、姐夫还有娇娇，身体健康，万事如意，吉星高照！来，大家干杯！"

在美国的饭桌上说"干杯"，大家只是随意喝一口就可以了。王品一可能是在中国太久了，完全是中国式的"干杯"习惯，一大杯啤酒一饮而尽。没办法，我也只好随他一口干掉。

王品一对在座的人，又习惯性地讲解目前回中国发展的好处，奉劝我们这些人要当机立断。

表姐郑莉捅捅他说："人各有志。你愿意回中国，人家为什么也要愿意回中国呀？你们大家看看王品一，回国两年不到，裤腰增加了一尺。现在他的裤围比裤长还长！"

王品一自豪地说："这才显示出社会主义优越性了嘛！"

我们大家哄堂大笑。

这时"华强酒家"的老板罗海挑帘进来，给大家道福。我站起来把罗海一一介绍给在座的人。

王品一借着酒劲，问我和罗海："你们是怎么认识的呀？"

表姐郑莉抢过话说："人家马骏目前是我们大华府地区华人华侨中无人不知，无人不晓的大人物了。你在中国这几年，人家马骏已经今非昔比了。你以为每个人只能在中国发展呀，看看马骏，在美国不一样是有出息吗？"

原来，王品一只知道我在2011年卖国旗发了一笔横财，他还不知道我在这里办了张报纸。作为一家报社的老板，在华盛顿DC知名度能小吗？再说，"华强酒家"本身就是我们的广告客户，我当然和罗海熟悉了。

王品一拿起酒杯对我说："士别三日当刮目相待。姐夫祝你大展宏图，鹏程万里。今后，有什么事情，你一定要跟姐夫讲啊！"

我一饮而尽后说："姐夫，今天给你一家人送行，我是别有用心的。我岳父和你一样，也是从事制药业的。希望你们以后能多合作。"

王品一马上对着庞鹭爸爸说："哎哟，前辈。您也是做药的啊？"

庞鹭爸爸微笑着说："我们是乡下的小药厂，哪敢跟你们国际知名的药业公司相提并论呢？再者，不瞒你说，我的药厂前年被一场大火烧了个精光，现在已是废墟一片了。"

这时，王品一站起来，走到庞鹭爸爸的身旁，握起庞鹭爸爸的双手说："烧光了好啊！"

我们其他人都愣了，心想王品一喝多了咋地，开始说醉话了？

王品一扭了下头说："对不起，我不是那个意思。我是说，我可终于找到一个合适的合作伙伴了。"

王品一的公司要扩大生产规模，在京畿寸土寸金的地方，想花多少钱也买不着地呀。总部逼得还紧，他已经请相关的人员吃了很多次饭了，可问题就是没进展。刚才一听庞鹭爸爸也是搞药的，而且厂子需要重建，这一下子满足了王品一选择合作伙伴的两个前提：一是对方一定要可靠，需要知根知底；二是厂房及设备必须达到他们公司的标准要求。

以前他跟一些药厂也谈过合作的事，但人家都不愿摈弃现有设备再投资上新的设备。现在好了，只要谈成合作，庞鹭爸爸就按他们的标准，安装规定的机器设备不就行了嘛。

一把大火，让庞鹭爸爸的制药厂上了一个新台阶。

僵局打开后，酒桌上的人就各自捉对开聊了。王品一与庞鹭爸爸相见恨晚，两个人已经对合作的一些细节问题开始探讨了；庞鹭和表姐郑莉也热乎地唠起来了；张镇塔和李子金在一起谈天说地；身为老师的徐慈颂自然地跟刚走出中学校门的娇娇在用英语讲话……

环顾一圈，我一看就剩下庞鹭妈妈落单了。我马上向庞鹭妈妈举起举杯说："妈，感谢你这么些年对我和庞鹭的照顾。我敬你一杯。"

庞鹭妈妈说："一家人不说两家话。只要你和庞鹭生活得幸福，我们做什么都是心甘情愿的。"

"妈，最近报纸的事让你老受累了。"

"没关系，我不累。有些事我想累还累不着呢！"

"啥事？"

"帮你们带孩子啊！"

《华人视界》报发行已经一年半了，终于闯过了鬼门关——从经营到管理，都完全走上了正常的发展之路。

仅靠报纸版面的广告收入，就已经可以维持报纸的开销了。婚介、职介和代办签证的收入，以及后来开展的装修业务的收入，实际就是我们的纯利润了。

《华人视界》报已经没有生存之忧了，下一步该考虑的是如何进一步发展了。

庞鹭的爸妈终于被王品一拉拢回国了。《华人视界》的董事会成员在美国的，只有我和庞鹭了。

经我提议，庞鹭副董事长同意，本次股东大会就在我和庞鹭卧室的床上召开了。

我们俩面对面侧卧着。庞鹭还在怀里搂个枕头。

庞鹭先说："下面，有请《华人视界》报社董事长兼首席执行官马骏先生讲话。大家热烈欢迎！掌声响起了！哗……哗……哗……"

我说："你尿裤子了？哗哗的！"

庞鹭把枕头抛向我，说："你讨厌！想不想开会了？"

"想，我讲个正事。"

"哥，你别那么严肃好不好？你要说正事，你得搂着我说。"

"我搂着你说，那还像个开会说正事的样子吗？"

"哥，你搂着我就相当于你搂着小三在讲话，让你过把瘾。"

"拉倒吧，我连小二还没有呢，怎么一下子就蹦出个小三呢？"

"你怎么没有小二？我不就是你的小二嘛。乐怡是老大。"

"住嘴！这不是开玩笑的话题。这个错误要扣掉50分！"

"对不起，哥！别生气啊！好了，不跟你瞎闹了，你讲正事吧！"

"这回怎么不'哗哗'的了？"

"你讨厌。这回又轮到你不正经了。扣分！"

"我最近一直在想，你该从使馆签证处撤了，报社需要你全身心投入工作。"

"行。哥，我明天就跟我们头儿提出辞职。好吧？"

"哎！你不想听听我让你辞职的理由吗？"

"哥，你定了的事，我照着办不就行了！我何必要知道为什么呢？"

"嘿嘿！这下好了，哪天你让我不高兴了，我就把你给卖了！"

"那我就帮你数钱！"

"咦，我现在觉得你像块'滚刀肉'！我拿你还真没办法了。"

"哥，这可就怨你不了解女人了。男人把挣钱干事业当作正事，女人是把感情当作正事。哥，关于事业上的事，你怎么说，我怎么干。但是，我需要你给我感情，别让我担心什么时候会失去你就行了。"

"你为啥老是担心会失去我呢？"

"马行无力只因瘦，男不风流皆因贫。你现在一天比一有钱了，我也就一天比一天更担心了。呜呜……"

"哎！哎！怎么还哭了？刚才你脸上还艳阳高照，怎么一下子下起小雨啦？"

"不是下雨，是'尿裤子'了。"

庞鹭含着眼泪，也不忘了幽默。这是女人少有的气质。

随着到美国的华人越来越多，终于有一家华人开的超市在马里兰M城开业了。这个超市叫"大旗超市"。主要经营华人喜爱的食品与用品。

以前，在美国的华人华侨一般都是到韩国人开的超市买菜。韩国超市卖的商品主要是从韩国进口，所以，很多华人想吃中国特有的食品，在他们那里买不到，例如，臭豆腐。

这家华人开的大旗超市正式营业前，我就让报社的业务员去联系过。老板还算给面子，在开业那周，在我们的保纸上做了一个整版的广告。然后，就再也没做过任何形式的广告。

我想擒贼先擒王。这个大旗超市的规模不能跟韩国超市比，但它绝对算是美国华商一个里程碑似的企业。如果它能常年在我们报纸上做广告，久而久之，韩国超市也必将在我们报纸上做广告。如果大华府地区这几家韩国连锁超市也在我们报纸上做广告，那么，我们的报纸的实用性就增强了，对读者的影响力也就增大了。

因此，我想亲自去会会大旗超市的老板。

大旗超市的老板是位福建来的老华侨，英文名字叫古米。中文名字可能连他自己都忘记了，只是他有个中文的外号叫"华府第一刀"。那是因为他以前在饭店里切菜特别快。一般人用两个小时切完的菜量，换了他，半个小时就搞定了。而且，切出来的菜，丝是丝，条是条的。

大旗超市开张后，前一段时间还行，很多中国人都到该店买菜。过了一两个月，来这里买菜的人越来越少，最后偌大的停车场，已经门前冷落车马稀了。

我带着广告业务员去到大旗超市时，正赶上"华府第一刀"在办公室大声训斥员工呢。有人替我进屋通报他有客来访。只听"华府第一刀"快刀斩乱麻地说："不见，谁也不见!"

这时我推门而入，对他说："我！你也不想见吗？"

"你是谁？"

"你没听说过我？我是华府第一磨刀石呀！哈哈哈！"

"你有何贵干？"

"用我这个'磨刀石'来给你磨磨刀啊！"

"这么说，你知道我有个绰号叫'华府第一刀'啦？"

"'华府第一刀'谁人不知谁人不晓？可遗憾的是，大旗超市的老板是谁，在咱们大华府地区却没有几个人能说得上来。我讲的是实情吧？"

"先生贵姓？"

"能找个地方单独聊聊吗？"

"不介意的话，就到门外边吧。那里可以吸烟。"

我和吉米各点上一棵烟。我好久没吸烟了。头一口吸下去，头有些晕。我努力地让自己清醒一些，以便好好磨磨"华府第一刀"。

大旗超市出现的经营问题，明眼人一看就知道，其实是管理问题，而这个管理问题是由两方面造成的。

一方面是经营思想造成的错误。大旗超市的物价要比韩国超市便宜，比美国超市就便宜得不是一星半点了。但是，大旗的食品质量却是与韩国超市、美国超市没法比的。这个问题在中国体现不明显，而在美国则体现得淋漓尽致。因为大家是每周买一次菜，菜的质量不好，在冰箱里放不到一周就烂了。庞鹭妈妈有几次就是在大旗超市买的黄瓜，一周以后，黄瓜都变成水了，只剩下一身绿皮了。

另一方面是大旗超市店内管理制度问题。进了大旗超市，你就会感到杂乱无章。其实，这也不能全怪店家管理不好，咱们中国人在国内逛农贸市场逛惯了，各个高声讲话，人声鼎沸的；手推车随意停放，本来两个人可以并行的过道，被手推车占去了一排道，店内马上就显得拥挤不堪。

归纳起来，上面说的两点原因，也可视为一点，都是老板你造成的。无论是经营思路，还是管理制度的建立，你都是主要责任人。上述问题没做好，就是你的问题，别的话都不要讲了……

你要是问我如何解决目前大旗超市的问题，对不起，我得讲实话，靠你自己是不行的了。医生都不能给自己治病的，更何况你本身还是一个病人呢？你得请外援。你砍瓜切菜在行，大华府地区没人敢跟你比。但是，论经营与管理，你不行。你属于肥肉发白——短练！

不要以为你以前开饭店赚到钱了，你就懂企业经营与管理。一个小小的中餐馆，能与一个大型超市相提并论吗？你以前开个机帆船，觉得自己行。现在开的是导弹驱除舰啊！大哥，这可不是随便闹嘻哈的。你再瞎开，就该撞礁沉船了。

谁能帮你校正航线啊？找老美嘛。老美的咨询业在世界上是最发达的。

但找老美的咨询公司你得花人价钱。弄不好你一年的纯收入，还抵不上他们的咨询费呢。

"那怎么办？"

找我啊！我一贯喜欢救人于水火。

你怀疑我有没有真本事？哥们现在就给你出个主意，马上就会让你的销售量涨一倍，你信不信？

你要是觉得我行，咱们得签一个长年广告合同……

我当时拉着吉米走到超市的货架旁，托下一个装蔬菜的塑料袋，向里面吹口气，让塑料袋鼓了起来。

我对吉米说："我仔细比对过，你们这个塑料袋要比韩国超市的塑料袋整整小一半。购物者通常有个心理作用，每次购买量不会超过袋子容量的2/3。也就是说，人家到你这里和到韩国超市那里买货，同样装2/3袋子的量，你每次就比人家韩国超市少卖了一倍的量。对吧?"

2001年6月份，我飞到凤凰城参加了马怡乐的小学毕业典礼。临分手时，马怡乐骂了我一句，说从此不愿再见到我。我当时对马怡乐异常气愤。后来，我把这种气愤转换到乐怡及其她家里人头上。

不可否认，马怡乐对我有成见，首先源于乐怡她妈无事生非的嘴。

当年，乐怡生了个女孩后，我是表现出很不高兴的样子。但那只是在一两个月的时间里。后来，随着马怡乐逐渐长大，我还是越来越喜欢自己这个姑娘的。

但是，有一次，马怡乐的姥姥当着马怡乐的面对别人讲我不喜欢女孩。由此，这颗仇恨之树就在马怡乐幼小的心田中扎根、开花、结果了，以致后来都不给我解释的机会。父女形同陌路了。

本来我想，随着孩子长大成熟，她心中的疙瘩会迎刃而解的，我也就没太往心里去。再说，后来在美国打工，一天到晚出去送外卖，每天累得贼死，哪有心情与她沟通啊。

误解没有来得及解除，马怡乐的性格也就日益发生扭曲。后来，乐怡改嫁给白人老头菲利普，这给马怡乐的心灵造成的伤害是永恒的。

公理公道讲，老菲利普对马怡乐是非常善待的。问题是，这个比乐怡大近20岁的老头子，他自己的孩子竟然都和马怡乐的年龄差不多。而且一窝是4个。这4个小家伙，无疑就是马怡乐的天敌啊!

据后来乐怡跟我讲，有一年的"万圣节"，菲利普的4个孩子装扮成各种妖魔鬼怪的样子，吓唬马怡乐。马怡乐从餐厅跑到客厅，从客厅又躲到自己的房间。但那4个孩子还是不放过她，竟然在楼下用石子把马怡乐房间的窗户砸了一个大洞。马怡乐当天就是在瑟瑟的冷风中，颤抖地度过了整整一夜。

马怡乐完全是在外有天敌，内心孤独的境况中长大的。

小学毕业上了中学后，马怡乐完全成为一个自我封闭的孩子了。除了到校上学，每天都把自己反锁在自己的房间里。

乐怡的脾气也不好，她简单粗暴地对待马怡乐，让马怡乐在心中最后一点儿安全感都丧失了。

不久前，乐怡突然给我来电话，说马怡乐已经失踪好几天了。而且，估计马怡乐最大的可能是只身来到华盛顿DC的。因为，马怡乐无数次地跟乐怡说，她喜欢DC，不喜欢亚利桑那州。她希望她们能回DC生活。可是乐怡并没有同意。

乐怡从凤凰城飞到DC。我和庞鹭去机场接她。

接到她后，我打算开车直接回家。乐怡却让我送她去酒店住。

我说："都他妈的啥时候了，还在那装！"

庞鹭在一旁对乐怡说："姐，咱们是为了快点找到孩子，才到我们那里住。你要是到酒店住，有了马怡乐的消息，咱们联系多不方便呀。现在我们缺的是时间！"

到了我家，乐怡用平淡的语气，把马怡乐失踪前的一些反常事讲述了一遍。她一滴眼泪也没流。估计事发之后，她的眼泪已经流干了。

庞鹭曾经为《华人视界》报的《高端访谈》栏目，采访过DC警察局一位副局长。有了这层关系，再加上少女失踪的案件性质严重，DC警察局马上与机场取得联系。经确认，马怡乐果然是三天前从凤凰城飞抵华盛顿里根机场的。经查机场的监控探头，显示马怡乐是乘地铁离开机场的。

警察局又和地铁公司联系，发现马怡乐在DC一个地铁站的出口处，停留了一个多小时，她一直十分专心地在听一个非裔男子唱歌。最后，监控录像显示，马怡乐是跟那个唱歌的老黑一起走的……

我是在地铁公司监控室看到的录像回放。看过后，我心头一沉：马怡乐凶多吉少了！

再后来警局传来的消息证实了我的预感。

我和乐怡在阿林顿买了块墓地，把马怡乐永远地留在了那里……

马怡乐4年前对我讲的最后一句话是"我这辈子都不想再见到你！"

她做到了……

马怡乐的离去，让我和乐怡清楚地知道了什么是我们当初选择来美国的代价。

年底，使馆签证处的老马到期回国了。准确地说，是老马夫人四年任期期满到站回国了。

老马家的车是外交牌照，按规定是可以免税带回国的。因为运车需要走海运，所以，必须先把车送到纽约，经纽约港运回国内。

老马让我陪着，我们各开一台车去纽约。办理好运车手续后，他再坐我开的车回来。

在返回的路上，我问："马哥，回国后你准备干啥？"

"咳，我现在还在发愁呢！在美国混了四年，现在回去肯定不能再做'贴工'了。是不？"

"你还用愁吗？有嫂子那么大的官给你撑着，你还担心没有好工作吗？"

"别提你嫂子了。她在国内啥事都办不了。"

"我不信。你在忽悠我。"

"咳，我想你就会认为我在说假话。这不怪你。假亦真时真亦假，是不？你听过'清水衙门'这个词，你就应该想象到，政府机关内还会有无数个'清水岗位'，这些公务员每个月能把工资拿回家就不错了。这就像在国内人的眼里，美国就是天堂，遍地是黄金，凡是出国的人，各个都能赚大钱、当富豪一样。其实，来到美国，到这儿一看，中国人真正在这儿发家的才有几个？是不？"

"马哥，你说的确实是这回事。我有位女同学在大海市做政府秘书长。上次随大海政府团来DC时，我送给她一条名牌围巾。当时她就跟我说：'这是在美国，我们俩又是大学校友，所以我才肯收。如果这事是在国内，打死我也不想收这条围巾。'我问她：'为啥？'她说：'避嫌。我既然已经选择了从政这条道路，自己就要规规矩矩、干干净净。如果我真爱钱、爱名牌，那咱就下海经商呗，名正言顺地挣大钱，多坦然啊！'"

"你同学说得对。是不？我也这样跟我老婆讲，鱼和熊掌不可兼得，好事不能都属于你一个人。是不？"

"那你现在对你回国干啥一点谱都没有吗？"

"我有一个想法，说出来你可别笑话我。"

"说出来，让我听听。"

"咱俩都爱打球，NBA是所有喜爱篮球的人的向往之地。是不？你说，我回去把想进NBA的孩子弄到美国咋样？"

"马哥，你的意思是不是在美国为中国小运动员办个篮球训练营？"

"我跟你太好沟通了。真是心有篮球一点通啊！是不？"

"马哥，这就叫'一拍即合'！就凭咱哥俩这么默契，这事准成！"

"但是，兄弟，我这只是没事想着玩，大白天做梦一样。是不？我不知怎么办这件事？"

"马哥，这事不是个'是不'的事，这事就是一个'必须成'的事。"

"兄弟，你慢着点。你带球过人太快了，我没'看'清。你好好讲讲。"

"好！我把刚才的过人动作，放慢给你看。第一步，我在DC附近找个老美的中学，作为我们常年合作的单位。找个学校，主要是为我们提供训练场地，以及作为平时孩子们上课的场所。第二步，我再与DC奇才队联系，请他们为我们配教练，以及做训练、比赛安排。在我完成这两步后，我把球传给你。你接下来有三条突破上篮得分的路线。一是在报纸上打广告，面向社会招收参加训练营的小运动员。二是你到各市、区的教委或体委，与他们联办NBA训练营的事。三是你亲自到各个学校去考察，挑一挑合适的苗子。别弄些给咱中国人民丢脸的笨蛋来美国训练。"

"我想第一条和第三条突破路线比较好办。第二条路线容易被'腐败'绊倒。是不？"

"马哥，你真是一个反腐战士！"

"问题是，第一条突破路线简单，就是个强攻。是不？兄弟，要强攻，你身体得有'强攻'的本钱啊！是不？"

"马哥，这个问题你不要操心了，这个本钱由我出！"

"哥们，那往下就没啥困难了，是不？你就等着我给你招人了。对了，哥们，亲兄弟明算账，是不？你能给我多少？"

"马哥，我想好了，我的方案是：钱我出，活你干；挣的钱是你的，赔了钱算我的。"

"那不行。你是出钱的大老板，你应该拿大头儿。给我个小头儿就行了。是不？"

"马哥，这个方案就按我说的定了。因为，我和庞鹭都非常感激你。平时想报答你还没机会呢，这下就算找齐了！"

"你的话，我一点儿都不明白呢。你和庞鹭'感激'我？你把词捅大了吧？是不？"

回到家，我把车上我和老马谈的事，一五一十地跟庞鹭讲了。

庞鹭替我和老马这两个NBA的球迷能干点与NBA有关系的事感到高兴。但她不解的是，我为什么那么大方地把能挣的钱都给老马？扶贫吗？

我用手指指放在桌子上的《华人视界》报，说："我们这一切，不能说是老马给的。但绝对应该承认，我们的发展源于老马，是不？"

2007
[农历猪年]

我和刘菡起初是用电话联系，后来随着网络通信的发展，我们俩用QQ联系。

我当初想通过刘菡的关系，帮我做点生意赚点"活钱"，但后来两个人的心境敞开后，我们就只是闲聊，绝口不谈有关做生意赚钱的事。因为我怕谈与生意有关的事，让刘菡笑话。

2007年春节拜年时，刘菡却让我帮她在美国做笔生意。

刘菡她哥哥在他们老家做纺织品生意。这两年买断了用大豆纤维做纺织品的专利技术，现已批量生产。

刘菡的哥哥从国内给我寄来一套他们生产的床上用品。我一看、一摸，就知道这绝对是个好东西。手感非常顺滑，而且，还凉丝丝的。太适合给老美用了。老美块头大，又好出汗，用全棉的床单，往往爱黏身子。如果在美国把这个市场砸开，那前景就不可限量了。

我准备接下这个活儿。

庞鹭于2006年辞去了使馆签证处的工作，专职负责报社的日常管理工作。我基本上对报社工作甩手不管了。这样，我从个人的时间和精力上，有了开展其他项目的可能。

对于如何帮刘菡哥哥的产品打开美国市场一事，我一直没想明白。

众所周知，美国是当今世界上最大的消费市场。在美国各个行业中的企业，往往分两类。一类是举世瞩目的巨无霸企业，另一类是一两个人的小公司。大有大的活法，小有小的生存之道。而且，商品经济在美国流行了两百多年了，很多行业，特别是服务业的市场，已经被瓜分到用毫米计算了。

对于销售床上用品的营销工作，我就是白纸一张。我到哪里可以找到合适的销售渠道呢？

我先找到一位曾经在《华人视界》报上做过广告的印度人。

印度人的名字太长，谁也记不住，所以，无论是男是女，当地华人都习惯管印度人统称老印。我见的这个老印是个女老印。她以前从事过纺织品进出口生意。现在开了一个专门卖酒的商店。

女老印听明我的来意后，叽里哇啦地，滔滔不绝地讲开了。说得她满嘴冒白沫子。

我英语本来就不灵光，再上女老印一口地道的印度英语，我只能从她夸张的表情上理解她的意思。

女老印告诉我，千万不要从事纺织品进出口生意，太麻烦。而且，还受到美国政府的进出口配额的限制。她用手指指她的这个店，意思说，纺织品进出口生意好做的话，她还用干这个小店？

但是，女老印还是告诉了我，如果我还是想做，有两个选择。

一是找美国当地的纺织品进口商联系，然后，由他们把我的产品送到商场。但是，走这个渠道的利润极低。很多印度国内的纺织品出口企业也和中国的纺织品出口企业一样，不是挣老美的钱，而是以获得国家出口退税的补助为目的。

像我们这样的床上用品，也可以直接找酒店联系。但这个渠道不容易打通，而且，如果只是一两家酒店要你货了，每年就是千八百套的量，也没啥大意思。

我在DC城中，连续开车转了两天。我发现，给酒店供货的经营模式还是大有可为的。而且，我又向有关人士咨询了一下，纺织品的配额制度现在也已经取消了，纺织品进出口贸易并不像那个老印说的那样惨。老印可能是一朝被蛇咬，十年怕井绳了。

华盛顿DC虽说很小，但这里是世界上举办会议最多的城市，加上旅游者的需求，华盛顿DC大小酒店林立。再算上DC附近的马里兰和弗吉尼亚的酒店，这里绝对算是世界上酒店最密集的地区了。

另外，从开拓市场角度看，选择在DC做纺织品贸易，也有一定的有利的地方。

华盛顿DC的酒店多，但不像中国国内那样有一百家酒店，就有一百个老板。这里的酒店大多是连锁店，一百家酒店实际就是三五个牌子。只要你能搞定一个牌子的酒店，那么，二三十家酒店就搞定了。

分析到这里，我激情来了。现在的问题是：如何选取开发这些酒店的切入点呢？

贸然出击，我肯定就是第二个女老印了。

做生意这事挺怪的，有时候你拼足了劲想扩大市场吧，到头来是竹篮打水一场空。有时候你漫无目的地动一动，就可能无心插柳柳成荫了。

我把报纸这一摊交给庞鹭做，对她要求很简单，只要她能保住我们的胜利成果就行。

庞鹭从2006年接手做报纸后，在一年的时间里，把我们的报纸的发行区域扩大了一倍。无论是报纸的发行数量还是区域，《华人视界》报已经当之无愧地成为大华府地区最有影响力的中文报纸了。

庞鹭负责管理报纸后，她最热衷的是两件事：一个是采访工作，另一项是代办签证工作。

庞鹭每天都在联系被采访对象。要知道，我们《华人视界》是周报，每周才发行一次，一年才50期，你一下子采访了那么多人，你得把人家（稿件）排到什么时候呢？排队时间久了，被采访人会认为你不重视他而对你有意见的。

我发现这个问题后，及时找庞鹭谈了。

庞鹭的回答是："我四下联系采访的事，最大的目的是以采访为托词，跟这些达官显贵见面认识。至于发稿时间会拖久的问题，我事先已经跟被采访对象说得很明白了。"

我问她："你是怎么说的？"

"我告诉她（他），我们这张中文报纸目前太火了。有很多美国政府高官想通过《华人视界》报向我们的读者展示他们的业绩和思想。现在接受采访的新闻稿，估计最快也得半年之后刊登了。"

我对庞鹭说："那人家这样对你说，半年之后才能刊登，你就半年之后再来采访吧！那你怎么回答？"

"我半年之后来采访的话，那就得等一年后再刊登了。哈哈哈。"

"那人家坚决要求必须下一期就要刊登咋办？"

"那就下一期给他（她）刊登好了。报纸是咱们办的，还不是咱们说了算！"

我在心里骂一句："真是他妈的一个鬼丫头。"

"哥，你刚才是不是在心里说我是一个鬼丫头？扣10分！"

"哦，哦。没有。"

"算了吧。你刚才肯定在心里就是这样想的。"

"你怎么敢就这么肯定我是这样想的？有何证据？"

"有！"庞鹭说着，就要扒我的衣服，说："我要开膛破肚，看看你心里是不是这样想的！"

我转身就跑。我不能因为一句心里话，就让庞鹭把我的心掏出来审讯吧？

庞鹭另一个热衷的业务是代办签证工作。

原本这个活是由报社前台小姐负责的。庞鹭到报社做专职工作以后，她就把这个活独揽了。因为，她嫌前台小姐回答客人问题时，显得不够专业。

庞鹭在使馆签证处工作时，有一天的午休时间，她从办公室出来去卫生间。在走廊里，看到一位年轻的母亲，怀里抱着一个孩子，靠着墙坐在地上，等着签证处下午开门办公。

庞鹭马上把那母女俩拉起来，直接带到大厅休息。庞鹭还帮助年轻的母亲，把喂孩子的牛奶用签证处的微波炉热了热，令年轻的母亲万分感动。两个人相互留了联系方式。

这位年轻的母亲叫小叶，家住弗吉尼亚州首府里士满。她那天是早上5点钟乘第一班的灰狗长途车来DC的。到这里已是中午12点半——签证处中午关门休息了。

庞鹭替人家办签证有瘾。所以，她把她所有认识的人都通知一遍，并且告诉人家，她现在虽然不在使馆签证处做事了，但她还是可以帮助人家代办签证的。当然，现在是要收费的了。

庞鹭跟里士满的小叶一讲，小叶很高兴地说："你能不能在里士满设个点，我来帮你打理。你知道，我孩子还小，不适合出去找工作。但我先生的收入比较低，不瞒你说，家里还是挺困难的。我一直想找个事做，好贴补补家中所需。你看行吗？"

一个大馅饼就这样砸到了小叶的头上了。一块根据地就这样让庞鹭没费一枪一弹就占领了。

黄盖打周瑜，这个世界到哪儿说理去呢？

里士满的签证代办站和报纸发行站的建立，让《华人视界》报向南挺进300公里的发行范围。

一年以后，我们在里士满设立分社，小叶当之无愧成为分社社长。业务不仅是代办签证、投递报纸了，而且与总部业务一样，开始对当地企业的广告进行承揽，并且《华人视界》报每期单独拿出两个版面对里士满当地新闻进行报道。

里士满当地华人华侨手捧着《华人视界》报说："又喝到家乡的水了……"

在我一天到晚乱忙，庞鹭也无暇顾及的情况下，张镇塔拉杆子起义了。

2005年张镇塔从国内回来，我用他的名字注册了个公司，实际出资人是我。我之所以用他的名字注册公司，原因是我不想让外界知道这个公司与《华人视界》报的关系。否则，《华人视界》报就不好放开手脚炒作张镇塔和这个公司了。当然，因为是我全部出资，所以在分配上我拿大头，而且，包括张镇塔本人在内，都必须接受我的领导和管理。

其实，也有朋友提醒过我，像我和张镇塔的这种合作关系，在法律上，我是得不到保护的。人家一翻脸，我就什么都没有了。我当时觉得，张镇塔一没钱，二没关系，他怎么能够愿意离开我呢？

现在看来，是我小瞧人家了。大意失镇塔啊！

另外，让我大意的原因是因为不懂美国的"不合理"的建筑装修规定。

在中国，对于从事民宅的建筑、装修的施工队伍的资质是没什么要求的，或者要求的标准很低。对于高层建筑、大型建筑、公共建筑的施工队伍的资质就严一些，高一些。我觉得这是合理的。而美国这里与中国的规定正好相反。对于民房的装修，你必须具备专业的执照，而大型建筑的施工，你是人就可以干！

我以前想，只要有施工执照的人控制在我手里，张镇塔就是走了，他也没法干活。所以，对他可能会叛变的事，我就没太放在心上。这下可好，张镇塔利用两年时间，在我这儿捞到足够的名声，又人五人六地结交了一些社会名流，特别是，背着我签下一个大单子后，就另起炉灶了。

年初，中国驻美大使馆领事部举办迎春节晚宴。龙翔给了我两份邀请函。因为庞鹭有事，我就带张镇塔去了。我当时的目的就是想让他多认识些人，以便能接更多的装修活。席间，我就把马里兰州M城的教育局长井二介绍给了张镇塔。而且，我还以中文报纸老板的身份跟井二讲，张先生的装修公司是我们华人中装修水平最好，价格最低的公司。

6月份，M城教育局决定对所属公立的中小学的部分校舍进行维修。对外进行招标，他们给三家装修公司发了招标通知书，其中一家就是张镇塔名下的公司。

M城教育局的招标通知书是直接邮寄到我们报社的，因为张镇塔的公司注册地就在我们报社。如果我们前台小姐稍微留意一下，就应该把这封信直接交给我。但是，前台小姐把信直接交给了张镇塔。张镇塔打开一看，如获至宝。在人不知鬼不觉的情况下，完成了标书。并最终以我曾经给下的评语"装修水平最好，价格最低"而一举中标。他一下子拿到120万美元的装修工程款。

朝思暮想盼望成为大款的张镇塔，一步跃到了百万富翁的行列。

张镇塔这种偷鸡摸狗的做法，令我不齿，但这哥们身上有一个优点，恐怕是我难以学会的。从我在珍妮家的餐馆第一次见到的他那些弟兄，到我卖国旗时见到的他那些弟兄，再到跟张镇塔一起住在我家地下室的他那些弟兄，几乎是没有变化的。在长达十多年的时光里，这十多人一直跟着张镇塔这个穷光蛋的屁股后面转，使我不能不佩服张镇塔的个人魅力。

常言道：穷在闹市无人问，富在深山有远亲。张镇塔是靠什么把这些人笼络在自己的手底下的呢？

后来，通过张镇塔与珍妮相好的事情，我才逐渐揣摩到张镇塔的魅力所在。

张镇塔认识珍妮就是在我卖国旗的那段日子。张镇塔帮我组织人力装货，卸货，珍妮帮我在网上打广告，批发国旗，然后，帮我接订单，再把订单交给张镇塔，张镇塔再让他那些弟兄到机场接货，接完货按订单上的地址去送货。

张镇塔起到的是承上启下的作用。他的工作环节恰恰与珍妮相承接。不知怎的，一来二去，张镇塔就看上了珍妮。当时，张镇塔也差不多能够猜到我和珍妮关系不一般，否则，我也不会把账单、现金、支票等全都交给珍妮保管。

张镇塔一直也没对珍妮有什么表示。

据珍妮跟我讲，珍妮曾问过张镇塔："既然卖国旗的时候，你就看上我了，你为什么不主动表示出来呢？"张镇塔振振有词地说："常言道：'有钱人终成眷属'，我当时没钱啊。说了不也白说吗？"

珍妮讥笑他说："你太没文化了。常言说的是'有情人终成眷属'！不是'有钱人终成眷属'！"张镇塔摇摇脑袋说："有钱无情的人，可以成为眷属；没钱有情的人，可以成为弟兄。"

张镇塔这句话点破了他那些弟兄跟随他多年的原因了。因为当时他也穷，所以弟兄们跟着他。等到他有钱了，他的弟兄们也就该跟他分手了。

这正验证了中国人的通病：可以共苦，但不能同甘。中国人这毛病真的令人百思不得其解。

珍妮在2004年，曾与一个黑人小伙认识不到三天就"闪婚"了。半个月之后，又"闪离"了。

张镇塔发财之后，直接带着10万美元现金，外加一个结婚戒指，放在珍妮面前。

珍妮对他说："我能不能只要你的10万美元，而不要结婚戒指？"

张镇塔说："行！但在10万美元花光之前，你不能离开我。"

于是，两个人开始同居了。

我知道他们的事情的经过后，我对珍妮说："那10万块钱本应是我的。这小子他妈的是拿我的钱找我的女人！"

珍妮对我说："你生气了？你要是愿意跟我同居，我现在就让他把那10万块钱还给你。怎么样？"

我没料到珍妮会跟我讲这样的话，我于是郑重地对珍妮说："人家张镇塔对你也是一片痴情，你就跟人家好好过日子吧！"

"我对他没有安全感。所以，我一辈子都不会嫁给他。"

可怜的张镇塔！虽然有了钱，也没能终成眷属。

9月的一天，我告诉庞鹭："从明天起，咱俩一同休假。为期一个月。"

庞鹭问我："哥，你这葫芦里卖的是什么药啊？怎么突然想起休假了？眼下不年不节的。"

"你别问了，反正咱俩得休假。"

"咱俩一同休假，那报社和公司谁来管？"

"就交给他们自行管理吧。反正时间不长，就一个月的时间。"

"哥，那样我太不放心了。9月份DC有好几个大型活动需要我去采访报道。哥，你要是想休息，你就自己先歇一歇，玩一玩。等以后有机会了，我再陪你周游世界。好吧！听话，加20分！"

我迟疑了一会儿，想想，说："那这样吧，白天你正常上班工作。晚上不许回家，下班后直接到总统门酒店去住。我在那里包了一个月的房间。"

"哥，你这是——好吧，我听你的。"

当天晚上，庞鹭下班后就来到了DC著名的总统门酒店。我租的是面对波托马克河的最贵的总统套房。

庞鹭进到酒店房间，我就抱着她来到浴室，在浴缸里，我就按捺不住了。庞鹭半推半就地让我得手了。

来到超大的席梦思床上，庞鹭若有所思地问："哥，我相信你做什么事都是深思熟虑的。这次肯定你也是有原因的。你能不能告诉我这是怎么回事？"

我搂着庞鹭说："鬼丫头，你也有猜不着的时候啊！告诉你吧，我这是在演戏。"

"演戏？谁演？给谁看？"

"咱俩演。给这个酒店上上下下所有的人看。"

东北人有句话说：上赶子不是买卖。我要是自己带着样品直接到那个酒店推销床上用品的话，十之八九我会被人家赶出来。因此，我这一阵子苦思冥想，才想到这个"曲线救国"的方法。

我和庞鹭第二天醒来，收拾好后，叫来了楼层的服务员。

庞鹭英语好，所以由庞鹭跟女服务员说："我们房间床上的任何东西不准动，那是我们自带的床上用品。而且我们的床单、被罩、枕巾等谁都不能用手碰。OK？"

庞鹭说完"OK"，我就随手给了女服务员100美元作为小费。

女服务员当时的面目表情是惊呆的样子。

因为，我知道，这里通常的小费标准也就是10美元、20美元的。真总统来住了，也还是这个小费标准。

我还可以想象到，这个女服务员转身就会跟同伴讲刚才遇到的奇迹。

第二天，我们也是如此。

第三天，我们也是如此。而且，我们已经感觉到有些效果了。因为，已经有人在我们身后窃窃私语了。

……

第七天，楼层值班经理主动站在楼梯口等我们，恭敬地问："您房间的床上用品需不需要换洗?"

庞鹭显露出惊异的样子问："你怎么知道我们床单一直没换?"

值班经理讲："因为每天我在清点换洗的床单数量，每次总是比往常少一件。所以，我问了服务员，才知道是你们不允许动的。今天，我只是问问需不需要换?"

庞鹭故作神秘状说："不需要。请你不要跟别人讲我们这个秘密。拜托!"

……

从第十天起，庞鹭去上班了，我白天却留在酒店。我一天分两次在酒店的会议室里会见来宾。而且，来宾是清一色的中国人。我们的一些中文的文件，也都随手扔到了会议室的纸篓里。

……

从第二十天起，我通知酒店保安，凡是没和我预约而找我的人，我一律拒绝见面。每天有五六十人在酒店大堂等我，想和我见面。

……

第二十三天，酒店总经理来信邀请我喝咖啡。

我带着庞鹭如约前往酒店大堂旁的咖啡厅。酒店的总经理希尔给我递上了名片。

至此，我开始正式与美国的酒店做起床上用品的生意。

2008年是美国总统的选举年。但是，民主党与共和党的党内候选人的选举活动，是从2007年末就开始了。

因为，在美国有华裔背景的人越来越多，无论是民主党还是共和党的竞选者，都力争拿下华裔、亚裔选民手中的那张选票，所以，马里兰州的共和党候选人井二想在《华人视界》报上打竞选广告。

井二，就是把装修活给了张镇塔的那个M城的教育局长。他的竞选办公室人员把电话打给了报社。当时，报社的工作人员一口应了下来。

我知道后，立即通知庞鹭，想办法把这项广告业务退了。

庞鹭问我："是不是因为井二把活给张镇塔干了，你烦他，就不愿替他打广告？"

"不是。"

"那是不是因为他有日本人的血统？"

"更不是。"

"那是为什么？"

"这是个政治问题。咱们办报前，全体股东一致同意并决定，《华人视界》报永不涉及任何有关政治倾向性的言论报道。"

"但井二做的是广告，这并不代表我们的态度。"

"井二是有对立面的。"

"你是担心民主党会对我们有意见，是吧？"

"是啊！你想啊，在美国，我们媒体是站在共和党和民主党之间，你倾向谁？问题是倾向谁都不是长久之计。美国每四年，最多每八年，他们就折腾一回。这个下去，那个上来。与其冒这个风险，我看我们不如干脆不冒这个风险。另外，你还要知道，我们这张报纸同时也是站在美国与中国之间。小心才可行驶万年船啊！"

"那你就心甘情愿把这个到嘴里的肥肉送给同行？"

"这到底是块肥肉，还是后悔药，现在还说不好呢！"

中国人讲：天有不测风云，人有旦夕祸福。政治的气候变化我拿不准，经济领域的祸福我也没料到。

2007年年底，美国钱庄纽约华尔街爆发金融危机了。美国媒体业称其为"金融海啸"。

我是生在新中国长在红旗下的，上中学的时候，我就知道了美国的经济好"闹肚子"，而且是周期性的，是无法治愈的。只有靠我这样的资产阶级的掘墓人，来到美国把他们全都废了，改天换日，才能让美国人民不再生活在水深火热当中。

我刚到美国送外卖的时候，我天天期盼美国经济"闹肚子"。然后，全体美国人民觉醒，砸烂一个旧世界，建立一个新世界。从而，我翻身做主人，不需要送外卖而去当老板。

后来，等我都当上老板了，美国经济还没"闹肚子"。

当然，我当上老板后，逐渐担心、害怕美国经济"闹肚子"了。我怕美国经济一旦不好，也会把我"拉"下去的。

2007年年底，我在华盛顿DC的冰天雪地中，渐渐地感受到了，从纽约传过来的金融危机的破坏力。"金融海笑（啸）"瞬间变成了"金融海哭"。

我身边，第一个倒下去的是"黄鼠狼"。

"黄鼠狼"经庞鹭爸爸引荐，认识了江城市招商局的人后，就与招商局那帮人沆瀣一气，在江城开发区附近搞到一块地，做起了房地产开发。

人民币赚多了之后，"黄鼠狼"自认为自己已经具备了鹰的眼光、狮子的能力、大象的实力，他在华盛顿DC一举买下两栋高层写字楼。其中一座就是他卖烟时租的那个写字楼。

他之所以这样做，是想通过以租金还贷款的策略，实现资本快速扩张。

应该说"黄鼠狼"还是商场上的老油条，他在用贷款购买这两栋楼时，也考虑到了风险。但是，他想，一旦遇到个三长两短的，他可以把他在马里兰M城的写字楼迅速变卖、变现，也就能够防止不测了。

然而，人算不如天算。"黄鼠狼"万万没想到这次危机如此严重。

首先出问题的就是M城的写字楼。那里的租户基本都是中小企业主。金融海啸一来，他们全都撒丫子跑了。接着，DC那两栋的租客也开始关门停业了。

"黄鼠狼"以租金还贷款的如意算盘被粉碎了。

当他想变卖M城的写字间大楼时，大华府地区的房地产市场都已经不存在了，只剩卖家，而没有买家……

"黄鼠狼"找到我，用近似哀求的口吻对我说："拉兄弟一把。大华府地区现在就剩你有现钱了。是不是？你开出任何条件我都接受，只要能帮我躲过这次危机。"

我当时还真动心了，想趁机把他的M城写字间低价拿下，等危机一过再高价卖出。

我把想法刚给庞鹭一讲，庞鹭马上否决道："哥，你知道什么时候危机结束？买'黄鼠狼'的楼容易，但每年维护这个大楼得需要多少钱啊？咱可不能替'黄鼠狼'背这个包袱！再说，今后我们家用钱的地方多着呢，是吧？哥!"

"你好像有什么话没讲出来!"

"哥! 我，咱们俩——有了……"

2008

[农历鼠年]

2008年，无论是对于中国，还是对于美国，这一年都是多事之秋。

中国时间大年三十的夜晚，美国时间2月6日的白天。我和刘菡在网上会面了。

"菡菡，春节好！给你拜年了！"

"你好！我也给你拜年了。"

"你现在在哪儿？在自己的家吗？"

"在办公室，市政府大楼里。"

"嗯？"

"刚陪书记、市长去给群众拜完年回来。"

"太辛苦了。"

"为人民服务。"

"人民？也包括我吗？"

"不！人民不包括你这样没良心的人！"

"我怎么没良心了？"

"你伤害了我，还一笑而过。"

"咦！这好像是歌词吧？"

"不！是我心声。"

"讲实话，你后来真就没谈过一次恋爱？"

"有过一次。在你出国之后。我们本来也该结婚了，只是出了点差错，后来就不了了之。"

"你现在还会想念那个人吗？"

"不想，连他的长相我现在都忘了。"

"嘿，给你说个正事行吗？"

"讲！"

"我有一个朋友，在美国认识的。现在在中国发展。人挺好的，年龄与你差不多，也是一直未婚。怎么样，我给你们牵一牵线？"

"呸！你啥时转行当媒婆了？"

"你看你这人，把我好心当作驴肝肺！"

"你不是驴肝肺，你是狼心狗肺！"

"给我讲实话，你到底想咋的？"

"本姑娘今年都快四张半了，还能咋的！"

"讲实话，你是不是因为自己是市里面的领导，现在就谁也看不上了？"

"对！从年轻的时候，除了你，我也是谁也没看上啊！"

"你骨子里是个很傲的人。"

"都这么说。"

"那你的病就是你自己找的了。"

"也是你害的！"

"如果，当初没有我呢？我是说咱俩不在一个学校呢？"

"嗯？这个，我没想过。"

"你现在想一想呢？"

"闲的！现在已经是没有梦的岁数了。"

"你太现实了。"

"你不现实？"

"现实。那咱们就现实一把吧。大过年的，需要我送你个什么样的礼物？"

"谢！不需要。"

"那你能送我个什么礼物呢？"

"口误！"

之后，不知为啥，刘菡突然离线了。

她说送我"口误"，实际是"笔误"吧？笔误也不对，大过年的送我笔误干啥？她这样说，到底是有意还是无意？她为啥这样着急离线呢？

美国金融危机持续暴发，后果越来越严重。

我前两天在电视上看，加州有个城市的公园里都是临时搭的帐篷。一些人因付不起房租费而被迫到公园借宿。好在加州没有我们这里冷，否则，那些人不被饿死也被冻死。

在硅谷，一个哥们因为生意破产，竟开枪打死自己的老婆和4个孩子，然后，自己饮弹身亡。

危机也波及到我的报纸。

我们《华人视界》报的广告客户，一半是企业，如餐馆、修车行；一半是独立执业者，如律师、经纪人。在经纪人的队伍中，又以房地产经纪人为多。

这次金融危机源于房地产业的次贷危机，所以，与房地产业有关联的人，就先完蛋了。一个月内，我们4个房地产经纪人的广告版面，一下子就缩水为一个版面。

然后就是餐饮业。平时，美国人外出吃饭的频率要远远高于中国人的平均水平。金融海啸以来，大家必然要捂住自己的腰包了，谁还敢轻易出来吃饭？

DC的"华强酒家"就把广告撤了。我们的业务员苦口婆心地跟"华强酒家"的老板罗海讲："越是在经济不景气的时候越要打广告。只有这样，才会增加客流量。"

罗老板说："如果你们老板现在能在CNN上做广告，我就在你们报纸上做广告。"

我们的广告业务员灰头土脸地回来了。

与此同时，我们的代办签证业务、职介、婚介等收入也都逐渐归零了。装修业务让张镇塔给拐跑了，就是不拐跑，装修业也是本次危机的重灾区中的重灾区。

想必张镇塔同志只挣了半年好钱，就陷入泥潭开始挣扎了吧？

最令我心疼的是，我费尽脑汁，刚刚打入美国酒店床上用品的生意，还没来得及数完第一笔货款时，人家总统门酒店就来函要求中止合同。

一接到该酒店的来函，我勃然大怒。这是一个法制社会，双方签订的供货合同，不是说撕毁就可以撕毁的！还讲不讲法了。请律师，告这帮瘪独子！

找到律师，让律师看了一遍我们签的合同。律师对我说："马老板，你想告人家什么呢？"

"他们单方面撕毁合同啊！"

"酒店在来函上写得很清楚，不是撕毁合同。是'中止'合同。这只是暂时的，将来人家还会履行合同义务的。"

"那他们什么时候继续履行合同呢？"

"上面不也写得很清楚吗？你们双方共同认定的合适的时间。"

"那他们凭什么单方面中止执行这份合同呢？"

"原合同上说：在不可抗拒的和非人为的因素造成的无法履行该合同时……"

"问题是，金融危机不应算是'不可抗拒的因素'呀！"

"下边不还有一句话吗？甲方，就是酒店方，有权自行决定货品的进货时间。乙方，就是你，应按甲方要求的发货时间发货。甲方应提前30天通知乙方发货。"

"按你这么解释，理都在他们那里了？"

"理在没在人家那里，我不知道。但我能看出来，人家在起草这份合同时，就想到了用法律保护自己了。"

"那你看，我现在该怎么办？"

"回家吧，没事也看看法律方面的书。想在美国混，哪能一点儿法律常识都不懂呢？"

"那好吧。就算我交学费了。拜拜！"

"先别拜拜。你学费付了，律师费还没付呢？"

"多少？"

"一个小时300美元。现在你用了1个小时零5分钟，就算你一个小时吧。300！"

"给你！300！给我发票！"

出了门，我就把发票撕个粉碎！

一怒之下，我决定：报名上大学，去学习！去充电！去拿文凭！

到美国这么些年了，按乐怡下的定义，我仍然是个"三没"产品。

章文好和杨棉的公司，在内忧外患的情况下解体了。

上次杨棉来美国路演很不成功，灰溜溜地回去了。本来嘛，杨棉搞搞技术还行，出外瞎忽悠的本事他没有。不客气地讲，这方面我比他强百倍。

俗话说，命中有一尺，你不能求一丈。他们公司发展正要劲儿的时候，主心骨章文好突然病倒了。那剩下的事不就是树倒猢狲散了吗？

我们在一次电话通话时，我对杨棉不客气地说："也不能完全赖人家章文好，你也是个尅人的主儿。40多岁了，从来不碰女人一下，就你身上的阳气，也把你公司的财气冲散了。"

杨棉听完也不生气，还问我："我有那么阳刚吗？"

"你问我干啥？去找个女人试试不就知道了。"

"我可没有你脸皮厚！"

"这咋是脸皮厚呢？人不流氓，世界要亡！"

"哈哈！我挺佩服你。你不但有流氓之心、流氓之胆、流氓之举，而且，你还有一套流氓的理论。"

"你给我小点声说。这要让庞鹭听见了，我又得被扣分了。哎！你给我讲实话，你在北京都混这么长时间了，就没遇到个动心的？"

"我动心的人家不动心，人家动心的我又不动心。我现在真是觉得，办公司难，找老婆更难。"

"哈哈哈！你知道难，就是成功一半了。你的问题快解决了。"

"这怎么讲？"

"万事都有个规律性的东西在里面。做生意的事我也没咋整明白，但是，婚姻恋爱问题，我现在真是个专家了。谁让咱是二婚呢？比你高两个档次！"

"又吹了。"

"你看，本来一雄一雌是很容易结合的。可是，很多人，有男的，也有女的，心高气傲，看不上这个看不上那个，就像你一样。等多碰几回钉子，认识到自己不足了，心态摆正了，就能包容别人了，恋爱的对象也就好找了。你今天这么一讲，我放心了，你快上岸了。等你有动心的后，马上向我汇报，我会随时指点你的。"

"说到指点，我现在心里还真有事需要你指点一下。"

"啥事？"

"你说我是不是命中注定不适合在公司混？你看吧，我在哪个公司，哪个公司就歇菜了。"

"我前面不是说过了嘛，你就是阳气太重，尅人！也尅公司！"

"照你怎么讲，我这辈子还不能工作了？"

"能啊！但你不能在私人企业里干。私人企业盘子小，一下子就被你的阳气顶翻了。我建议找个大点的地方干，准保能干长！"

"大点的地方？像我以前待过的建行？"

"对啊！你再厉害，不至于把中国政府的买卖干黄吧？"

"好，就听你的。明天就去找这样的单位去应聘。"

"等到明天干啥？我现在就帮你跟我财政部的同学张胖子联系。10分钟后，你再跟张胖子联系。保证有你的工作。"

"你咋敢那么肯定？吹呢吧？"

"我是谁？哥们现在是中华人民共和国财政部干部司副司长张东同志的驻美特命全权代表。对了，你应聘成了，别忘了给我介绍费啊！"

帮杨棉找工作，实际也是帮张胖子的忙。自从这哥们到干部司工作后，整天给我来电话，让我帮他介绍什么海归的人才。我到哪儿给他划拉那么多的"海龟"？

后来把我逼得，我把回国的老马大哥都介绍给他了。

老马大哥很不幸，刚一回国，就出了车祸，腰椎、颈椎受伤。

我和他的"NBA训练营"没营业就关门了。

但是，张胖子还挺矫情，说老马大哥没美国文凭，不算是海归。

我一气之下问张胖子："奥巴马有美国文凭，你要啊？"

5月12日，中国四川汶川地动山摇。清晨，我被电话铃声叫起。使馆的龙翔来的电话。

"马哥，对不起！这么早打扰你。你还没起床吧？"

"不。我早起来了。"

"有个事，急着跟你商量一下。"

"打球吗？"

"不是。是大事。四川发生了特大地震。你知道吗？"

"不知道。啥时候？"

"当地时间下午2点多钟的时候。"

"很严重吗？"

"特别严重。我们使馆考虑，咱们海外华人华侨是否应该组织起来，为灾区人民做点什么呢？"

"应该，绝对应该！我们怎么做呢？"

"我这不正是跟你商量这事嘛！大家都认为你点子多，你先琢磨琢磨呗。等你有主意了，你再通知我。我们使馆会全力支持你的。你看好吗？"

"行！"

庞鹭在一旁问我："出什么事啦？"

"国内发生了强烈地震。我得出去一趟。你再睡会，照顾好自己。"

海外华人有一个共同特点：人走出国门后，就特爱国。你看一些人，在国内时，骂天骂地的，一出国后，有人攻击祖国，他会跟人家拼命的。

李子金就跟我讲过，他女儿上中学七年级的时候，有个老美老师讲课说"钓鱼岛是属于日本的"。李子金的女儿竟然马上要求老师认错，而且，还组织他们学校所有的中国孩子罢课。最后，真逼得校长和那位老师正式道歉了。我当时听得真解气！

我出了家门，开车去了报社。

在路上，我就用手机通知报社所有的员工，包括兼职的员工，尽可能、尽快地来到报社。我唯独没让庞鹭来。她毕竟现在是有8个月身孕的人了。

我是第一个抵达报社的人。我也是第一次这么早就来到报社上班的。

我打开电脑，快速浏览国内各大门户网站对汶川地震情况的报道。

7点钟开始就有员工陆续到了。他们也都和我一样，在网上搜索着关于灾区的最新情况。

报社静悄悄的，整个房屋都沉默了。

7点半钟，我觉得人来得差不多了，就召集大家围拢过来，讲了我心中的几句话。

我们在座的人，都是从国内走出来了。在国内时，我们有各自的家乡；如今我们身在美国，我们大家现在只有一个老家，这就是我们的祖国——中国。

刚才大家在网上也都看到了，今天，我们的祖国遭难了，这是新中国成立以来，我国发生的最强烈、破坏力最大的地震。我想，伤亡肯定不会少了。

一方有难，八方支援。这是我们中华民族的传统，我们虽然身躯远离祖国，但我们的心与四川灾区人民同在，我们要与灾区人民同呼吸共命运！

今天一早，中国驻美使馆领事部的一位同志给我打来电话，问我准备为灾区做点什么？我在来报社的路上想，我们是做媒体的，我们一定要充分发挥媒体的影响力，把祖国受难的消息，尽快让这里的华人华侨知道。特别是让四川籍的华人华侨能尽快与国内的亲属联系上。并且在今后的赈灾排难的工作中，我们要起到组织、协调与纽带的作用。

因此我决定，从现在开始，大家无条件地加班加点工作，打破我们每周五出报的惯例。从明天起，《华人视界》变成日报，用全部版面，全方位报道汶川救灾情况。另外，我们临时增刊，每周出两期英文版的《华人视界》报，用来刊载对汶川的报道。

现在的问题是，这些大量的英文翻译工作由谁来负责做？

"还是由我负责吧！"庞鹭挺个大肚子推门进来了。

在我讲话的过程中，一直有人在抽泣。我一看是送报的老王。

我突然想起来了，老王是四川人啊。我马上走过去，把手机递给他："快，给你老家打电话，问问家里人的情况。"

老王双眼殷红，说："打过了，线路不通嘛。"

"你老家是四川哪里的？"

"青川，与汶川不远。"

"哥们，沉住气。我们在这里努力工作，就是对他们最大的帮助。最近我们要天天出报了，你要是觉得累，干不过来的话，你可以再找帮手。"

"我现在是在给家里人干活，怎么会觉得累呢？"

庞鹭这时走过来问我："版面资讯的来源，怎么办？"

"时间太紧了，我们来不及编辑了。就完全从各大网站上直接下载吧！我想这个时候，国内的同行不会跟我们计较版权吧？对了，早上是龙翔给我来的电话，他说使馆会全力支持我们的。我过会儿去找他问问，能不能给我们提供最新最快的资讯内容。"

当天晚上，有个操着浓重四川口音的人从国内给我打来电话。

"你是马骏先生吧！我是中国翰文媒体传媒公司董事长宫缘。你晓得，是宫缘，可不是啥子公园哦。首先感谢你们海外媒体对我们四川赈灾工作的理解与支持。我们翰文媒体传媒公司将全力支持你们的工作。你需要哪些方面的资讯呢？"

"我啥子方面的资讯都想要。"我一贯坚持说的东北话，不自觉地让宫董事长给我传染成四川口音了。

第二天一早，《华人视界》报破例在周二出版发行了。

由于有了中国翰文媒体传媒公司的大力支持，我们《华人视界》报虽没有派记者去现场报道，但我们得到的资讯与中国翰文媒体传媒公司的是同步的。如果不考虑时差的因素，我们的报纸版面内容相当于对四川灾区的"现场直播"了。

我后来对汶川情况的了解，也是通过《华人视界》上的报道而获得的。其中，关于几位在抗震救灾中的人物的特写报道，曾令我感动落泪。

四川汶川映秀镇小学有位29岁的数学老师叫张米亚。在大地震来临时用双臂紧紧搂住两个小学生，以雄鹰展翅的姿势护住孩子，以自己的死换来两个孩子的生。由于紧抱孩子的手臂已经僵硬，救援人员只得含泪忍痛把张老师的手锯掉，才把孩子救出，两个孩子得以生还。张米亚老师以自己的实际行动诠释了自己生前最喜欢的一句话"摘下我的翅膀，送给你飞翔"！

在灾难现场，抢救人员发现一位女性的时候，她已经死了，是被垮塌下来的房子压死的，透过那一堆废墟的间隙可以看到她死亡的姿势，双膝跪着，整个上身向前匍匐着，双手扶着地，支撑着身体，有些像古人行跪拜礼，只是身体被压得变形了，看上去有些诡异。救援人员从废墟的空隙伸手进去确认了她已经死亡，又冲着废墟喊了几声，用撬棍在砖头上敲了几下，里面没有任何回应。当救援人员走到下一个建筑物的时候，救援队长忽然往回跑，边跑边喊："快过来"。他又来到她的尸体前，费力地把手伸进女人的身子底下摸索，他摸了几下高声地喊："有人，有个孩子，还活着"。抱出来的时候，小孩还安静地睡着，他熟睡的脸让所有在场的人感到很温暖。随行的医生过来解开被子准备做些检查，发现有一部手机塞在被子里，医生下意识地看了下手机屏幕，发现屏幕上是一条已经写好的短信"亲爱的宝贝，如果你能活着，一定要记住我爱你。"看惯了生离死别的医生却在这一刻落泪了，手机在救援人员中传递着，每个看到短信的人都落泪了。

地震发生后，有位小朋友感动了中国，人们后来管他叫"敬礼娃娃"。在地震发生10余小时后，一位满脸是血的北川男孩被从废墟中救出。就在武警官兵准备把他转移到安全地带时，他艰难地举起还能动弹的右手，虚弱而又标准地敬了一个少先队队礼。担架上的小男孩不忘向援救他的官兵叔叔敬礼感恩的举动，让无数的人深受感动。

全中国都在争分夺秒地抗震救灾，我们海外华人也在世界各地为祖国赈灾奔忙。美国大华府地区的各个华人社团组织，想尽一切办法，为四川筹集赈灾款。

我在心里琢磨一段时间后，我觉得我们华盛顿DC的华人华侨，应该站在华盛顿DC这个独特角度，为祖国人民做些贡献。

众所周知，华盛顿DC是美国的首都。华盛顿西北区，相当于北京的东城区，被称为使馆区，云集了众多国家的驻美大使馆。近水楼台先得月。我们报纸的英文版发行后，我让老王把每期的英文版的报纸，送到各个国家的驻美使馆。让这些国家使馆的外交官们，能够及时了解到中国政府与中国人民共同救灾的情况。

5月20日，美国总统小布什和夫人劳拉前往中国驻美国大使馆，吊唁四川汶川大地震遇难者。布什和劳拉还在吊唁簿上留言。

布什写道，他对中国人民在抗震救灾中表现出的慷慨互助精神和坚强品格表示钦佩。美国时刻准备着以中国所希望的方式提供援助。劳拉写道，美国人民向中国人民致以慰问和同情。

随后，小布什夫妇在"沉痛哀悼'5·12'地震罹难者"的条幅前默哀。

我记得，小布什总统在接受现场的中外记者采访时说："我和夫人劳拉代表美国人民，向遭遇地震灾害的中国人民致以诚挚的慰问。在这个悲痛时刻，美国人民与中国人民站在一起，并为中国地震遇难者及其亲人祈祷。"

四川汶川地震，没有让中国人倒下，反而使中国人站得更直、更高。

庞鹭的预产期是7月上旬，眼看就要到了。

庞鹭每天的必修课是晚上带着耳机听音乐。一个耳塞插到自己的耳朵里，一个耳塞贴在自己的肚子上。

我问她："为啥不直接把录放机放在怀里听呢？"

"任何电器都有辐射。我用耳机给孩子听，是防辐射。"

"那为啥一定要在晚上听呢？"

"书上说，孩子的作息时间与大人的正好相反。我要是白天让他（她）听音乐，那就影响宝宝的正常睡眠了。我当妈的怎么能干那缺德事呢?"

"你对他(她)没干缺德的事,但你对我干的是缺德事呀!这半年我就没睡过一个安稳觉!"

"谁让你老想当爹呢?你为了能当上爹,忍着点吧!"

"哎!你知道我是哪一天开始当上爹的?"

"在总统门酒店住的第一天。"

"你怎么这么有谱?"

"我当娘的,能不知道吗?"

"不对,你好像有事没讲。老实交代!坦白加分,抗拒扣分!"

"哥,我讲实话你可不许生气啊!"

"招供吧!"

"我一直在避孕。你看吧,咱俩2001年年底结婚,2002年我去使馆签证处上班,我怎么也不能刚上几天班就怀孕吧?2004年你又开始张罗办报纸,在那节骨眼上,我也不应该去生孩子吧?2006年你又让我辞职,全职做报纸,我就更不可能耽误工作了,是吧?要不是那天你在总统门酒店猴急得不得了,我没来得及做防范措施,这孩子现在还不知道在哪儿玩呢!"

"亲爱的,你这事做得可真不厚道啊!你有什么想法就跟我讲嘛,我们啥事不可以商量着来?"

"看看你,说急就急了。咱不是说好坦白从宽了吗?再说,现在不是有了吗?"

"问题是,你让我不自信了好几年!我都差点去医院找男科大夫了。"

"哈哈哈!真的吗?那你为啥没去呢?"

"男人这方面有病,多耻辱啊!就是我明知道自己这方面有病,我也不会去的。"

"你们男人也真是！这叫死要面子活受罪。"

"哎，有一个问题，我始终没好意思问你，怕你不高兴。"

"哥，你刚才不还在说，咱们啥事不可以商量着来呢？"

"乐怡怀孕的时候，前几个月整天哇哇地吐，我看你怎么好像没啥反应呢？"

"哥，我老觉得我怀的是女孩。她在我肚子里非常非常的乖。除了有几次让我觉得不舒服外，我这八九个月都没觉得有这个宝贝。"

"今年是鼠年，看来你要生一个小白鼠了。"

"不，我希望是咱家树上的松鼠，跳来跳去的多可爱啊！"

"现在闲着没事，给你的小松鼠起个名字吧！"

"哥，你当爹的，你给起吧！"

"你是学中文的，起名字是你的专业。"

"我不是学中文的，我是学新闻的。跟你说多少次了！"

"好，好。学新闻的也应该比我这个学会计的会起名。"

"哥，不对吧？马怡乐是谁给起的名字？"

"我。"

"马怡乐的名字起得多好啊！爸爸姓马，妈妈姓乐，'马'和'乐'之间加一个'一'（怡）组成：马怡乐。三个人团聚在一起！……哥，对不起，我说错了……"

"你没有错。错在我。你刚才的话，虽说刺痛了我的心，但也算是给我敲响了警钟。马怡乐的早逝，包括我和乐怡婚姻的解体，我都该负主要责任的。我对不起马怡乐，也对不起乐怡。我希望自己能吸取教训，在我们俩的婚姻和家庭中不要让悲剧重演了。"

中国有句成语：否极泰来。从年初美国金融危机厄运到来，到中国四川汶川噩耗传来，我们在美国度过了凄惨的2008年的上半年。

接下来就是喜讯连连了。

第一个到我这儿来报喜的是李子金这老小子。他们一家三口，经过长达15年的艰苦卓绝地努力与等待，终于拿到美国国籍了。

李子金当初来美国和我是一样的情况，都是老婆在这里上学，他跟着陪读。等老婆大人毕业获得工作签证后，他就是家庭妇男。

我开始的身份和李子金是一样，都是不允许在外面打工的。但我闲不住，一直在外面打黑工。虽说送外卖的工作很辛苦，但我还是乐在其中。

小李子的活法就和我截然不同了。说好听点，他是有守法意识。法律规定陪读的人不许打工，他也真就每天躲在家里，相妻教女。说不好听的，就是懒，就是没追求。

但是，也不能说小李子一点追求都没有。他培养女儿的成果，我们大家还是有目共睹的。李子金的女儿李翠多次获得美国奥林匹克数学竞赛一等奖。为此，李翠还受邀去过白宫，接受过小布什总统的接见。李子金的女儿李翠那可是我们大华府地区华人孩子学习的楷模。

令我奇怪的是，李子金来美国15年，一直在家呆着，他本人始终是心安理得的样子，他老婆徐慈颂也认为这是天经地义的事。这事若是发生在我和乐怡的身上，我不是在家里被憋死，就会被乐怡用嘴给损死。

多年以后，庞鹭对我讲，站在人生的角度，李子金两口子是非常成功的一对儿；站在婚姻家庭的角度，李子金两口子是非常幸福的一对儿。但是，我对庞鹭讲，若要用男人的眼光看，李子金来美国这15年的日子，那是一种生不如死的日子。也可能是因为自己没有收入的原因吧，李子金花钱非常非常节省：别人要是能把钱攥出汗来，他就能把钱攥出血来。

我经常在电话中取笑他："别人忙的是在赚钱，你忙的是攥钱。"因为这哥们特别爱四处划拉免费的食品、用品什么的，所以，我就给他起个外号叫"免费李"。当然，免费李也有蚀本的时候。

美国人不怎么爱吃鱼，所以这里的水产品相对来说是很便宜的，我们都习惯到超市买水货。

人家小李子嫌贵，他竟然每次来回4个小时，徒步去位于波托马克河岸的大华府区唯一的一个水产品批发市场去买鱼。

时间长了之后，小李子又觉得去批发市场买鱼吃，也是不合算的。不管花多少钱，那毕竟也是花钱了嘛。美国这里这么多河，河里的鱼多的是。只要自己多花点时间，从河里钓鱼吃，是多么省钱啊！再说，本身自己又有大把大把的空闲时间。到河边钓鱼，是一举两得的事。

连续两天，李子金都是满载而归。人们都说美国这里的鱼特傻，你不用喂食，那些傻鱼也会咬钩的。

第三天，正当李子金钓得正起劲的时候，一个穿制服的人，骑个自行车来到李子金身边。他让李子金出示《钓鱼许可证》。

在美国河里钓鱼，是要办理《钓鱼许可证》的。通常一年收费10美元。

李子金不知道有这项规定。若早知道有这规定，他可能也就不会来了。他不是不守法的主儿。

穿制服的人问李子金，在这里钓过几次？李子金多诚实呀，告诉人家，前两天就来过，今天是第三天。

违法了，就接受处罚吧，这是天经地义的事。

穿制服的人记下了李子金的ID号码，然后，面带笑容地把罚款单递给李子金，骑着自行车走了。

李子金收拾好渔具就往回撤了。走在波托马克河边，他把单子从上到下好好看了看，还没看完，腿就软了，身体瘫在地上。办证钓鱼，一年花10美元。不办证钓鱼，一次罚款500美元。免费李一共钓过三次（天），共计罚款1500美元。

就这个数，当时放到我的头上，我也得瘫。

李子金有次在电话中说："这是不幸中的万幸！倘若我在河边钓了半年时间才被人家逮着，恐怕我当时就得学屈原了。"

李子金现在终于不用学屈原了，一家三口同时拿到了美国国籍。李子金一高兴，15年来，第一次主动提出来请我到外面的大饭店吃饭。他请客的地点，选在了全世界人民都知道的快餐连锁店——肯德基。

李子金给出的理由是"KFC"的店名好记，也好找。

我是自己去的，庞鹭身体实在是不方便。

大家拜年话相互说过之后，李子金对我说："你知道，我现在有合法打工身份了，我也该给家里做点贡献了。马骏，你的事业做得大，看看能不能在你那里给我安排点事做？什么活都行！多少钱都成！只要有事做就好！"

"你想干啥，咱们先不说。我好奇地想知道，你以前怎么愿意在家待着呢？就是因为没有合法打工身份吗？"

徐慈颂在旁边把话接过去说："我们家老李给我算过一笔账。他没有美国文凭又没专长，出来打黑工，一年下来最多能攒下万八千块钱的，这么些年下来，也就是10万美金左右。你知道，孩子要在美国读个好大学，一年光学费就是五六万美元。他能挣的钱还不够我们孩子两年学费的。所以，他主动放弃在外面打工的想法，而是专心致志顾我们娘俩。你想啊，如果我女儿将来能拿到全额奖学金的话，相当于我们家老李一年给我们家挣多少钱呀！"

我对徐慈颂说："你这只是从经济角度考虑的。你为什么不从男人的事业心角度看小李子这样做值不值呢?"

李子金抢过话说: "咳!马骏,我不能跟你比,我没有你那么两把刷子啊!"

"那好吧,你不嫌弃的话,就来我们报社送报纸吧。我们报社近期只有这一个空缺。行吗?"

我们报社送报的老王即将要回国了。他哥哥全家人在汶川地震中全都遇难了。他要回去替哥哥处理一些遗留的事情。李子金恰好补上老王离去而留下的空缺。

等到2011年,李子金的女儿李翠高考时,李翠的SAT成绩竟然是满分!由此,美国哈佛大学心甘情愿地给李翠提供了全额奖学金。

小李子十年寒屋之苦终究没算白熬。

7月8日凌晨,在庞鹭肚子里潜伏了10个月的宝宝,终于想出来见见世面了。

庞鹭有些害怕。我告诉她,别担心,一两个小时就结束战斗了。挺过这两个小时,你就是妈妈了。

我们按照预先计划好的行车路线,10分钟就到达了事先预约好的产院。

美国的医疗条件是很好的,也很人性化。妇女在正常的生产过程中,丈夫是可以全程陪护的。

庞鹭痉挛式的疼痛一阵强似一阵。我记得我平时跟庞鹭总是有讲不完的话,可看到庞鹭疼得满是汗珠的脸,我却一句话都讲不出来了。以前我知道自己有一见到生人不爱讲话的毛病,现在我发现自己遇到紧急情况也有讲不出话的毛病。

医院的助产士溜达来、溜达去的,一遍一遍叮嘱我要多跟自己的妻子讲话,以分散她的注意力。

我在心里特别后悔，要是提前让庞鹭妈妈来美国就好了。她妈妈又是生过孩子的人，知道这时候该给产妇讲些什么爱听的话。

我思来想去，觉得这个时候应该多鼓励鼓励庞鹭，好让她一鼓作气把孩子生出来。

我用手抚摸着庞鹭的脸，说："亲爱的，再加把劲儿！生完孩子，我给你加200分！"

庞鹭疼得双眼迷离地对我说："哥，看我给你生孩子的份上，再给我加50分吧！"

我毫不犹豫地答应她："行！说定了，250！"

后来，庞鹭说她当时确实疼懵了，没意识到自己的要价，让自己得到了中国人祖宗八代都不喜欢的"吉利数"——250！

两个小时都过去了，天都快见亮了，这孩子又不折腾了。这也给了庞鹭一个喘息的机会。

医生过来，检查一阵子之后，决定改为剖宫产。医生让我在《手术声明书》上签字。

我跟庞鹭说："亲爱的，大夫让你剖宫产。我得替你签字。"

庞鹭一听剖宫产，一下子清醒了，连连摆手，说："哥，我绝不剖宫产。我要顺产！我让我孩子的一生一世都是顺利的。"

我马上跑过去跟医生说了庞鹭的意思。

医生说庞鹭的子宫在收缩，如不及时把孩子取出，会危及两条人命。医生要求我立即签字，立即送庞鹭到手术室。

我又跑回病房，跟庞鹭说了医生的话。

庞鹭呜呜地哭了，说："哥，从此我肚子上有个疤痕，你以后会不会嫌弃我？"

我又语塞了。指指她，又指指我，比画来、比划去的，最后竟说一句："扣你100分！"

庞鹭进了手术室。我被关在外面了。

我突然想到，孩子马上就要出世了，可是名字还没想好呢。

前两天，庞鹭睡不着觉，逼着我和她一起给宝宝起名。

庞鹭说："哥，按照你给马怡乐起名的思路，我看咱们的孩子就叫'马鹭庞'吧！"

"不行。听起来别扭。"

"怎么别扭？"

"'马鹭庞'，'马鹭庞'……我咋一听到'马鹭庞'三个字，就能想起一首歌来。"

"听到孩子的名，就让你想起歌来，多好啊！哥，'马鹭庞'让你想起哪首歌了？"

"我在马路旁捡到一分钱，把它交给警察叔叔手里边……"

"你唱错了，人家是'马路边'捡到一分钱，不是'马鹭庞'。"

"问题是，只捡到一分钱。要是一次能捡到100万美元，是叫马鹭庞，还是叫马路边，都无所谓了。"

"哥，你能不能有个正型？"

"哦，等等！我想好了，咱们的孩子就叫正行，马正行。一匹马正在前行。有诗意，有创意。好名字！"

"马正行？那是个女孩的名吗？"

"你怎么肯定咱们的孩子就是个女孩呢？"

上次庞鹭怀疑肚子里的是个女孩，原因是这个孩子在她肚子里特别的乖。但是，从今天凌晨折腾到现在，我看就不像是一个乖女孩的表现了。

上午10点钟，随着一声嘹亮的啼哭声，马正行出世了！

我带着激动而又感动的心情，看到庞鹭被护士从产房推出来。

庞鹭如释重负地对我说："哥，听你的，咱们儿子就叫'马正行'吧!"

折腾到下午一点钟，我才想起来，应该给祖国人民报个喜了。

我跟我妈讲了庞鹭母子平安。我妈说："你得感谢观音菩萨。是我天天为你们祷告，菩萨才帮忙的。"

我又给庞鹭家打电话。庞鹭爸爸接电话的第一句话是"你妈已经到美国啦？"

我莫名其妙地问："我妈来美国了？"

原来，庞鹭妈妈前几天坐立不安，整天担心庞鹭分娩的事。

庞鹭爸爸对老伴说："你要是不放心，你就去美国吧！"

"我要是去美国了，谁来照顾你呢？"

"看你说的，我能吃能动的，用谁照顾？你走了，我反倒不用照顾你了。我知道，你惦记女儿。我让秘书给你订张机票。下了飞机自己打个车去庞鹭家。你自己也能找得到，就别麻烦孩子去机场接你了。准备一下，明天就走！"

庞鹭妈妈自己来了。因为一早我和庞鹭就去医院了。庞鹭妈妈就在我们家门口，站了一上午。

2008年8月8日上午8点，我在我们家的篮球场设8桌宴席，请了80位贵宾，一同观看在北京举行的奥运会开幕式的现场直播。同时，这也算是为庆贺马正行"满月"而举办的宴席了。

北京当地时间晚上8点08分，北京奥运会开幕式正式开始了。我邀请的嘉宾也陆陆续续到场了。

后来很多的来宾说，能在早上8点钟就开始举办宴会的，我这可能是美国建国以来的头一份。

大家以人类特有的先来后到的行事准则，按顺序选择自己满意的座位。这里毕竟这是个球场，虽然我把电视屏幕悬在篮板下面，高度有了，但视觉效果还是不好。来晚的人，还得背对着电视，扭着脖子回头才能看到电视画面。

《华盛顿快讯》报的老总杰弗逊挺逗。他可能是脖子扭累了，干脆就不看了，只听声。然后，他看见大家鼓掌，就跟着鼓掌；听到大家惊呼，他就跟着起哄。

然而，杰弗逊的两只手却比别人忙活，他把他坐的那个桌子上的花生，全都扒开壳给吃了。

扒开的花生壳子，让杰弗逊随手扔得满地都是。这要是在中国，大家肯定觉得他没教养，没规矩。可是，在这里就不一样了。我在美国到现场看球，也是把花生壳子直接丢在地上。

我理解这就是美国人的特点，什么事都讲究即兴。

张艺谋导演的开幕式，让在座的来宾看得就不只是即兴了。对一些不大了解中国的老美们来说，简直就是看傻了。有些老美四下打听：电视里的场景是在哪里？这就是中国吗？

早年前，我在DC中餐馆送外卖，有一次休息的时候，我问在餐馆做服务生的一个黑人小伙子："你了解中国吗？"

"了解。中国有中国功夫和中国菜。"

"你知道中国人的样子吗？"

"中国男人与女人都穿裙子，都梳个小辫子。"

"你说的那是中国人在清朝时候的样子。现在中国人不那样了。"

"中国人现在是什么样子？"

"你看没看见我？中国人就是我现在这个样子。"

"不对，你现在这个样子是我们美国人的样子。"

这样的对话发生在10年前。那个时期，中美两国人民之间的相互了解，还仅限于通过书信和电影。

其实，那时候，我们中国人对美国人也是有很多的误解的。

在多数的中国人的心目中，美国人就是一身牛仔装，戴个牛仔帽，腰里插杆枪，整天骑在马上，没个正经事要做。

在我的脑海里，美国人给我的印象是一身武装到牙齿的大兵，戴个大墨镜，一手拿着啤酒，一手拿着香肠。酒还没来得及喝一口，就被我英雄的中国人民志愿军给俘虏了。

我到了美国之后才知道，美国这里的啤酒还可以喝，但美国的香肠是难以下咽的，吃多了头痛。由此，我终于明白了，美国大兵那么容易被志愿军生擒活捉，原因就是美国的香肠把美国大兵都给吃成脑残了。

中国人是不是都聪明，我不敢说。但我敢说，张艺谋确实很聪明。2008年的奥运会开幕式精采纷呈地将中国现在繁荣昌盛的状况展现在世人面前。

在电视里的礼花齐放的背景下，我举起酒杯，请全场观看开幕式的来宾共同举杯，庆祝北京奥运开幕式演出成功！并预祝北京奥运会圆满成功！最后，祝中国成功！

北京奥运会，让世界重新认识了中国；让世界感知到了中国的崛起；让海外华人华侨体会到了水涨船高的感觉……

关闭电视机，我开始接受全场80位来宾的一一敬酒。

庞鹭怕我喝多了，告诉我用矿泉水代替白酒。

我对她讲："人生得意须尽欢，莫使金樽空对月。……五花马，千金裘。呼儿将出换美酒，与尔同销万古愁！今天咱们家，这样的气氛，我要是不喝醉的话，20年后，马正行先生会笑话我的。"

"哥，你已经醉了。"

最后，我确实醉了。醉得一塌糊涂……

2010

[农历虎年]

1月2号，美国华盛顿DC首届"中国赢克杯"国际马拉松正式开赛。

如果不按照"赢克杯"的叫法，这届华盛顿DC国际马拉松比赛是第二届，第一届比赛是去年，也就是北京奥运会结束后的第一年举办的。当时的主办者是《华盛顿快讯》报和《华人视界》报。牵头的发起者是《华盛顿快讯》报的总编杰弗逊先生。

看完奥运会开幕式电视直播后没几天，杰弗逊来电话问我："你答应过的那件事，什么时候开始办？"

"我答应过你什么事了？"

"你忘了吗？那天在你府上看奥运会开幕式时，你答应过我的事。"

我一听就懵了，老外办事都是死心眼儿，他要是认为你答应过他的事，他肯定是当真的。你要是反悔了，他就会动用法律武器的。

问题是，我现在还不知道我答应过他什么事？那天我确实喝多了，我不至于答应把报社白送给他吧？

我马上笑呵呵地对杰弗逊说："你常到中国去，中国人的习惯你是知道的：酒桌上说话是不算数的。我那天答应过的事是不算数的，对不起了。"

"那好吧。那钱只能让我自己赚了。"

咦？还有赚钱的事！我那天都跟他谈啥了？

"嘿，朋友，我跟你开玩笑的话，你真听不出来吗？你看，我还以为你真是个中国通呢。中国人常讲：君子一言，驷马难追。我答应过的事，岂能反悔！做，我们接着往下做。"

"我想，你们中国人不至于现在就富到有钱不愿赚吧？"

"当然愿意赚钱了。你说，这事怎么办吧。"

"我现在把我起草的方案发给你。你看完邮件后咱们再议。"

我看过老杰的邮件才回忆起，那天在酒桌上，我答应过的事是和他联手在华盛顿DC举办国际马拉松比赛。

老杰的方案也不复杂。我记住了三点：一是该项目挣钱了，他得7，我得3；二是我们两家报纸分别拿出版面做该活动的宣传；三，我们分头找广告赞助商。

这三条都没什么好讨价还价了。我回复杰弗逊：同意。

在确定具体在哪一天举行马拉松比赛时，我坚持要定在2009年1月2日举行。

我心中的小九九是，我们《华人视界》报是2004年1月2日成立的。到2009年1月2日，恰好是5个整年。选择这一天举办华盛顿DC的马拉松比赛，挣不挣钱不论，权当是纪念我们报纸发行5周年的庆贺活动了。

其实，选择1月2日作为比赛日，我也是作了牺牲的，或者说不是太情愿的。

本来，2008年年初我就打算北京奥运会之后我啥也不干了。从9

月份开始，我想去哈佛商学院进修一年。但是，杰弗逊一勾引我举办马拉松比赛，我心就长草了。

就这样，让我与美国大学校园失之交臂。

从2008年9月我们定下来举办这个活动，到2009年1月鸣枪比赛，这期间只有4个月，承揽广告的工作没做到位，甚至活动的冠名单位都没找到。但是，对我来说，这次实战演练，让我对报纸的价值与作用，又有了一个新的认识。在美国经济不好的情况下，报纸版面的广告客户在减少，我们为何不利用报纸多搞些活动呢？而且，我坚信，只要活动策划好了，经济效益是没问题的。

从举办完2009年的马拉松比赛后的第一天起，我就开始在脑海里策划如何办好下一届的马拉松赛事了。

我首先分析，杰弗逊为什么愿意找我联手办比赛？归根结底，他是看中华人商家口袋里的钱。只是遗憾的是，上次因为时间紧，我没能帮他把华人商家兜里的钱都掏出来。这样也好，华人商家兜里的钱，留着给我吧。

老杰，对不起了。下一届的比赛活动，哥们我就不带你玩了。

应该说，杰弗逊是我能够走向这条道的导师。但是，常言道：教会了徒弟，饿死了师傅。商场上，歌舞升平的时候是假象，刺刀见红的情景才是常态。

对于商人的难题是选择在什么时候把老师蹬走。后来证明，我把老师蹬走的时间有些早了。

中国的崛起，让在美国这里的人真切地感觉到的是，到美国投资的华人多了，进入美国商场里的中国牌子的商品多了。

当然，最先进入美国的中国牌子的商品是纺织品。中国南方生产"赢克"牌运动服的企业一路杀向美国了。

我最先是在NBA实况转播时，发现了NBA现场竟然有汉字的广告！仔细一看，上面的广告语是"穿赢克闯天下"。

中国人做生意出手就是狠。NBA现场的广告牌，那得需要多少钱啊？

一看到这样的大手笔，我就意识到，我下届的马拉松比赛的冠名单位有了——就是"赢克"公司了！

我立即跟国内的朋友联系，目的是想请人帮助牵一下线，我好跟"赢克"运动服公司谈我的马拉松赛冠名权的事。

托人打听了一大圈，原来"赢克"在美国已经设立了办事处。而且，办公室就在马里兰R城，距我们报社不到3英里。

一听到这个消息，我第一反应是谴责自己，中国这么大的一个企业在马里兰设了办事处，我竟然一点消息都没有，这说明我有多少工作没有做好啊！

以前，我以为办了张报纸，自己就是当地的名人了，任何当地的大事小情都瞒不过我的眼睛，都会汇集到我的耳朵里。现在看来，我是眼不明、耳不聪呀！

当然，我也奇怪，我工作失误没能及时知道"赢克"落户马里兰，反过来说，"赢克"怎么也不主动跟我这个"地头蛇"联系呢？至少，他们应该从报纸广告的角度，主动跟我们联系吧？

我按查到的"赢克"公司的电话号码，主动给打过去，十分礼貌地向对方介绍了我自己，并希望能够得到和对方面谈的一次机会。

对方接电话的人说，他就是"赢克"北美办事处的负责人，英文名字叫威廉姆斯。他同意我们见面谈谈。

我提议我们在R城一家有名的日本料理店见面。中国餐馆菜价便宜，显得档次低。所以，我提议去日本料理店。

威廉姆斯马上拒绝了。他建议我们在DC一家牛排店见面。

在日本料理店吃暑喜，两人吃饭最多也就五六十元钱。在西餐店吃牛排，两个人至少150块钱。

这下让我领教了，人家"赢克"确实是大手笔。不但砸广告是大手笔，就是让别人请客，那也是大手笔呀！

威廉姆斯见面就问我："你老家是哪儿的？"

我恭敬地回答："东北。您呢？"

"上海！"

"冒昧地问一下，我们《华人视界》报，您看过没有？"

"没有。"

"哦，您是领导，太忙了，没顾得上看。"

"不，我本身就没想看你们这些当地的中文报纸。"

"那'赢克'就不准备在我们当地的中文报纸上做广告了？"

"这还用问吗？我们这么大的跨国集团公司，怎么会在当地的免费报纸上做广告呢！"

"当地的华人也应该是贵公司的潜在消费者吧？"

"我们公司的营销策略是抓大放小。'抓大放小'你懂吗？我们要的是美国主流社会的消费者。"

我站起来，用餐巾纸擦了擦嘴角，笑着对他说："威廉先生，还真让你说着了。我就是你刚才说的那种吃不上饭的人。本来今天应该是我请客，可没想到你对我们穷人这么了解。好了，你再同情我们穷人一把，今天的单，你买吧！"

说完，我就走了。

威廉姆斯在我身后喊道："嗨，你回来！咱们怎么也应该AA制吧？"

威廉姆斯对我的那种态度，让我对他失去了耐心，也让我对"赢克"失去了信心。

中国人讲：人在做，天在看。老天还真是有眼啊，没过多长时间，"赢克"的北美办事处又主动给我来电话了。约我谈话的人是替换威廉姆斯的朱先生。

这次我和朱先生是煮酒论英雄，而且，朱先生一口东北话让我听起来很爽。末了一问，感情朱先生也是和威廉姆斯一样，上海人也。他来美国前是"赢克"公司中国东北区总裁，怪不得他能讲一口标准的东北话呢。

有了"赢克"的鼎力赞助，美国华盛顿DC首届"赢克杯"马拉松大奖赛圆满成功。

当天，美国华盛顿DC全城是一片红色的海洋。所有的参赛者，都穿着红色的"赢克"牌运动服。

翌日，1月3日《华盛顿快讯》头版头条的标题是《中国"赢克"染红DC》。

2010年虎年春节刚过，正月十五的那天，我迎来两位大学的老同学：张东和刘菡。这两个人是同时受邀参加中国政府国资委组织的"海外精英招聘团"的。张东是为财政部及其下属单位招聘的，刘菡是为大海市吸纳人才的。

刘菡刚刚被提升为大海市的副市长，和张东一样，都是副司级干部了。

当天下午到达DC后，两个人都请了半天假，下了飞机就直奔我家。我出门口一看到是他们俩一同造访，让我吃惊不小。

庞鹭1997年在美国时见过张东，但她和刘菡彼此是第一次见面。庞鹭怀里的马正行跟他们俩肯定是头次见面了。

按中国人的习惯，张东上来就给马正行1000元人民币的"压岁钱"。

庞鹭左推右挡不想要，说："我们盼孩子快点长大，不希望

'压岁'。"

我把钱主动接过来了。我说："干吗不要?! 这小子上学时没少蹭我饭吃。"

张东摇摇头说："你看你，现在都是大富豪了，怎么就一顿饭的事，还耿耿于怀呢?"

刘菡用手逗着马正行说："小正行，阿姨可没有人家财政部的财神爷有钱。阿姨只给你带来一个小玩具。"

刘菡像变戏法似的从身后拿出个足球来，递给马正行。

马正行用小手一拨了，球滚到了地上。我俯身把球捡了起来，说："你这个阿姨也是，不知道孩子他爸是打篮球的出身吗? 你怎么能买个足球呢?"

"我带来的这个球，可不是特意买的。是大海足球俱乐部送给我的。足球现在是我们大海市的一张亮丽的名片。我们还靠'足球城'的美誉吸纳海归呢!"

张东不屑地说："在飞机上，她就给我说个。谁信啊? 哪个人会因为能踢几脚球，就跟你回大海市去呀!"

我问张东："那你认为靠什么呀?"

"待遇! 事业! 感情!"

刘菡说："我不反对你的说法。事实上，我们大海市也是这样做的。我强调我们是'足球城'，目的是告诉这里的精英们，除了待遇、事业和情感外，我们这里还有一个好环境——自然环境和生活环境。"

张东又抢白刘菡说："姐们，打住。你不说环境还好，一说环境，我就对你们大海市政府有意见。马骏你不知道，这几年大海市是脏、乱、差，和咱们在学校那时的大海市已经不可同日而语了。"

刘菡解释道："这有什么? 这是改革前进过程中的必经之路，

是为获得今后幸福生活的一时阵痛，就像当初中国刚改革开放时遭遇的阵痛是一样的。如果中国当初不改革的话，会有今天的成绩吗?"

看着他们俩唇枪舌剑地辩论，我对庞鹭说："看没看见? 我们国家的副司级干部，工作责任心多强! 出国了，还念念不忘城市建设问题。"

庞鹭问我："今晚怎么安排? 出去吃吗?"

"不，菜在外面点，在家里吃! 舒服、方便! 又都不是外人。你给'华强酒家'打个电话，多要几个菜。"

张东不但给了马正行1000块钱，还给我带来了两瓶中国名酒。我打开一瓶，和张东一人一半。刘菡喝红酒，庞鹭喝饮料，马正行喝奶。

我先举杯说："咱们连喝三杯吧。第一杯，今天是正月十五，我给你们拜年了。第二杯祝贺刘菡同学荣升大海市的副市长。第三杯，预祝你们这次来美招聘圆满成功!"

我和张东、刘菡都是二话没说，连续三杯下肚。

我对庞鹭说："看没看着? 这就是我们财大的酒风!"

张东对庞鹭说："别听你老公瞎吹! 我们在大学时，就没喝过几次酒。"

刘菡对张东说："哪年元旦咱们不开Party呀!"

张东对刘菡说："是啊，不就是那么四次吗?"

我对庞鹭说："我们在学校那会儿，男生到女生寝室最多的原因是去要吃的。你信吗?"

张东说："别的男生去女生寝室是为了要吃的，你老大可不全是吧?"

张东说完，觉得不妥，马上想把话岔过去，对刘菡说："我当时要是能认识刘菡同学的话，我就可以去找你要吃的了。"

刘菡对张东说："去你的吧！我喂狗，也不会给你的。"

我们全笑了。

庞鹭笑了笑后，问张东："刚才你说你们老大到女生寝室去，不单单是要吃的，那是干啥去了？"

张东十分尴尬地说："我，我也不知道啊！这事你得问他啊！"

我们又都笑了。

我在心头忽然闪了一下：乐怡现在在哪儿呢？在干什么呢？

刘菡对庞鹭说："别听他们俩瞎掰。我们那时候还都很封建，他们男生当时就是能活动活动心眼。见了女生，连手都不敢拉。"

我说："是啊！当时那么幼稚、单纯的人，转眼之间，一个是财政部的副司长，一个是大海市的副市长。你们俩是怎么由一个穷学生一下子变成了政府高官了呢？"

张东说："这不太正常了嘛！你要是不出国，现在也许是正司或者副部了呢！"

刘菡说："张东，我认识你到现在，只有刚才这句话，你是说对了的。"

张东说："谢谢领导夸奖！"

刘菡对我说："马骏，王干部这个人你还有没有印象？"

我说："哪能没印象？你是说咱们冶金局组织部长那个王干部吧？"

刘菡对我说："对。王干部几次跟我讲，当初他招我们三个进局里时，最看好的是你。你知不知道？"

我回答："不知道。我只知道他看不上我。当时，你和梁房修都提副科长了，为啥只把我晾在底下了？"

刘菡有点兴奋地说："庞鹭，张东，你们两个今天算是捡着了。

我给你们讲一个秘密。"

我们毕业前，有一次现场招聘会，就是有五十多个用人单位，直接到到我们学校招聘。

我们学校有位毕业生，当他看好了一个用人单位后，怕别的同学跟他竞争，在他跟招聘单位面试后，他就召集了一帮哥们弟兄去到那个用人单位轮班面试。等到那个用人单位的负责人回去后发现，在这些男孩子中，只有一个人的面试资料是真的，其余都是乱写一气，连名字在学籍中都查不到。

这个负责人恍然大悟，肯定是那个男孩子从中做了手脚。开始，他一怒之下想把这个男孩给废掉，可一转念，一个还没走出校园的孩子就有如此把戏，说明这个孩子的智商还是蛮高的。这个搞人事的负责人一直认为，智商高的人到政府机关工作，是把双刃剑。发展好了，会为政府做出很多贡献！路子走歪了，那就会给国家机关带来很多的麻烦。这个负责人后来跟我讲，他完全是带着好奇心，并想以之验证一下自己的用人理论，最后决定把这个男孩招到自己单位了。

这个男孩上班工作后，这个人事负责人一直在暗中观察着这个男孩的一举一动。无论这个男孩做了好事，还是办了错事，这个负责人从来都不露声色地只看不说。

男孩工作两年后，该单位因为用人需要，想把与这个男孩同时进单位的三个大学毕业生，一起提拔为副科长，但这个人事负责人坚决建议党委，只提拔另外的那两位，而对这个男孩一定要再考验考验。这位人事负责人的原话是："好钢需要千锤百炼，挫折是好干部的试金石。"

让这位人事负责人难过的是，这个男孩在这次考验面前，选择了出国。

我问刘菡："这么说，这个男孩没经得住组织的考验，也证明了他不适合在政府机关做事。王干部有啥好后悔的？"

刘菡说："王干部跟我说，在政府机关做公务员，首先应具备两点素质。一是韧性，二是思维能力。这件事证明了你的韧性差，对于你的离开，王干部不觉得可惜。但你的思维能力强，这是公认的，这也是被你后来的发展所证实了的。大家都知道，我们中国的改革，是摸着石头过河的。这其中，各个部门都遇到了许许多多的意想不到的问题，我们在对待很多问题的认识上，缺乏前瞻性，缺乏洞察力，以至于我们在制定方针政策乃至法规时，犯了很多低级错误。比如，就像刚才张东对目前大海市城市建设方面提出的异议。做事，和如何把事做好，是两个截然不同的工作态度。我们政府目的是要为人民做成事、做好事，而不是在那里瞎做事，乱做事。所以，后来王干部就经常在我面前念叨起你说，政府机构工作需要你这类人。"

我用掌声打断了刘菡的演讲："我鼓掌不是说明我认同王干部的说法。我鼓掌是给刘副市长的。我觉得，大海市有你这样的市长，是大海市民的荣幸！来，我们大家一起，敬一下我们大海市的父母官！"

刘菡陈述的故事，就是我当时在现场招聘面会前一个晚上，制定的"第二套行动方案"。没想到我当时的鬼把戏早让王干部看穿了。

我问刘菡："你经常跟王干部联系吗？王干部现在怎样？"

刘菡说："我曾经跟王干部的儿子谈过恋爱。在我们准备登记结婚的时候，他因为挪用公款，进了监狱，我们也就结束了。王干部前年就去世了。癌症。"

庞鹭在我们谈话正兴的时候，带孩子先回卧室睡了。

我趁张东犯烟瘾去外面吸烟的工夫，问刘菡："有次你我在网上唠嗑时，你突然写个'口误'后就下线了。之后我问过你几次'口误'是什么意思？你老是说让我猜。我真搞不明白这是啥意识。你现在告诉我，当时你写'口误'到底是啥意思？"

"哎呀，我的亲妈哦！亏你还是干报业搞文字工作的，就这个小问题你都搞不明白？过会儿，你可能就明白了。"

因为我也喝酒了，所以，我给他们俩叫了辆出租车回酒店。

张东先上了车，刘菡主动给我一个礼节性拥抱。

在接近我脸部时，刘菡在我耳边轻轻说了声："口误！"

望着离去的车影，我顿开茅塞。一个"口"加上一个"勿"(误)，不就是"吻"吗？

一位女同学，一位飒爽英姿的女副市长，能给我一个"口误"，令我陶醉不已。

马怡乐出事至今一转眼整5年了。

马怡乐忌日的那天，我带着庞鹭和马正行去阿林顿公墓给马怡乐扫墓。

从远处，我就隐隐约约地看到马怡乐的墓前有人。走近一看，是一位牧师。再走近一看，让我大吃一惊，原来是乐怡。

乐怡看到我们过来后，用手中的鲜花拍打着马怡乐的墓碑说："闺女，你爸也来看你了。妈妈我特别感激你，你让我们一家人在此团聚了。你想妈妈吗？"

我把带来的鲜花放在墓前，泪水夺眶而出。

庞鹭向乐怡微微行了点头礼，然后，抱着马正行远去了。

半晌儿，乐怡对着墓碑说："闺女，你自己先待会儿。我和你爸先唠会嗑儿，你答应吗？"

然后，乐怡转过身来，问我："那位就是你媳妇和你们的孩子?"

"是。"

"是个小男孩吧? 多大了?"

"对! 今年两岁。"

乐怡又转过身对墓碑说："闺女，听见没有? 你现在有个小弟弟了。当初你老让妈妈给你生个弟弟。都怪我没给你生个弟弟。现在好了，你爸爸给你带来个小弟弟。你现在高兴了吧?"

乐怡又转过身来问我："马怡乐的小弟弟叫什么名字?"

"马正行。正在前行的意思。"

乐怡又转过身对墓碑说："呵呵，闺女，你爸给你弟弟起的名字叫'马正行'。你看，你爸爸平时老没正形，偏偏给你弟弟起的名字叫正行。这就叫缺啥补啥吧。"

我对乐怡说："乐怡，这些年你过得还好吗?"

"当然了。有神护佑着我，我心中非常平安。"

"我们仕别处走一走好吗? 我有话想跟你说。"

"别。好不容易我们三个聚在一起了，以后什么时候再相聚还不好说呢。就让我们站在这儿，多陪陪闺女，好吗? 你是想知道我这些年是怎么过的吧? 正好，今天在这儿说，也让闺女知道她妈这些年是怎么过的……"

上次乐怡离开这里后，先飞回凤凰城，当天就与菲利普办理了离婚。然后，自己一人在一个酒店里独自住了一些日子。最后，毅然决然地选择了终身侍奉上帝的职业。

乐怡解释道：当初与菲利普离婚，是因为她觉得马怡乐的死，直接的迫害者就是菲利普的那几个孩子。所以，她不想再多看到他们一眼。

选择做牧师，她当时是准备在马怡乐去天堂的路上，能碰到马怡乐，并能助马怡乐一臂之力。

进神学院之前，乐怡觉得自己的心里老是被塞得满满的，有时候压抑得她都喘不上气。进了神学院后，她渐渐明白了，这世上所有的一切都是神安排的。马怡乐过早结束生命，那也只是马怡乐的肉体生命，马怡乐的灵魂是要上天堂的。人类在这个世界活着，本身就是一种煎熬。马怡乐提早去天堂见上帝，也未尝不是件好事。

乐怡还告诉我，在得知马怡乐的死讯和乐怡成为牧师后，乐怡的母亲也与世长辞了。

之后，乐怡又问我这些年怎么样？我就简单把自己成家生子、创办中文报纸的事从前到后讲了一遍。

乐怡一边听着，一边不住地拍打这墓碑，说："闺女，听到没有，你爸爸是成功人士了。"

庞鹭牵着马正行走回来了。

庞鹭与乐怡主动打个招呼："姐，你好！"

乐怡向庞鹭笑了笑说："让我抱下你的孩子吧！"

庞鹭马上教马正行说："快，叫姑妈！"

乐怡把马正行抱了起来。马正行用小手在乐怡的脸上划来划去。乐怡就用嘴含着马正行的手指。

乐怡笑了，对我说："就让你儿子认我为教母吧！"

我笑了笑，没言语。

我们大家准备起身回去了。庞鹭牵过马正行的手，把马正行的手搭在墓碑上，说："宝宝，这是你的亲姐姐。你以后每年这个时候都要到这儿看看姐姐哦！"

马正行像是真听懂了一样，点了点头。

在与乐怡最后告别时，我跟乐怡讲："马怡乐走的前两年，我是因为生你的气，而没有跟你联系。可后来想跟你联系时，已经彻底找不到你了，今天我才知道是啥原因。你我毕竟夫妻一场，况且我们还都背井离乡远在美国生活，大家今后还是应该相互联系，以便彼此有个照应。"

乐怡低头，无语。

《华人视界》报已经出版发行6周年了，在美国东部地区已经小有名气了。在一些朋友和读者的建议下，我准备下一步在纽约设立分社。

两年前，我们就开始小批量地在纽约投报了，反响一直挺好。我们之所以只是在纽约发行而没有像在里士满那样设分社，原因不仅是担心美国金融危机更加恶化，最主要的原因是缺人，缺少一个能够在纽约领军的人物。

人们常说："书到用时方恨少。"其实，人到用时方恨少，那才是要命的事。

2008年庞鹭生孩了的前几天，我把里士满分社的小叶调到总部做负责人，里士满的事就交给小叶的丈夫管理了。

从里士满到DC，自己开车需要2个多小时的时间。小叶能吃苦，家里需要她的时候，她就在里士满自己家住，每天开车到报社上班；家里没事，或者报社需要，她就住在报社办公室里。

我知道她经常在办公室过夜后，就在离报社不远的地方给她租了个房子。有时她想孩子了，就把孩子带在身边。白天忙的时候，小叶就把她的孩子送到我们家，让庞鹭替她带。庞鹭也很愿意，这相当于给马正行找了个伴。

我有次当着小叶的面对庞鹭说："这回好了。小叶给你打工替你管报社，你给小叶打工替她管孩子。你们俩谁也不欠谁的了。"

小叶确实很能干。她的能干来源于她的工作责任心。按她自己的话说："给人家打工，要比办自己家的事更用心。"

另外，让我欣慰的是，小叶很会团结大家。

起初，通过小叶在里士满的工作业绩，我是十分相信小叶的个人能力的，但我很担心小叶来了之后，能不能和大家拧成一股绳。如果她不能与大家友好相处的话，那么，我调她来DC工作就是得不偿失之举了。

好在小叶没花多少时间，就迅速与大家融合到一起了，我甚至感觉，小叶来到DC后，报社的气氛，比庞鹭和我管理报社时的气氛还要好。

去纽约建立分社，开辟纽约市场，必须是名硬手。否则，就有一败涂地的可能。

我把我的苦恼跟小叶讲了，问问她有没有合适的人选？

小叶回答，就派她去吧。

我说那怎么能行？她有小孩需要照顾，再说，总部这里也是需要她来管理的。

小叶谦虚地说，蜀中无大将，廖化做先锋吧。她去纽约，华盛顿由我先来管，等日后有人再说。

事后我把情况给庞鹭讲了。庞鹭说这样做，好是好，只是让小叶太吃亏了。

我对庞鹭说，我们给人家多做些补偿吧。咱们拿钱，不管是在里士满，还是在纽约，给小叶的孩子找个全托的幼儿园吧！

小叶只身去了纽约后，我重新按部就班地到报社上班。

现实逼得我开始琢磨人的问题了。

我是学会计的，庞鹭是学新闻的。不管怎么说，我们都不是学企业管理的，从个性上讲，我们俩也不太适合做企业日常管理工作。

我的缺陷是缺乏耐心，庞鹭的缺点是太随意。

一个好的球队，一定得有一名好教练来带。只听说一名好教练能带一群烂队员出成绩的，还从来没听说一名烂教练能带一批好队员能出成绩的。

我作为报社的出资人，当务之急是为报社找个好"教头"。

庞鹭听说我有这个念头后，大为赞同。而且，她还对我说："哥，今后你管报社的发展战略，让职业经理人去负责日常管理，并执行你的战略计划，实现你的战略目标。你与职业经理人相辅相成，相得益彰。"

我对她说："你把我们都安排好了，你干啥？"

"我退出江湖，相夫教子呀！"

"我才发现，你这个人挺坏的。报纸是你最开始想干的，现在干到半道，你甩耙子不干了，你这不是害人吗？"

"呵呵呵！哥，你不老是骂我是鬼丫头吗？我就是个吸血鬼。"

庞鹭做龇牙咧嘴的样子想吓唬我。我看到她的样子，脑袋里来了灵感。

"亲爱的，你就觉得迈克这人怎么样？"

"哪个迈克？"

"'无不能'公司的那个白人小子。"

"哦，我觉得他跟你有点像，好像挺能忽悠的。"

"说得不错。我想聘他做报社的CEO。怎么样？"

"这个嘛，我说不太好。你知道，他是老白啊，很多方面的思维跟我们东方人是不一样的。"

"亲爱的，你又说对了。我现在不仅仅是为了找个人来管理，我还要改正我们以前的错误的经营思路。我以前也是老认为，老白、老黑、老墨们与我们很多习惯不一样，因此，咱们就从来没有聘用过他们。所以，我们报社都成立6年了，你看看我们的客户名单，除了有华裔背景的客户外，有几家是老白、老黑的企业呢？这是因为我们报社没有能够与老白、老黑沟通的人。当然，也是我这个指挥员指挥的问题。我想，如果我们能够聘用迈克的话，他不仅会使我们的管理上个台阶，同时，也会给报纸带来老美的广告客户。你看怎样？"

"那你就找他谈谈呗！哥，你怎么做都行！"

我当即给迈克打了电话，说："嗨，哥们。有时间到我家来趟，我有事找你。"

"马老板，现在吗？"

"对，越快越好。"

"我还是开拖车过去吗？哈哈哈！"

这小子，还拿上次找他拖车的事取笑我呢。

见面后，我了解到，这小子当时读的是哈佛大学，大三时也效仿比尔盖茨中途退学了，创办了"无不能"公司。然而，他并没有盖茨那么幸运，公司一直没做起来。到现在公司还只有他一个人。

我问他"无不能"公司现在收入怎样？

他亦真亦假地说："公司成立至今，有两笔收入。第一笔是代办婚庆的收入。第二笔，也是目前最后一笔，是帮人家拖车的收入。"

我听后对他说："这不是说，这么些年是我在养活你吗？"

"可以这样讲。我今天来，盼望你能给我单可以养活我一辈子的生意。好吗？"

"真让你说对了。我今天真就要给你个养活你一辈子的生意！到我这儿上班吧！"

第二天，迈克开着自己的破皮卡车就到报社报到了。他自己的一切用品也用皮卡带过来了。

马正行两岁生日马上就到了。庞鹭张罗着给马正行举办个生日Party。而我正在做一个难以取舍的决定：是给马正行上美国籍呢？还是给他取个中国籍呢？

这两个国籍，马正行都可以轻松获得，但身为他的监护人，我的决定却很难下。这可能会是左右孩子一辈子的决定啊！

这要是放在三四年前，这个问题肯定不是个问题。那还有啥犹豫的，给孩子要个美国籍呗！有多少人来美国生孩子，不就是为了给孩子弄个美国人的身份吗？

2008年北京奥运会、2009年新中国60周年大阅兵，这两场盛况面向全球电视直播后，整个地球的风向立即转变了。

以前是西风压倒东风，现如今明显是东风战胜了西风。东风现在一吼，西风就只剩下满地找牙的份了。

你说，在这个关口，你赌哪一头呢？

问庞鹭，庞鹭还是那句老话："哥，你定吧。我和孩子都听你的。"

问我丈母娘，庞鹭妈妈说："我可没什么远见，你自己定吧！"

身边的就是这两位亲属，我还能问谁呢？

闲着没事，我把迈克叫了过来。

我开门见山地问他："未来是中国强，还是美国强？"

"十年之内美国强，十年之后中国强。"

"什么理由？"

"物理学上讲，运动的物体都是有惯性的。美国经济已经领跑了全世界几十年了，即使后面追赶者速度再快，在十年之内，美国凭借强大的惯性，也是领先于世界的。同样道理，中国已经起跑了，而且速度明显越来越快，这已经是无人可挡的了。在这个加速度的作用下，我想十年时间，中国足可以超越美国的……"

"中国领先世界之后又会怎么样呢？"

"同美国一样，再把领先权交给别的国家。"

"例如……"

"对不起，我是人，不是神。"

"如果现在，不，十年以后，神允许你自由选择国籍的话，你是想选择中国国籍呢，还是美国国籍？"

"选美国国籍。必须的。"

"为什么说是'必须的'呢？"

"《圣经》开篇就讲到，神造了声光、山河、动植物后，令他们'各从其类'。人类就是应该以民族和国家为划分依据，从而'各从其类'。我在美国生，我在美国长，习惯这里的一切，我也喜爱这里的一切，所以，我是必须得选择美国国籍。"

"迈克，如果让你给个建议，我的孩子是应该选择中国国籍呢？还是选择美国国籍呢？"

"中国国籍！必须的。"

后来，我终于下定决心，给马正行上中国国籍。

庞鹭问我："是迈克的话，让你下定了决心吗？"

"不完全是。从职业角度看，马正行长大后经商或做个自由职业者，选择什么样的国籍都无所谓，但是，他今后要是从政的话，这问题就大了。这可是决定他政治生命的前提条件。在美国从政，需要他是美国公民；在中国从政，他必须一开始就是中国国籍。否则，他的政敌凭这一点就可以轻松击败他。到那时，你我后悔晚矣！"

"哥，你怎么就认定他今后会回中国从政，而不是在美国从政呢？"

"迈克真正提醒我的观点是：物体的运动是有惯性的。你我算是第一代移民，马正行是第二代移民，马正行会借助我们的力量，有一个加速度。但是，在美国，我们永远都是少数民族。这个加速度又会让他在政界走多远呢？而在中国，他有一步登天的可能，甚至说，他能够具备一步登天的条件！"

"什么条件？"

"从今往后，我做的一切，都是为马正行回国发展创造条件的。"

"哥，你为啥这么用心考虑马正行的未来呢？"

"马怡乐的死，让我永远背上了一个'不负责的父亲'的枷锁。我太怕马正行再给我套上这样的一副枷锁了。"

中国有句老话："孩子长一岁，爸妈老十年。"马正行在一天一天地长大，大人们却一日一日衰老。

一天，我妈家的邻居张阿姨突然给我来电话："你妈快不行了。"

我马上订机票，力争第一时间赶回大海市。

庞鹭问我："我和孩子一同陪你回去吧！好让婆婆见一眼孙子。"

我想一想说："我妈能不能活着见到我还不好说呢？你们就别跟我一起折腾了。你们去了，反倒给我添麻烦。"

我妈今年73岁。看来，中国人认为老人命中73岁是个坎，还真挺有道理。

庞鹭妈妈过来安慰我说："你妈妈信佛，福大命大，不会有啥事的。"

我说："妈，就借你这个吉言了，但愿如此。"

我用半天时间，把准备送给亲友、同学的礼物，稀里糊涂地采购好了。

因为时间问题，我没买到直飞大海市的机票。只能到北京后转机。

我通知杨棉让他到北京机场接我，并帮我转机。

在飞机上，我又将飞机的座位数了一遍。确实，我第一次乘飞机去美国时，把机上的座位数错了。

上次只数了经济舱的座位，商务舱和头等舱都没数。或者说，当时我还不知道飞机上分好几等舱位。

杨棉赶到首都机场来接我，并帮我预订了2个小时后起飞去大海市的机票。

我还有一个多小时才能登机，杨棉帮我推着行李，我们到候机楼的咖啡厅歇了一会儿。

我要过来杨棉的手机，马上给张阿姨打个电话问我妈现在情况咋样了。

张阿姨兴奋地告诉我："你妈挺过来了。我一说你马上就回来了，你家老太太立马就精神了。母子连心啊！"

听说我妈一时半会儿没啥危险了，压在我心头的一块石头移开了。

杨棉说："这就好了。本来我还想与你一同去大海市呢。老太太一旦有什么不测，我好给你做个帮手，但我没敢讲，怕你说我这样做不吉利。既然老太太没啥事了，你就在北京待两三天再走吧？"

杨棉话音刚落，只听候机楼大厅里播放通知找人。仔细一听，广播里传来的人名竟然是"马骏"。

难道这一会儿，我妈又不行了？

我以百米冲刺速度跑到机场值班室。一问才知道：庞鹭刚刚从美国给北京机场航站楼打来电话，让机场通知我，马上转机去江城。

她爸爸去世了。

我马上跑回咖啡厅。让杨棉帮我把去大海市的机票退了，再帮我把随身的行李全部拿到他那里去。我现在需要的是轻装上阵去江城，刻不容缓。

2008年庞鹭生孩子的前几天，庞鹭妈妈总是心神不安的。庞鹭爸爸就劝她去美国照顾闺女，顺便帮闺女照看孩子。他有事在身，否则他也随着来美国了。

这样，庞鹭妈妈就赶在马正行出生的那天，到了美国。一晃两年了。这期间，因为不放心庞鹭照顾马正行，所以，庞鹭母亲就一直在我们身边待着。

庞鹭爸爸按理说身体还是挺好的。年轻的时候也是一个喜好运动的人。只是下海经商以后，特别是这两年自己一个人在江城生活，烟酒有些过度了。酒一天两顿，烟一天三包，再加上没规律的作息时间，老爷子突发心梗的条件全具备了。

更令人感到遗憾的是，老人家发病的时间是在半夜，等到上午司机来接他时，发现他身体都是僵硬的了。

据司机讲，庞鹭爸爸好像是正在看书时，突发心梗的。因为，司机发现庞鹭爸爸床上还有一本打开的书。书名是《基业永青》。

庞鹭爸爸终年68岁。离73岁的坎，还差5年呢。

庞鹭爸爸的一生，如果必须用两个字总结的话，那么，"拼命"二字最恰如其分了。一个乡下穷苦之家的孩子，能够成为上个世纪50年代的大学生；一个没有任何背景的大学生，能够被市长所青睐并重用；在仕途顺风顺水之时，又主动结束仕途而只身投到商海，并在商海中取得辉煌……这一切，都是他"拼命"的结果。

但是，庞鹭爸爸的拼劲，只是用在工作、事业方面了。家里的大事小情可就完全是庞鹭妈妈负责打理了。

庞鹭后来跟我说，在她大学毕业后，她才感觉到自己还有位父亲。因为，从小到大，她都是妈妈一手带大的。

在中学做教师的母亲，不仅照顾庞鹭生活上的一切，而且，潜移默化地培养了庞鹭的性格……

我是第一个回到江城的。王品一是第二个来到江城的。庞鹭妈妈是第四天回到江城的。

庞鹭也想带马正行回来，但被老太太坚决地阻止了。

老太太说："从此江城我们家就没人了，我回去料理完你爸的后事就回来。你们跟我回去做啥？"

庞鹭的爸妈都不是正宗的江城人，所以，在江城也没什么亲属。我本以为参加送葬的人不会多。没想到，那天是人山人海。

来的人有两类：一类人是庞鹭爸爸生前交下的好友，另一类是江城的政府部门、企业界的人。后者都是冲着王品一的面子来的。

王品一在普通老百姓的眼里，人家是美国的大博士，世界500强企业的中国区总裁（去年已经由副转为正的了）。以前中国人把大学生称为"天之骄子"，我看，现在的中国人把海归都捧为"天神"啦。

王品一在一些企业主眼中，就是财神爷。王品一在一些政府部门官员的眼里，那就是当地的税收的保障。

举办完追悼会后，按着中国传统规矩，我邀请送葬的朋友们一起吃顿饭，以表示我们家人对朋友帮忙的感激与答谢。

一些人借故走了，一些人借故留下来了。

江城市那位曾与"黄鼠狼"绑在一起的招商局石局长，以东道主的身份在饭店里张罗开了。我一看，也挺乐意，他出面张罗，我也就可以少喝酒了。

庞鹭妈妈参加完追悼会后，就被人搀扶着回家了。她干脆就没到饭店来。

第二天上午，江城市开发区主管经济的一位领导亲自登门，看望庞鹭母亲。他一再表示抱歉，前一天因为他在外地出差，没有赶上参加庞鹭爸爸的葬礼。然后，话锋一转，询问我们家有何要求和有何打算。

我知道他问话是什么意思，就直接回答他："我岳父突然走了，但他做的事业还要继续。他和王品一的公司在江城共同投资的药厂还会继续经营。至于这个企业今后如何管理，那是他们企业内部的事了。我在此也没资格说什么了。"

开发区的领导听我这么表态就很满意地放心走了。

事后，我把我与江城开发区的领导的讲话，全都一五一十跟王品一汇报了。王品一说我说得挺好。

我不好意思地对他说："姐夫，我得跟你道歉！我当时说完就后悔了。我哪有资格说那些话呢？这个企业今后怎么发展，只有你说才是算数的呀！你才是这个合资药厂的绝对大股东嘛！"

"哎呀，兄弟！我早就说过，你适合回国做事！你想问题也太复杂了。咱们兄弟之间还什么道歉不道歉的！记着，咱们以后就按美国人的办事风格来，一切都是直来直去，千万别拐弯。"

我以前就认为，王品一"做的比说的好"。他们公司董事会研究决定，并经我们家人同意，庞鹭爸爸原来的投资份额，按志愿退股办法处理，公司一次性补偿庞家2000万人民币。

王品一比我先回北京。我陪庞鹭妈妈在江城又住了10天。待事情处理差不多后，我以"我妈需要照顾"为由，把庞鹭妈妈直接带到了大海市。

大海市有山有海，风景秀丽，有利于庞鹭妈妈调节一下心情。

庞鹭妈妈和我妈一见面，两个老姐妹还一下子产生了感情。庞鹭妈妈决定先不回美国，而是陪我妈妈在大海市住下了。

中国有句话："有缘千里来相会，无缘对面不相逢。"

杨棉和刘菡这对冤家，在我努力撮合他们走到一起的时候，两个人不约而同地说我："多事！"

当我对他们俩的事不抱任何希望的时候，两个人竟然已经到了谈婚论嫁的地步了。

忘了是中国哪部电影中的一句台词了——"出来混，迟早要偿还的。"杨棉和刘菡开始偿还各自人生的情感债了，而且，是几乎疯狂地偿还。

一个表态，愿意把副市长工作辞了，到北京追随夫君；一个表白，情愿把央属国企的技术总监工作辞了，到大海市做"宅男"。

我对他们两个人说："干啥啊？吓死人不偿命咋的？是北京天塌地陷不能待了？还是大海市海枯石烂没法生存了？见过因为恋爱不成，去寻死的；还从来没听说过恋爱成了，想自杀的！"

他们两个人同时质问我："你说谁想自杀了？"

"那么高的职务，那么高的薪酬，说不干就不干了，那和自杀有何差别？"

他们两人异口同声地说："呸！俗！"

杨棉和刘菡的"孽缘"归根到底还是我造成的。因为我上次在北京首都机场着急去江城，就把行李都留给了杨棉。

从江城去大海市，我怕转机折腾庞鹭妈妈，就直飞到了大海市。我的行李还在北京杨棉的手上。

我在大海市住了一周后，又经日本转机回美国了，我的行李还是在杨棉那里。

我回美国不久，听说刘菡到北京出差，我就让杨棉把我的东西送到刘菡所住的宾馆。然后，等刘菡回大海市时，再帮我把我的行李送到我妈手上。

也不知道他们俩是谁先看上谁的，也不知道是不是两个人同时相互对上眼了，接下来，他们就是一场天昏地暗的恋爱。

刘菡在跟我网聊时，还埋怨我为啥不早点介绍他们认识。

我说："你有健忘症啊？我当初就跟你讲过，我在美国有一个哥们，人挺好的……"

"你看看，问题不还是出现在你这儿吗？"

"怎么在我这儿呢？"

"你只说是'挺好的'，你为什么不实事求是说'巨好'呢？你文字水平太差了！"

"我还想说'口误'，你答应吗？"

"讨厌。正式通知你：从此就不要再提'口误'二字了。你听见没有？"

"对不起，我刚才口误了。"

在2010年就要过去的倒数几天，杨棉和刘菡不声不响地来到美国。第一个晚上是在我们家住的。

我当时故意揶揄他们说："注意一下政府高官、企业高管的声誉啊，未婚同居是有损政府形象的。"

杨棉顺手从怀里拿出两个小本，在我面前晃晃说："明媒正娶，合法夫妻。"

2011

[农历兔年]

1月2日，我在华盛顿DC第二届"赢克杯"马拉松比赛现场时，使馆的龙翔给我来电话，说："马哥，告诉你一个好消息。过几天，胡主席可能会接见你！"

"胡主席？哪个公司的？"

"胡主席！胡锦涛主席！"

"啊？哥们，这是真的吗？你可不能拿这种事开玩笑啊！"

"借我个脑袋我也不敢开这种玩笑啊。是吧？胡主席于1月17日访美，期间要接见当地侨领和华侨代表，我们使馆是以'为祖国作出杰出贡献'的名义，把你列在了被接见的名单中。你准备好，到时我提前一天通知你接见地点。"

我那天是恍恍惚惚地开车回的家。

到家后，我把龙翔讲的事跟庞鹭一说，庞鹭高兴了一会儿，问："不是龙翔忽悠你玩吧？"

我说："好像他不敢拿这事逗我玩。"

"龙翔说你'为祖国做出杰出贡献'，你做什么贡献了？我怎么不知道啊？"

"别说你不知道，连我自己都不知道我为祖国做啥事了？而且，还是'杰出的贡献'。"

"我明白了，是龙翔他们使馆的哥们讲义气，因为他们老到咱们家球馆打球，过意不去，就给了你一个人情。"

"你分析挺对的，我也是这样想的。"

春节过后，使馆派人又给我送来了荣誉证书，以表彰我"为祖国做出杰出的贡献"。

我私下里问龙翔："哥们，你这么做是不是有点过了？"

"什么过了？"

"我没给祖国做过什么事，仅凭咱们私人关系，使馆就给我这个证书。这事传出去，不合适啊！"

"马哥，你怎么能说你没为祖国做出杰出贡献呢？上次四川地震后，你们《华人视界》报对国内抗震抢险的情况及时报道，让海外华人华侨对汶川的灾情能够及时了解，对中国政府以及社会各界万众一心抗灾抢险的行动能够及时了解，这还不算是杰出贡献嘛！马哥，谦虚可以啊，但谦虚过头了，就是骄傲了。"

当天晚上在家里，我彻底醉了。不是被酒灌醉的，是想到祖国如此认可我，我陶醉了。

俗话说："一年之计在于春。"胡锦涛主席访美，又带动了新一轮中国企业到美投资的热情。

在我眼里，中国企业切入美国市场的序曲，不是商业动作，而是对中国国家形象的总体宣传。

与胡主席访美的同时，在纽约时报广场的大屏幕上，每天连续24小时不间断地滚动播出中国国家形象宣传片《中国人物》。

如果说，奥运会、建国60年大庆，我们在美国看到的是"实况转播"的话，那么，这次时报广场大屏幕上的中国宣传片，那就是名副其实的"现场直播"了。

以往从纽约时报广场路过的人，都是行色匆匆的。自从有了《中国人物》出现在大屏幕上后，人们路过时报广场时，都会驻足、观看、由衷地一笑。

在纽约人观看时报广场上的《中国人物》的时候，华盛顿DC中国驻美使馆商务处筹办了"中美企业家高峰论坛"。

我既是本次论坛的采访者，又是被主办方邀请的与会嘉宾。

庞鹭专职在家带孩子之后，重大的外出采访工作就由我来承担了。

在论坛正式开始前一天，我与一位老朋友不期而遇了。

我从使馆商务处要来了国内参会企业的名单，准备对与会嘉宾进行一次报导。我上下看了一下名单，一个熟悉的名称映入我的眼帘：中国翰文媒体传媒公司董事长宫缘。

宫缘？这不是和我通过电话，在对汶川地震系列报道中，给予了我们大力支持的那位老总吗？

我快马加鞭地来到宫缘住的酒店，敲了几下房门，里面传来了和电话中的口音一样的声音："外面是哪一个嘛？"

"是偶嘛！偶是《华人视界》报的马骏。"

我们两个人虽说是第一次见面，但生疏感一点儿都没有。

宫缘说："我开始还担心你不来参加这次论坛。你要是不来，我会主动去找你的。"

我说："与中国有关的事，我肯定一次都不会落下的。"

之后，宫总给我介绍了中国翰文媒体传媒公司的情况。原来，他们公司是含出版、媒体、教育于一体的国有大型企业。每年主营业务收入上百亿元人民币，是中国国内同行业中的领头羊。

宫总还告诉我，他这次除抽出时间参加使馆商务处主办的"中美企业家高峰论坛"的活动外，他还想在美国实地考察一下，看看还有什么项目可做。

作为东道主，我单独邀请宫总到我们马里兰的报社参观了一次。

论坛结束后，我又专程开车送宫总去纽约，并请他到我们的纽约分社看了看。

宫总美国一行是从纽约起程回国的。我送他到达纽约纽瓦克机场后，我们俩人依依不舍话别。

宫总最后对我说："我回国后，会让我们的一位同事给你打电话的。"

我问："什么事？"

"到时候，他会跟你讲的。"

聘请迈克来报社工作的正确性，立竿见影地体现出来了。

迈克是地道的美国人，而且，他的出生地就在DC。因此，他对DC及附近地区了如指掌，并且他在当地还有一定的人脉关系。否则，他也不会大学没念完，就弃学经商了。

他之所以这几年没干起来，关键是没有找好一个舞台。来到我们报社后，他一下子就有了站在舞台上的感觉了。

他来报社的第一天，当时他所有的家当还都在他那辆破皮卡车上放着，他就急于想知道，他到这里有啥事可干。

我给他介绍了我们除了报纸的业务外，还有一些自营的经营项目。这些项目有代办签证、护照业务，婚姻介绍业务和职业介绍业务。以前还曾经有装修业务，后来负责装修业务的人离开我们单干了，这个业务也就停了。

迈克边听，边点头，边说："Good Job!"。

"Good Job！"是一些美国人的口头禅，也是迈克的口头禅。即使他知道你开车撞树上了，他也会对你说："干得好！"

迈克从来就没有对我以前所做的一切给予任何评价。他好像除了会说"干得好"这句客套用语外，其他的话什么都不会讲了。

但是，事后，他用行动与业绩告诉了我：我以前的做事风格太小家子气了。

我的眼睛只盯在了为华人华侨服务的这块小市场上了。对真正美国广大的市场，却视而未见。

比如说，职业介绍业务。我们以前只是为当地的华人华侨服务，或者说，为能看懂汉字的人，给他们介绍工作。而且是介绍给一些中餐馆之类的。

实际上，在美国，人们家庭生活中，需要大量的人员做一些零活。如春天栽花种草、夏天剪草、秋天扫树叶、冬天除雪。这些零工的活，以前一直都被是老墨霸占了。而我们很多华人却窝在家里找不到活干。原因是得不到用工的信息。

迈克来了之后，马上分别与马里兰和弗吉尼亚州当地的英文报纸联系，我们《华人视界》报与他们合作，联手开发职业介绍这块市场。

在当地英文版的报纸上，打上我们提供的求工者的个人信息；反过来，在我们的中文报纸上，打上英文报纸提供的用工者的用工信息。

应该说是，我们帮英文报纸赚求工者的广告费，英文报纸帮我们赚用工者的广告费。

大家通力合作，共同解决因语言障碍而造成职业信息不畅的问题，给用工者和求职者带来便宜，也给我们报社增加了收入。

其实，与美国当地英文报纸合作开发职业介绍市场的事，我以前确实考虑过，也行动过，我曾主动找过《华盛顿快讯》报的杰弗逊，想跟他谈这方面合作的计划。

可还没等我讲完，杰弗逊就说："马先生，我承认你很能干。DC马拉松比赛活动你和我只办了一次，你就把我甩了。我们之间今后没有任何合作的可能。"

老杰没给我留一点情面，一下子就把我的嘴堵上了。而我对其他英文报纸又不熟，所以，这事就这样耽搁下来了。这也算是我得罪杰弗逊的后患吧。

迈克操办的另一项目，确实是我从来没有想到的，又是那么容易的挣钱道儿。

据网上消息，截止到2010年，大华府地区有华裔背景的人已经超过10万人。这还是指有国籍和绿卡的华侨华裔人数，像庞鹭妈妈、马正行还都不列其中。这样推算一下，每天在大华府地区街面上行走的华人华侨应该在20万人左右。

在这20万人中，有很多很多像乐怡、庞鹭那样的"马路杀手"，没事就跟家里的车库门、路边的树、马路上的水泥隔离墩子较劲的主儿。他们开车出了事故后，第一项工作就是给拖车公司打电话，请人家帮忙把车拖走。

英语好的可以，拿起电话叫拖车。英语不好的人怎么办？通常是先给家里英语好的亲属打电话，然后家里亲属再给拖车公司打电话。

迈克发现这一现象后，立即眼明手快地建议我："买一辆拖车。在我们的报纸头版显眼处，打上一行字'汉语服务 故障救助'，旁边登着我们的电话号码。"

挣钱就这么简单。我花几万块钱买的新拖车，没到三个月，本钱就回来了。我们报社最忙的人是迈克，来电话最多的是故障求助，使用率最多的物件就是那辆拖车了。

中国翰文媒体传媒公司董事长宫缘如约派人给我来电话了。

话筒中传来的是一位女性的声音："马先生你好！我是受中国翰文媒体传媒公司董事会和宫总本人的委托，给你打这个电话的。"

我心想：啥事啊？怎么这么正式啊？

"我是翰文公司组织人事部部长，我叫谭蓉。"

我心想：没搞错吧？怎么派个管人事儿的人给我来电话？

"宫总从美国考察回来后，提了一个建议，后经我们公司经理办公会商议研究，最后公司决定委派我与你正式商谈，我们希望并真诚地欢迎你加入我们的公司。"

我心想：宫总说到美国考察项目，实际就是考察我吗？

"你的个人情况和你们报社的经营情况，宫总回来都给我们讲了。我们觉得，无论从《华人视界》报的角度，还是行业的性质，你与你的公司很适合跟我们合作。"

我心想：这倒是是实情。

"不知道你晓不晓得，中国政府在2007年就已经制定了'走出去'的外向型发展战略。我们作为中国出版、传媒业的龙头企业，坚决贯彻党中央的战略方针，勇敢地开拓国际市场。但是，如何走出去，走到哪里？是我们近年来一直思考的问题。"

我心想：国企办事还挺谨慎的。

"在2008年与你们合作共同报道汶川地震的过程中，让我们的领导层对你和《华人视界》报有了初步认识。之后，我们也就一直在关注着每一期的《华人视界》报。当然，也就相当于关注你本人的情况了。"

我心想：哦，原来我早让人家盯上了。

"经过这两三年的观察与考虑，公司董事会决定让宫总到美国，与你直接接触一次，并对你们报社的具体情况进行考察。透露给你一个秘密，我们宫总是很欣赏你的。"

我心想：这应该叫做"缘分"呢，还是应该叫做"命"呢？

"我方初步打算是……"

我心想：下面是正式谈判了。人家已经改口"我方"了。

"首先，我方按市值价格收购你现有的全部营业项目，具体地说，就是《华人视界》报以及与该报相关的产业。然后，聘你为我公司即将在美国设立的投资控股公司的总经理，主管翰文公司在海外投资的工作。这其中，就包括对《华人视界》报的再投资工作。"

我心想："再投资"是怎么个意思？

"我方准备把《华人视界》报在现有的规模和基础上，重新注资，把它办成一份全美发行的中文报纸。同时，利用《华人视界》这个平台和影响力，我们可以持续地、多领域地开发美国市场。"

我心想：哦，原来人家是醉翁之意不在酒呀。人家是想通过《华人视界》放眼全球啊！

"如果你同意上述合作意向的话，我们公司的资本运营中心主任李争强，将跟你商量处理具体的财务与资产问题。"

我晚上下班回家，见到庞鹭就告诉她："今天，我把自己给卖了。"

庞鹭以为我又在开玩笑，就问我："你是按猪肉价，还是驴肉价卖的？"

"去去去！我说真的呢。中国翰文媒体传媒公司把我们的一切，一篮子都给收走了，也包括我。"

"哥，那你以后不就是给他们打工了吗？"

"对啊！"

"这样划算吗？他们给你一个月多少工钱？"

杨棉与刘菡闪恋闪婚后，他从北京闪到大海市去工作、生活了。现在在大海市的一家国企做负责人。

我在网上质问刘菡："杨棉的工作是你利用职权给照顾安排的吧？"

"你净胡说。我老公那是有知识、有文化、有文凭的海归。我们大海市就是缺这样的人才。即使他和我没有现在这层关系，我们大海市也会鼓着掌欢迎人家到我们这里落户安家呢！"

"打住，请打住。你不一再说我用词不准确吗？你刚才这句话用词也不准确！"

"怎么不准确了？"

"欢迎海归到你们大海市落户可以，至于安不安家？那就不是你市长管的事了吧？"

"别的海归我不管，杨棉的家需要由我来安！"

"这么说，你以后只管杨'龟'的事啦？哈哈哈！"

这回刘菡没再说"口误"就突然下线了。

杨棉与刘菡"有情人终成眷属"的事实，提醒了我。爱情是不分远近的，婚姻是不分地界的。

我问自己：我们《华人视界》一直在开展当地婚姻中介的业务，为何不扩大眼界，在中美之间架设一条爱情通途呢？

我把我的想法告诉了迈克。

迈克听完后，对我说了句："Good Job！"。

接着他就开始落实我的"战略"想法去了。

好的战略，得有好的团队去完成；好的想法，得有好的方法去落实。我天马行空的"开展国际婚姻中介"的一个想法，必须得靠迈克这种实干型的人去实现。

迈克用了一周的时间，选择了紧邻乐怡的母校乔治城大学的一个酒吧，作为我们的合作伙伴。

毫无疑问，乔治城大学里拥有大量的单身青年男女，这给婚姻介绍业务提供了充足的"货源"保证。

迈克与这家酒吧的老板，共同制定的做法是：

每周五晚上6:00—10:00，《华人视界》报承包了该酒吧的营业时间。该时间段的营业收入，六四开。酒吧六，报社四。

酒吧负责一切原属酒吧正常营业的服务和工作职责，如服务客人、收银。《华人视界》报负责该项目推广与现场组织工作。如广告宣传，活动报道，节目策划。

迈克给这个项目取名为"城市Party"。"城市Party"的广告语是"生命在这里怒放"。

"城市Party"的活动内容是：6:00pm—8:00pm，现场歌舞表演；8:00pm—10:00pm 现场嘉宾与中国国内一婚介公司组织的男女嘉宾专题进行网上视频"速配"。

无论是否速配成功，我们《华人视界》报都负责把所有的参与者，包括国内的嘉宾的个人信息，在报纸上的"情感婚姻"版面登出，以便给各位嘉宾更多更大的交友机会与空间。

整个项目的运作，都是迈克一个人独立落实完成的。包括选择与国内合作的婚介公司，也是靠他自己在网上搜的。

对于《华人视界》来说，这个项目不仅仅是带来了可观的经济效益，也增加了《华人视界》报的可读性与实用性。我们的求偶广告，从原来每期的半个版面，迅速扩展到4个版面，而且还是呈供不应求的态势。

同时，《华人视界》报年轻读者的激增，又刺激了更多的广告商的行动，我们《华人视界》报出现了洛阳纸贵的喜人景象。

天有不测风云，人有旦夕祸福。2008年5月12日的汶川大地震时，我人在美国，没有切身感受到地震给人们带来的恐惧。

2011年8月23日中午，震中在弗吉尼亚州的地震，令我胆战心惊。

这次地震的震级不大，但由于是浅源地震，震中与华盛顿DC相距仅150多公里，所以，大华府地区震感十分强烈。

再加上，当时即将临近"9·11"十周年纪念日，人们的恐惧心理又多了一种原因。

地震当天的傍晚，我们《华人视界》报也发生了一场前所未有的"地震"：小叶正式提出辞职了。

小叶来也匆匆，去也匆匆。她从纽约开车到报社后，就把已经写好的《辞职报告》递交了给我，然后，她就出门走了。

我当时都没来得及反应这是怎么一回事，小叶就从我的视线中消失了。

晚上我回到家，把小叶的事讲给庞鹭听。

庞鹭十分不解是说："报社给小叶的待遇也不低啊！她不是挺满意的吗？她在纽约的房费和她孩子的托保费不都是我们承担的吗？她怎么说走就走了呢？"

"这不是钱的事吧。"

"噢，她是想另立山头，独自办一张报纸。"

"不可能。她的财力远远不够。新办张报纸，需要多少钱，她比谁都清楚。"

"难道她选择到别的中文报社去工作了？"

"那也不大可能。现在在DC附近，哪还有比咱们的报纸影响力大的？哪家能比我们给她的待遇还高的？"

"这可就奇了怪了。这样吧，我现在给她打电话说说，希望她回心转意。"

"那她就更不会回心转意了。"

"为什么？"

"你还没看出来吗？都是你们女人心胸狭窄惹的祸！"

"怎么讲？"

"迈克来了，而且，一上来我们就聘他做报社的CEO，而小叶她是老人，是一同随我们打江山的人，现在却沦落为纽约分社的一个小负责人。你说，她心理能平衡吗？"

"不平衡就跟我们说啊，也不至于一下子撂挑子走人啊！"

"这就是你们女人的天生的毛病了。啥事都愿憋在心里，然后就是，不在沉默中爆发，就在沉默中走人！"

"苏三离了洪洞县，将身来在大街前。未曾开言我心好惨，尊一声过往君子听我言……"庞鹭在沉默中选择的是歌唱。

我有些生气地对庞鹭说："你心真大。这个节骨眼上，你还能唱歌！"

"哥，我不是一再给你说，工作事业上的事，是你的事；我只要感情和这个家。哥，小叶走了也许是件好事。你千万别着急上火哦！"

转天一早，我就独自驱车去了纽约。纽约分社虽小，但也不可以一日无首啊。

纽约与华盛顿DC不算太远。开车大约需要三四个小时。

我在路上闷闷不乐地开车时，我觉得庞鹭的话也对。小叶的离职，也算是件好事。好就好在及时提醒了我：想办大事，还得有人啊！而且，这种人，还能用得住，留得下。

到哪儿去找这种宝马良驹呢？

我在纽约待了几天，就有些烦了。相比之下，我真是喜欢DC，纽约给我的感觉就像一个大破烂市场一样。我真不明白，世界上怎么还会有那么多的人喜欢纽约。

"9·11"十周年的那天，我突然想起，在纽约，我还有个朋友——珍妮小姐。

珍妮答应和张镇塔"同居不结婚"后，就随张镇塔定居张镇塔的老巢——纽约了。

我在电话中问珍妮："你现在在干什么呢？"

"张镇塔的十万美元还没花光哪，我还用工作吗？"

"你堂堂一个大学毕业生，每天吃嗟来之食，你不难受吗？"

"难受？我现在难受的是，我不能这辈子吃嗟来之食。张镇塔的让我吃没了之后，让我去吃你的嗟来之食，好吗？"

"行！我今天给你打电话，目的就是让你到我这里来吃食儿！"

"马骏，你可别没事哄我玩啊！"

"骗你是孙子。"

"好，一言为定。我现在就把张镇塔辞了，跟你走！"

"停！谁让你把张镇塔辞了？你们该啥样还啥样。我是让你到我纽约分社来上班！工作！你想啥呢？"

珍妮与小叶相比，工作责任心没有小叶强。但是，珍妮的个人素质明显高于小叶。做起事来，思路清晰，目标明确，而且，在处理问题的方法上，给人一种举重若轻的感觉。

纽约地盘面积大，而且华人华侨分散在好几块，这为我们送报增加了难度。我们的报点在皇后区有，在法拉盛有，与纽约相近的新泽西州也有我们的投报点。

另外，纽约的交通太成问题了。你要是在早晚上下班的高峰期，开车进出纽约的那几条海底隧道，那你就会感觉自己像大象掉到碗里——喘气都难。

我们是周五发行报纸，可在纽约的一些报点，到周六中午都见不到一张报纸。一些读者是有意见的，因为，经常让人家白跑一趟。

珍妮上岗后，了解到了这个问题，马上改变原来雇一个人送报的方法，同时招来5个人分区送报。

因为这些人都是兼职的，按工作时间付费。人数增加了，总的工作时间没有增加，反而减少了，报社支付的送报劳务费也就随之减少了。读者的意见也就无影无踪了。

珍妮的工作成绩出来之后，我抓住机会及时表扬了她。

珍妮听后，对我说："你不用花心思、动脑筋忽悠我，我该怎样干就怎样干。明确告诉你，你们报社这点事我是不愿意干的。我要是愿意干活的话，我还用在你这儿找工作？"

"那你现在到我这儿干的原因到底是啥？"

"唉，命吧。"

2011年12月22日，中国翰文媒体传媒公司在美国投资的"美国翰文（海外）投资控股公司"正式成立了。

半年前，在我和翰文媒体传媒公司组织人事部部长谭蓉通过话之后，我们双方就进入到了公司产权转让的实质性工作阶段。

按照翰文公司的打算，他们是想100%地收购我们的股份。后来，因为庞鹭的坚决反对，翰文公司只收购了《华人视界》报85%的股份。另外的15%的股份，现在落在庞鹭名下，等马正行成人后，再由庞鹭的名下过渡到马正行的名下。

从此，我不仅给中国翰文媒体传媒公司打工了，也开始给庞鹭，将来是给马正行打工了。

美国翰文（海外）投资控股公司的注册地在华盛顿DC，办公地点选择在"黄鼠狼"曾经办公、曾经拥有、曾经卖掉的那个写字楼。

考虑到实际工作需要，《华人视界》报的原班人马仍在马里兰R城办公。报社的直接负责人还是迈克。

只有我一个孤家寡人去DC上班了。

12月22日，美国翰文（海外）控股公司的开业庆典仪式，遵照我的建议，选择了在DC著名的总统门酒店的一楼大堂举行。

之所以选择在总统门酒店的大堂举行，我感觉这个酒店的大堂庄重、豪华、气派，这与我请来参加庆典的嘉宾身份相符。

出席我们庆典的嘉宾有中国驻美使馆的领导，有DC、马里兰、弗吉尼亚州的州郡政府高官，有国内和美国当地企业家，有当地的华人华侨社团组织代表。

中国翰文媒体传媒公司的董事长宫缘和组织人事部部长谭蓉、资本运营中心主任李争强一行三人，也赶来了。

我特意让人在酒店的大堂中央，用鲜花搭砌成一座花山，这与悬挂在大堂空中的大型的致贺条幅相映生辉。

当然，设置这个"花山"，我还考虑到了它的其他用途。

首先，由宫缘董事长操着浓重的四川口音宣布："美国翰文（海外）投资控股公司正式成立了"！

然后，是特约的几位嘉宾登台致贺。

最后，轮到我以美国翰文（海外）投资控股公司团队负责人的身份，向各位来宾及媒体介绍我们海外公司的管理团队的成员。

令我没想到的是，我开场白没讲几句话，就引得大堂里的来宾哄堂大笑。

"尊敬的中国驻美使馆的领导，尊敬的DC、马里兰、弗吉尼亚州的州郡行政长官，尊敬的中美两国的企业家们，尊敬的华人华侨朋友们，尊敬的中国翰文媒体传媒公司宫缘董事长，尊敬的美国翰文（海外）投资控股公司的副董事长庞鹭女士以及马正行先生……"

后来，又让全场的人哄堂大笑的是，庞鹭代表美国翰文（海外）投资控股公司董事会，庄重地向我颁发了聘书。

我打开聘书一看，不禁当着大家的面发问道："怎么？聘期才一年啊？"

庞鹭说："马骏，没关系！'老公'这个位置我永远给你留着。"

还没有正式开展工作，我就感受了给人家打工的压力与风险。但是，我还算是识时务的，在这个庆典前，我就为今后能够保住"老公"的位置，而绞尽了脑汁想到一个好主意。

在主持人宣布开业庆典仪式结束的一刹那，我马上对来宾喊道："请各位留步！"

我牵着庞鹭的手，走到了大堂中央的花山前面，拿着麦克风对全体来宾讲："今天，对于我本人来说，是双喜临门。一喜是，我荣幸受聘为美国翰文（海外）投资控股公司的总经理。二喜是，今天，是我和庞鹭结婚十周年的纪念日。"

大堂内发出一片掌声。

有人起哄道："马骏，你给庞鹭准备了什么礼物没有？"

我把"花山"下的围布用力一扯，鲜花散去，一辆崭新的跑车展现到大家的眼前。

庞鹭情不自禁地紧紧与我相拥。

又有起哄的人说："马骏，向你老婆表白几句！"

我用手指着那辆车的车牌说："车牌代表我的心。"

那辆车的车牌号是"I LU PEN."

通常，美国每年12月24日至下一年元旦是个长假期。但是，这个长假期，我非但没有休假，反而比平日更忙。

2012年元月2日马上到了，这是从2009年起，第四届华盛顿DC国际马拉松比赛日。这届的主办方由《华人视界》报改为"美国翰文（海外）投资控股公司"了。

作为新的主办方，作为新的主办方的负责人，我必须事无巨细地检查每一项的准备工作情况。

同时，我在脑海里开始酝酿未来的工作计划。

记得在财经大学上《投资学》课时，老师就讲过：资本的显著特点就是逐利性。随着中国企业的高速发展，人民币日益升值，中国企业对海外的投资已成常态化的趋势了。

前不久，我以前冶金局的同事，后成为民营企业家的梁房修给我来电话，一再询问我在美国有没有什么好项目需要投资。

远的不说，中国翰文媒体传媒公司不就是"走出去"的活生生的例子吗？

渐渐地，我的脑海里出现了建立"美国华人华企投资创业联盟"这个概念。

建立这个联盟的目的与意义是不言而喻的，而且，我们已经具备了组建这个联盟的基本条件。一是我们与美国当地的政府与企业比较熟，能够得到大量的、真实的投资意向。二是我们很多的广告客户，本身就是从事投资移民的律师、会计师，这为我们承接投资事宜，提供了法律、技术上的保障。

说干就干，半夜1点钟的时候，我给迈克打了个电话。

我知道这哥们是个夜猫子，这个时间他肯定还没睡呢。

迈克听完我说的想法后，迟疑地说："Good Job！但问题是，现在美国还有一些领域是不对中国企业开放投资的。"

"我知道。我们的做法是：放长线钓大鱼。我们先抢占个有利地形，然后，'不见兔子不撒鹰，不见鬼子不挂弦'。你的明白?"

也不知道迈克到底是真明白了，还是没明白，他随口答道："Good Job!"

兵贵神速。迈克在2012年元旦的前一天，把成立投资联盟的初步方案就拿出来了。

> 首位发起人：美国翰文（海外）投资控股公司
>
> 第二位发起人：找一家老美的，在商界有一定知名度的，开展投资咨询服务的公司；
>
> 第三位发起人：DC、马里兰、弗吉尼亚三地政府的招商局。
>
> 联盟日常机构——办公地点设在我们公司。联盟日常负责人为联盟秘书长。该秘书长由我们公司指派。
>
> 联盟理事单位——尽可能在各行业中挑选出一名本联盟的理事成员。如保险经纪人，会计师、律师，医生等等。
>
> 联盟采取会员制——想到中国投资的美国企业，或想到美国投资的中国企业与个人，均可自愿申请加入。并交纳会费。会员一年一签协议。
>
> ……

看到迈克给我拟的草案后，我给他回了电子信件。上面只写了一句话："Good Job!"

2012
[农历龙年]

2012年春节来得早。农历二月二龙抬头的日子，是阳历的2月23日。

这天下午，我受华盛顿乔治城大学校方和该校的中国留学生联谊会的邀请，我到该校做一题目为《人生选择与选择人生》的主题演讲。

演讲是在乔治城大学图书馆的会议室进行。庞鹭带着已经快4岁的马正行，也到了现场。来的学生很多，而且，不单单是中国人的面孔。

这让我一阵犯难。我开始以为都是中国留学生来听演讲的，所以，就愉快地接受了邀请。到现场一看，还有白人孩子，还有黑人孩子。他们都能听懂汉语吗？

所以，我先跟大家讲："我的英语不好，我只能用汉语发言。为了能让其他不懂汉语的同学听明白，我想请我的太太庞鹭女士做我的现场翻译。如果大家觉得她的英语也不过关的话，那么，我就请我们家英语发音最地道的马正行先生来做同声传译。好吗？"

大家随着我手指的方向，看到了马正行是个小孩子，大家都笑了。

　　我在大家的笑声之后，开始了我的心路的回顾。

　　"中国有句成语：'平起平坐。'主办方原打算把我们这次演讲，安排在一个阶梯教室进行。我没同意。原因是，我想与在座的各位能够平等对话，'平起平坐'。

　　"为什么我一定想与大家平起平坐呢？19年前，我刚来美国不久，我的太太，哦，对不起，是我的前妻，她给我下了一个非常准确的评语说：我是'三没'产品。即没知识、没本事、没文凭。而此时此刻，我能够与美国乔治城大学的精英们平起平坐，是我本人莫大的荣幸！谢谢大家给了我人生中最辉煌的荣耀！谢谢！

　　"今天，我的演讲可能需要较长时间。因为，今年恰好我来美国20年了。在这20个年头里，发生了太多的变化，太多的故事。在我回忆这些故事的过程中，我也许会控制不住伤心的眼泪，我也许也会控制不住喜悦的泪水……

　　"这次演讲，主办方给我规定的题目是'人生选择与选择人生。'说老实话，这个题目的准确含义，我没有太搞懂。

　　"常言道：'行百里，半九十'。我浮浅的人生，只能对这个命题有肤浅的认识。

　　"我们中国人习惯把人的命相分为金命、木命、水命、火命、土命。

　　"我小时候，父母请人给我算过，我是水命。

　　"等我稍大一些后，我知道，水，有很多种生存状态，比如说，海水、河水、井水、泉水、溪水以及湖水……

　　"从那时起，我就开始琢磨，我是哪种水呢？

　　"20年前，我在中国东北的一个海滨城市的政府机关里工作。那个时候，我感觉自己就是一杯子里的白开水。风吹不着雨淋不着，平平安安平平淡淡。但是，就是因为'命'吧？我主动从杯子里跳了出来，我溶入了一条绵延曲折，时而平静，时而湍急的流水之中……"